Rizzoli

Sharon Pivetta

Due ore di te

Rizzoli

Pubblicato per

Rizzoli

da Mondadori Libri S.p.A.

ISBN 978-88-17-09811-3

Prima edizione: gennaio 2018

Due ore di te

I

«Alice muoviti!» grida mia madre dal salotto.

«Sto arrivando, giuro!» esclamo infilandomi le scarpe coi tacchi.

«Fra poco entrano in chiesa... muoviti, maledizione!» urla ancora.

Mia sorella si sposa, sono così felice per lei! Ora avrò la stanza tutta per me e per chi inviterò a casa, sono davvero entusiasta! Certo, non dirò a Diego di raggiungermi, però posso chiedere a Chiara.

Entro in macchina e infilo le cuffie nelle orecchie, mamma mi sta facendo la predica e io non la sto minimamente ascoltando, ma questi sono futili dettagli.

Stavo pensando a come poter risistemare la camera. Potrei metterci la tv e qualche consolle per videogiochi, voglio anche rimettere lo stereo potente e i miei adorati libri al loro posto.

Ora nessuno mi ferma più, anche perché i miei tollera-

usione e abitiamo in campagna, quindi pos-
zarrirmi.

…arrivati in perfetto orario, sono stata brava, dai. Poi è colpa del vestito, non riuscivo proprio a infilarlo, sono ingrassata in pochi giorni, accidenti!

Sonia ha scelto per me un abito che mi stava a pennello, è bastato qualche grammo in più a renderlo quasi stretto. Sapevo che sarebbe successo, mi conosco, adoro mangiare. L'avevo avvertita che avremmo dovuto farlo confezionare in vista di eventuali imprevisti ma non ne aveva alcuna voglia, quindi mi ha schiaffato questo davanti e amen.

Sono la sua damigella, sarei dovuta restare con lei tutta la mattina, lo so, ma ho dormito troppo a causa dell'addio al nubilato di ieri sera. Spero solo di essere un minimo presentabile, che il correttore faccia il suo lavoro e che i miei occhi rimangano aperti almeno fino alla fine della cerimonia.

Che Dio me la mandi buona.

Raggiungo il mio posto e tutti mi osservano, imbarazzante.

L'organo inizia a intonare la celebre marcia nuziale. Angela, l'organista, è sempre stata la migliore, e al mio matrimonio, se mai mi sposerò, ovviamente, spero voglia essere lei a suonare.

Mia sorella entra lentamente, accompagnata dal nostro papino che la guarda emozionato, fiero e contento.

Lei sorride orgogliosa, guardandosi intorno ogni tanto.

Il suo futuro marito la osserva estasiato dall'altare, avvicinandosi solo quando lei lo ha quasi raggiunto.

Loro sono una coppia perfetta, dico sul serio. Si conoscono da dieci anni e stanno insieme da sette. Una di quelle storie solide, una di quelle dove c'è tanto amore: amore vero, amore puro, amore unico. Le ripetizioni ci vogliono quando bisogna evidenziare perfettamente un concetto.

Ora bisogna solo attendere, attendere quel "Sì, lo voglio", quel "Vi dichiaro marito e moglie", quel bacio e poi tutto il resto della festa nuziale che è anche la parte che preferisco: il ricevimento.

La cerimonia inizia e io sono al settimo cielo, forse anche all'ottavo. Che poi, perché si dice così? Cosa cambia tra i piani del cielo? Ma soprattutto: il cielo è a piani?

Vedere felice Sonia mi riempie il cuore di gioia. Sono davvero fiera di lei e delle sue scelte, abbiamo litigato spesso quando ero più piccola ma ora posso dire di aver instaurato con lei un rapporto a dir poco stupendo.

Spero siano felici e spero anche di diventare zia. Non vedo proprio l'ora di avere un nipotino a cui fare da babysitter nei miei giorni liberi, quando avrò un impiego si intende, e quando loro due dovranno riprendersi un po' dalle nottate sfiancanti e dai giorni lavorativi infiniti.

Chissà cosa mi riserva il futuro, sono eccitata all'idea dell'ignoto. È da un po' che invio al cosmo influssi positivi. Che poi la positività non è mai troppa e spero che il karma mi ripaghi come può. Chi lo sa!

2

La cerimonia è finita, stiamo andando al ristorante e le scarpe mi fanno male, per fortuna ho portato le ballerine e i sandali! Ora basta scegliere quale delle due paia abbinare al vestito.

Chiara mi raggiungerà al ristorante, almeno non starò da sola.

I cugini fanno come se io non esistessi, mi guardano male e trovano ogni difetto per farmi sentire ancora meno sicura di me, sono molto scontrosi e pensano solo al loro bene, da veri egoisti. Non andiamo molto d'accordo perché io sono una che pensa di più a far stare bene gli altri, non me stessa. Comunque si salva solo una ragazza, ma non è realmente mia cugina… È la figlia del compagno di mia zia e spero che prima o poi si sposino pure loro, ma se stanno bene così per me non c'è alcun problema.

Alla fine ho messo i sandali: è fine maggio, quindi ci sta avere i piedi scoperti.

Siamo arrivati al luogo del ricevimento, è pieno di gente, cavoli! Il bello dei matrimoni, oltre a mangiare senza fine, è che si suona il clacson durante il tragitto dalla chiesa al ristorante e oggi lo abbiamo fatto anche noi, proprio come nei film in cui gli sposi sono nella macchina capofila e le persone, nelle auto dietro, scampanellano disturbando tutto il quartiere. Credo comunque che in questo caso non sia un fastidio, dato che si festeggia qualcosa di bello.

Il ristorante è enorme, hanno prenotato una sala solo per noi ed è quella più grande, più illuminata, che affaccia sul giardino esterno. Giuro che sembra interminabile visto da questa vetrata. Da qui, la prima cosa che si nota fuori è il tavolo lungo e stretto coperto da una tovaglia bianca, probabilmente lì serviranno gli antipasti a buffet. Poi vedo una bellissima fontana a forma di angelo al centro del laghetto, sembrerebbe Cupido, e intorno delle panchine in cemento bianco. L'erba è verde, sembra quasi finta, e c'è un sentiero che circonda lo specchio d'acqua e prosegue oltre, verso una zona dove ci sono parecchi alberi, magari è un piccolo angolo che fa da sfondo per le foto degli album fotografici.

Sonia ha invitato anche le sue amiche e una di queste ha un fratello più o meno della mia età, è l'unico che si nota tra la folla, secondo me è dotato di una bellezza particolare. In chiesa non l'avevo visto perché, non essendo altissimo, era nascosto da alcune persone.

Il titolare del ristorante richiama la nostra attenzione e tutti lo ascoltano, dopo alcune frasi di circostanza indica la porta che dà sul giardino e noi ci dirigiamo fuori, così posso notare che come avevo immaginato, sul tavolo che ho visto dalla vetrata hanno sistemato alcuni stuzzichini per ingannare il tempo.

È stata Sonia a scegliere il luogo, suo marito ha solo acconsentito però devo dire che ha trovato una bella location. Mia sorella ha sempre ottenuto ciò che desidera, è determinata e questa cosa la porterà a farsi avanti nel mondo. Non è assolutamente cattiva o viziata, eh? Semplicemente se una cosa le piace lei se la prende, e questo atteggiamento l'aiuterà davvero molto anche in ambito lavorativo. Io parlo di lavoro senza avercelo, sono impressionante!

Mi avvicino al grande tavolo bianco, afferro un piattino e lo riempio con ciò che preferisco. Non posso mangiare troppo ora, se no poi rischio di essere troppo sazia per gustare come si deve il pranzo.

Chiara dovrebbe arrivare a breve, intanto però voglio avvicinarmi al ragazzo sconosciuto ma non ci voglio provare, voglio solo vedere un po' che tipo è.

Senza farlo apposta, lui mi capita davanti e subito noto gli orecchini a forma di piuma. Questa cosa ricorda lo stile nativo americano e penso di adorarlo già da ora.

«Piaciuta la cerimonia?» mi domanda il giovane.

«Molto, e a te?» Sorrido e lo guardo negli occhi.

«Abbastanza, ma non so perché Anastasia mi abbia portato con lei...» Alza le spalle e inforca una fettina di prosciutto. «Voglio dire... Non conosco Sonia e nessun altro qua, non poteva lasciarmi a casa mia?» sospira e mangiucchia. Certo, l'educazione e il bon ton non fanno parte di lui, ma mi piace la sua sicurezza anche nel fare queste piccole cose che, a giudicare da come lo osservano gli altri, sembrano maleducate e fuori luogo.

«Siete soli?» mi azzardo a chiedere, mentre punzecchio un'oliva e a me le olive non piacciono neppure.

«Sì, troppo soli...» Si volta, iniziando a guardarsi intorno.

«Come ti chiami?» Lo affianco.

«Yari, tu invece?» Mi guarda di sottecchi.

«Alice. Piacere di conoscerti.» Sorrido.

«Piacere mio!» Mi fa l'occhiolino e si allontana.

Mi affascina e non ci siamo parlati chissà quanto, ma ha un qualcosa che lo fa sembrare adulto, un uomo vissuto, un po' misterioso ed egocentrico.

Voglio conoscerlo, è proprio un bisogno che sento dentro e non mi accade spesso questa cosa. Anzi, se fosse per me potrei benissimo stare con quattro cani, due gatti e un coniglio, senza esseri umani vicino. Ma con lui è diverso, ho questa voglia di scoprirlo, lui mi attira, sembra una bella persona. Però io non vado molto d'accordo con le prime impressioni, non ci azzecco mai purtroppo, e sono sicura che anche questa volta sarà così.

Rientro nella grande sala, mi avvicino a un posto a sedere qualsiasi, senza effettivamente accomodarmi al tavolo e inizio a giocare a *Pokémon GO*. Quando è uscito questo gioco ho iniziato a esplorare la mia città e non credo di aver mai camminato così tanto in vita mia. Non è così male come passatempo, anche perché ti fa fare amicizia con altre persone e ti fa vivere più fuori casa che dentro, è un miracolo che io esca, dico davvero. Inizio quindi a marciare verso posti ignoti osservando il telefono, di sicuro vado a sbattere contro qualcuno perché ho sempre la fortuna dalla mia parte per quanto riguarda le figuracce!

«Perché stai così attaccata al cellulare?» mi domanda una voce a pochi passi da me, mi fermo e alzo lo sguardo.

«Sto cercando Pokemon» ridacchio. «Non farci caso, sono fissata con questo coso, ti giuro» aggiungo, sorridendo come una cretina. Ecco, ora mi prende per malata mentale!

Inaspettatamente tira fuori il suo smartphone, si mette a scorrere qualcosa sul display e clicca su un'icona.

«Dai, andiamo a cercarli!» ride e mi affianca. «Ma non dovrebbe fare qualche suono? Non dovrebbe vibrare?» domanda iniziando a camminare. «Voglio dire… non serve mica tenerlo in mano, o sì?» conclude infine.

«A me piace giocare con questo in mano.» Sorrido di nuovo. «Mi fa sentire una vera allenatrice, con un vero *pokédex* e quindi mi diverto di più.» Faccio spallucce e lo supero.

«Quanti anni hai?» chiede raggiungendomi.

È veloce anche se ha le gambe corte, sorrido tra me e me.

«Quanti me ne dai?» Mi blocco e lo guardo.

«Una quindicina, non di più» dice scrutandomi.

«Ne ho diciannove» rido di gusto, facendo voltare alcuni invitati.

«Ma stai scherzando?» Spalanca gli occhi e io scuoto la

testa. «Pazzesco! Li porti proprio bene» mi sorride. «E a me quanti ne dai?» Sistema il telefono in tasca.

«Venti, anche di più» ridacchio.

«Grande! Hai proprio azzeccato, complimenti» commenta e io gli faccio l'occhiolino.

Il proprietario del ristorante ci invita ad accomodarci, faccio un cenno a Yari e corro in sala, prendendo posto al tavolo degli invitati della sposa. Anche gli altri ospiti si siedono ai propri posti e così inizia il tanto atteso, da me si intende, pranzo nuziale. Spero di non mettere su troppi chili, spero anche di non distruggere l'abito, lo voglio sfruttare per qualche altra festa. Fa proprio una bella figura: è perfetto per entrare nel cuore della gente grazie al suo colore, uno splendido azzurro. La gonna in tulle, poi, è a dir poco magica e mi fa sentire la principessa di una favola a lieto fine.

Filippo si siede cinque sedie più in là, non sembra voler parlare con nessuno dato che si è concentrato subito sul cellulare. Ovviamente sua sorella lo rimprovera.

Non so se mi faccia pena o meno. Non gli ho chiesto nient'altro dopo quel «troppo soli» e forse ho sbagliato, avrei dovuto chiedergli qualcosa, vero? No, certo che no. Ho fatto bene a non sbilanciarmi troppo, non devo sembrare invadente anche se è nella mia natura e, continuando a chiacchierare, avrei potuto fare brutta figura. Magari mi avrebbe risposto talmente male che non ci saremmo mai più parlati per il resto della giornata, magari non ci saremmo neanche più guardati per un secondo e non posso di certo permettermi una sconfitta del genere.

Il cellulare mi vibra in tasca, sicuramente non è per *Pokémon GO*, sarà un messaggio e sarebbe anche ora che Chiara mi dicesse qualcosa.

Da Kiki:
Praticamente sono davanti all'entrata del ristorante e non so da che parte andare…
E se poi non mi fanno entrare?

Scuoto la testa divertita, avviso mamma e mi dirigo fuori dalla sala, supero altre stanze, sbuco nel corridoio principale e vado ad aprire la porta d'ingresso. Trovo la mia migliore amica, con in mano un piccolo regalo, che impreca contro se stessa. Mi basta guardarla per sentirmi subito allegra. Ha degli atteggiamenti quasi da maschiaccio, in contrasto col suo aspetto naturalmente elegante, indipendentemente da ciò che indossa. Ha dei profondi occhi verdi, folti capelli tinti di nero che incorniciano un viso minuto con naso a bottoncino e labbra sottili. Un corpo slanciato da ballerina. Appena mi vede fa una piroetta abbracciandomi di slancio, poi mi prende a braccetto e insieme ritorniamo dentro.

Mentre percorriamo il corridoio incontriamo Yari che sta andando verso l'uscita tenendo in mano una sigaretta, gli sorrido e lui fa un cenno col capo. Ma perché andare a fumare davanti al ristorante piuttosto che fuori dalla sala? Abbiamo il giardino tutto per noi, a che gli serve percorrere tutto il locale?

«Chi è quel nano?» bisbiglia la mia amica assottigliando gli occhi.

«Yari, il fratello di una delle amiche di Sonia» ridacchio.

«Non fa per te. È troppo nano e poi fuma» sbuffa, e insieme facciamo il nostro ingresso in sala. Mia sorella, appena vede Chiara, si alza e inizia a sbracciarsi come se non si incontrassero da anni. Hanno instaurato un bel rapporto quasi subito anni fa, non ci sono stati problemi di antipatie o incomprensioni e questa cosa è stata molto bella, ci ha permesso di andare sempre d'accordo, in armonia. Mentre loro due parlano, io vado ad accomodarmi al mio posto. Il primo piatto arriva e con lui la mia fame aumenta.

«Stavo dicendo» si sistema al mio fianco Kiki, «non fa per te!» sospira e si guarda intorno, evidentemente alla ricerca del ragazzo di cui stiamo parlando.

«Chiara, rilassati... Ci siamo incontrati per sbaglio, non ci siamo scambiati i numeri di telefono e poi, anche se fosse, lo vedrei come amico» spiego sicura, e lo penso davvero, eh!

«Certo, come no» alza gli occhi al cielo e inizia a mangiare.

«Te lo giuro» sorrido e sposto lo sguardo sul posto ancora vuoto del ragazzo.

«Oh cavolo... Sei già arrivata a quel punto?» Mi dà un pizzicotto.

«Ma che dici?» rido nervosamente.

«Ah Dio!» Si posa una mano in faccia e scuote la testa.

«Mangia, va'!» esclamo sorridendole.

3

Siamo arrivati alla fine di questa giornata a dir poco meravigliosa!

Sonia e suo marito sono partiti per la luna di miele, non ricordo la destinazione, ma che importa? Mi basta vederli sereni per essere felice. Voglio proprio vedere cosa riserva loro questa nuova avventura, e poi si meritano una bella vacanza.

Chiara oggi resta a dormire a casa mia, anche perché è sabato e noi ogni weekend lo passiamo insieme: o vado io da lei, o viene lei da me.

Ora siamo coricate sul divano, dovremmo cambiarci ma non ne abbiamo le forze. E so che dovrei preservare il vestito, ma è più forte di me! Il divano è comodo e mi blocca, proprio come il letto, e io non ho colpa, non è la mia pigrizia a trattenermi qua, giuro. E poi è stata una giornata stancante per me, non sono abituata a stare a contatto con tutte quelle persone. Per non parlare del fatto che ho dormito pochissimo a causa dell'addio al nubilato che è stato davvero spaziale. Ho fatto talmente tante foto e tanti video che ho intenzione di raccoglierli in un gran bel cd, spero che come regalo di compleanno vada bene a Sonia, anche perché vorrei che ricordasse per sempre quanto ci siamo divertite, siamo state proprio impeccabili, io e le sue amiche.

«Alice, sono stanca.» Chiara fa un respiro profondo e si toglie i tacchi, lanciandoli a terra.

«A chi lo dici! Ti devo raccontare di ieri sera» replico sospirando.

«Ne hai la forza?» Sorride e si siede a gambe incrociate.

«Kiki, indossi il vestito! Un po' di femminilità, per l'amor di Dio!» rido divertita e mi siedo anche io, composta.

«Non me ne frega nulla! Sono a casa tua, mica in giro!» Scuote la testa e si alza. «Vado a cambiarmi, vieni?» Sorride porgendomi la mano, l'afferro volentieri e mi faccio aiutare.

Sembriamo due vecchiette piene d'acciacchi, ma si può? Mi viene da ridere a questo pensiero e insieme andiamo in camera mia per metterci il pigiama.

«Ma quindi non vi siete scambiati i numeri di cellulare?» Alza un sopracciglio mentre le faccio scorrere giù la zip del vestito.

«Esattamente. Ma c'eri anche tu, eh!» rido divertita, sfilandomi l'abito.

«Sì, ma...» Se lo toglie.

«Ma cosa?» Aggrotto le sopracciglia.

«Pensavo ti piacesse» sussurra poi, guardandomi.

«Mi sarebbe piaciuto conoscerlo in amicizia, certo...» replico. «Non mi sembra proprio un tipo da relazione, un tipo serio.» Alzo le spalle e infilo i pantaloncini.

«Infatti mi ero preoccupata perché mi ha dato la stessa impressione! Meglio così allora.» Sorride e si mette una maglia maschile, credo sia una di quelle che ci ha lasciato Diego.

«Sì...» bisbiglio e tiro fuori una canottiera di un gruppo musicale a caso.

Ogni volta che vado a un concerto compro t-shirt, felpe... Mi piacciono molto queste cose. Sulle ante dell'armadio, nella parte interna, ho attaccato molti biglietti di treni, aerei, corriere e autobus, concerti, spettacoli teatrali, e perfino scontrini e pass degli instore. Sono un po' fissata, lo so. Ma queste cose sono il bello dell'adolescenza, anche perché al giorno d'oggi ci sono molti più contatti tra fan e artisti. No, non sono ossessionata da nessuno, non sono una *fangirl* come potrebbe sembrare dal mio armadio.

«Film o chiamiamo Diego?» domando poi, distendendomi sul letto.

«Da quand'è che non lo vediamo?» Si distende sul letto di Sonia, anche se ormai quel letto non è più di nessuno.

«Mercoledì credo...» Faccio spallucce e inizio a cazzeggiare col telefono.

«Pizza o McDonald's?» chiede, sedendosi composta sul materasso. Ebbene sì, anche lei sa sedersi in modo corretto!

«McDonald's tutta la vita!» esclamo mettendomi a gambe incrociate.

«Allora...» Si morde il labbro. «Fra un quarto d'ora arriva Diego.» Mi fa una linguaccia e corre a struccarsi.

È sempre la solita, ma la adoro anche per questo. Ci aspetta proprio una bella serata! Una di quelle serate che solo noi tre possiamo vivere, che solo noi tre rendiamo grandiosa.

Non vedo l'ora di mangiare, anche di vedere quel babbeo, forse... Ma il cibo viene prima di tutto, assolutamente!

Il weekend è stato spaziale come ogni settimana! Diego e Chiara sono i miei compagni di vita da anni, non so come riescano a sopportarmi e non so come io riesca a sopportare loro. Il nostro rapporto è molto sincero, se dobbiamo dirci qualcosa lo facciamo senza giri di parole e questo è fondamentale in ogni rapporto, bisogna saper ascoltare e saper comunicare sinceramente.

Oggi è martedì, sto andando all'agenzia di lavoro che mi ha chiamato ieri. Rossana, la ragazza che si occupa della mia situazione, mi ha accennato per telefono, ma non so bene i dettagli. Dovrebbe aver bisogno di una commessa per un negozio di cd o una piccola libreria... in entrambi i casi mi andrebbe di lusso, giuro.

Entro in agenzia e mi accomodo nella sala d'aspetto, Rossana mi saluta, mi dice di aspettare alcuni minuti e poi lei sarà da me, così passo il tempo a leggere una delle tante storie su Wattpad. La ragazza è giovane ma sa far bene il suo lavoro. Ha gli occhi grandi e marroni, i capelli rossi (il nome si abbina perfettamente al suo aspetto fisico), ha le lentiggini e un grande sorriso ogni volta che parla con qualcuno che le piace. È magra ed è abbastanza alta.

Dopo neanche dieci minuti, mi chiama e io la raggiungo nel suo ufficio, mi siedo e sorrido. Non sono nervosa, mi piacerebbe lavorare e non lo dico tanto per dire, il lavoro è importante e se mi assumeranno sarò davvero felice. La mia pigrizia, in questi casi, scompare del tutto e mi rende piena di voglia di fare!

«Alice cara... Felice dell'impiego che ti ho trovato?» Sorride mentre mi porge una busta con alcuni fogli.

«Purtroppo non so ancora di che si tratta, ma se lo hai scelto tu posso proprio stare tranquilla no?» Sfilo la documentazione dalla busta e comincio a leggerla.

«Ebbene sì! Ho realizzato i tuoi sogni, non sono adorabile?» ridacchia mentre sistema alcune cose sulla scrivania.

Su quelle pagine c'è scritto in breve che farò due lavori part-time: la mattina mi dedicherò ai libri mentre il pomeriggio mi dedicherò ai dischi, sono molto felice di questi incarichi! Anche perché avrò le sere libere, la domenica libera, e a volte anche il sabato, quindi sono proprio contenta.

«Ros, ti hanno mai detto che sei un angelo?» La guardo e infilo i fogli dove erano prima, nella busta marrone.

«Assolutamente sì, cara!» Mi fa l'occhiolino. «Andrai a fare i colloqui domani, uno di mattina e uno di pomeriggio...» Aggiunge: «Mi raccomando, Ali» e inizia a smanettare con il computer.

«Hai paura che io combini casini, vero?» ridacchio e mi alzo, lei annuisce e mi guarda. «Non succederà, giuro!» Metto la mano sul cuore e lei scuote la testa divertita.

Esco dall'agenzia e mi dirigo verso casa mia, poi devo andare anche da Chiara. Pure lei è in cerca di lavoro e fra poco dovrebbe avere un colloquio, per questo andrò a trovarla: per darle una mano con il vestiario e per trasmetterle un po' di serenità, lei lo fa sempre con me. Casa sua dista davvero poco dalla mia, circa cinque o dieci minuti a piedi, quindi prima passo da me a mettere al sicuro i fogli che ho ricevuto e poi corro da lei.

Arrivo a casa velocemente e vado in cucina ad appoggiare la busta, poi mi dirigo in bagno per darmi una rinfrescata e infine esco di nuovo; pronta per raggiungere la mia amica che ha bisogno di supporto morale. Dopo poco sono già con Chiara e lei è in preda a una totale crisi isterica, aiuto!

«Come cazzo mi vesto?» domanda, svaligiando il proprio armadio. «E se non vado bene? E se non mi prendono perché sono troppo bella? E se mi buttano fuori per la mia non femminilità?» continua a chiedere mentre si prova alcuni abbinamenti.

«Per quanto riguarda la femminilità, provaci a esserlo per alcuni minuti» rispondo. «Il fatto della bellezza ti rende megalomane quindi ti odierebbero da subito» ridacchio. «Sii te stessa, ma non esagerare, se no: ciao ciao lavoro!» Scuoto la testa.

«Cosa vuoi dire con questo? Che sono troppo meravigliosa per le persone? Ma quello lo sapevo già!» Si sposta i capelli con atteggiamento snob. «E poi è solo un colloquio… magari si scopre che posso sposarmi con il direttore e quindi *ciaone* lavoro, faccio la mantenuta e me la godo» ride mentre indossa una gonna lunga e una canottierina floreale con fondo nero.

«Io non volevo per nulla dire quello, ma ok amica!» rido di gusto. «Semplicemente evita di tirartela come il tuo solito, cerca di sembrare una ragazza semplice e quando ti prendono…» sospiro e lei mi guarda, facendomi un cenno per continuare, «almeno per l'apprendistato, cerca di rimanere umile e modesta… appena sali di livello, di un bel po' intendo, butta fuori la tua personalità e fai vedere chi sei!» Le mostro un pollice in su e faccio l'occhiolino, lei respira profondamente e si siede a terra, di fronte a me che sono seduta sul bordo del materasso.

«Ce la farò?» sussurra.

«Certo che sì! E non dubitarne mai!» Sorrido. «Mi sembra strano vederti così ansiosa…» Mi siedo anche io a terra. «Vedrai che andrà tutto bene, ok?» Le metto una mano sul ginocchio.

«Se non ci fossi tu… non saprei proprio come calmarmi.» Sorride appena.

«Dai, vengo con te e ti aspetto in macchina, ti va?» mi alzo e la aiuto, lei annuisce e mi abbraccia subito dopo.

«Grazie A» sussurra, poi va in bagno a darsi una rinfrescata e sistemare il trucco.

Chiara è sempre stata molto sicura di sé ed è abbastanza

strano vederla piena di dubbi esistenziali. So che è un periodo un po' complicato e non le sembra neanche vero di essere stata chiamata da una casa discografica così importante. Spero solo che vada tutto liscio. Ritorna dal bagno e prende la borsa, è vestita come al solito: una gonna a balze nere con l'orlo appena sopra il ginocchio e una maglia rosa a maniche lunghe infilata dentro; il suo stile è inimitabile perché non si tratta solo degli abiti che indossa, ma anche di come li porta e di come si atteggia. Questo, per il ruolo che andrà a ricoprire, sarà molto utile e sarà pure un punto in più per lei per essere scelta. Speriamo bene. Insieme ci dirigiamo verso la sua macchina, guido io, così la faccio rilassare e quando entrerà per il colloquio sarà ancora più calma e, si sa, la calma è la virtù dei forti.

Dopo un quarto d'ora arriviamo, le faccio ancora un grosso in bocca al lupo e la lascio entrare da sola. Vedo che è ancora un po' agitata ma so che se la caverà, come sempre, perché lei è testarda e riuscirà sempre a superare gli ostacoli e le ansie da prestazione.

Nel frattempo però cosa posso fare? Di entrare in quell'edificio non se ne parla proprio, ma potrei benissimo prendermi qualcosa al bar, oppure mi fermo qua in macchina ad ascoltare musica, mentre cazzeggio con il telefono. Sì, la seconda opzione mi piace molto di più della prima.

Questa sera, invece, che si fa? Potremmo andare a mangiare fuori e poi ognuno a casa propria. Anche perché domani sono io quella che ha due colloqui importanti, sono io che devo svegliarmi presto, sono io che devo essere psicologicamente pronta e, dato che usciamo, chiederò sicuramente un consiglio sincero alla mia amica. Quindi a cena le racconterò tutto, perché non ho avuto tempo in queste ore, e mi farò aiutare come ho fatto io con lei.

Dopo poco più di un'ora arriva Kiki, entra in macchina e scoppia a ridere. Ma non è una risata di felicità, è quella che ti scappa quando tutta la pressione è arrivata al limite. Mi sa proprio che è stata in ansia per molto tempo e ora sembra una psicopatica. Tra l'altro ho letto da qualche parte su internet che, tra i vari nomi, "Chiara" è quello più ricorrente fra le donne ricoverate nei manicomi. Ridacchio mentalmente, poi torno seria e la guardo.

«Com'è andata?» Sorrido.

«Domani mi diranno qualcosa in più, ma sembravano davvero felici di avermi con loro.» Sorride tra sé e chiude gli occhi, facendo un grosso sospiro.

«Felice?» Metto in moto.

«Sì, mi sono tolta un grosso peso dallo stomaco e ora ho tanta fame!» ridacchia togliendosi le scarpe con i tacchi. Fa come le ragazzine!

«Hai visto che non ti hanno mangiato? Non serviva preoccuparsi tanto.» Strizzo l'occhio e poi esco dal parcheggio. «Ora che facciamo?» domando, immettendomi nella strada principale.

«Fra un'oretta è l'ora x» e fa una "x" con le dita.

L'ora "x" equivale all'ora di cena, all'ora di pranzo, insomma è quel momento della giornata in cui vuoi mangiare, che sia mattina o pomeriggio o sera o addirittura notte. Noi indichiamo quel preciso momento in questo modo giusto per non sembrare delle mangione senza una vita sociale che passano la propria vita a guardare serie tv, film e video stupidi su YouTube mentre si ingozzano di schifezze e di ogni cosa commestibile capiti a tiro. Questa era la nostra vita fino a ieri, fino a oggi, ma da domani cambierà qualcosa sia per me sia per lei e chissà se avremo ancora tempo di fare queste cose insieme.

«Pensavo di fare un giro per il centro commerciale e poi andare a cena fuori, ti va?» sorrido di nuovo, fermandomi al semaforo.

«Detta così sembriamo due persone che stanno insieme, mi piace questa cosa» ride divertita mentre si toglie i vestiti. Sì, questa donna si è portata il cambio da casa e solo lei avrebbe potuto pensarci. Inizio a ridere insieme alla mia amica, aspettando il verde.

«Allora, ti va?» domando.

«Certo che sì! Che domande stupide che fai, Alice.» Rotea gli occhi e si siede composta. Questo vuol dire che ha finito di cambiarsi. Dai, pensavo ci mettesse più tempo. Sorrido tra me e me.

Allora, dopo aver avuto la conferma che tanto aspettavo, giro a destra e vado verso il nostro centro commerciale preferito. L'Europe (non so perché si chiami così) è una struttura rettangolare con il tetto circolare in vetro, dentro ci sono un sacco di negozi che vendono diverse marche importanti, ma ce ne sono altrettante i cui abiti, secondo me molto più belli, costano meno. Certo, non sono una che impazzisce per lo shopping ma quando c'è Chiara con me è praticamente impossibile non provare qualcosa, e pure comprarla perché inizia a elogiarmi, io vado su di giri e acquisto tutto quello che lei trova adatto a me.

Arrivata, parcheggio e scendo dall'auto, aspetto che anche lei scenda e poi chiudo la macchina, dandole le chiavi, dato che l'auto è sua. La guido anche io perché si fida e poi oggi era importante che la accompagnassi. Sicuramente per andare a cena guiderà lei. Facciamo spesso questi scambi, siamo proprio fatte così, c'è fiducia reciproca e questo è importante in amicizia, come in amore ovviamente.

Ho voglia di McDonald's, quindi le chiederò di andare a mangiare là anche se effettivamente ci vado troppo spesso e dovrei decisamente smetterla, altrimenti come andrà mai la prova costume?

Ci incamminiamo verso la grande porta scorrevole dell'entrata e, una volta dentro, iniziamo subito a fare commenti su cani, ragazzi e vestiti. È uno dei centri commerciali più importanti in questa zona, c'è sempre molta gente e la nostra specialità è osservarla e commentare. Ovviamente, la maggior parte di ciò che diciamo non riguarda cose negative bensì cose positive, per esempio: stile unico, capelli particolari, sorriso smagliante, occhi brillanti e così via... Non riusciamo a vedere il male nelle persone e se lo vediamo giriamo alla larga, senza degnare il malcapitato di uno sguardo.

«Andiamo da Tally Weijl?» domanda, annuisco e insieme andiamo verso il negozio.

Lei adocchia subito qualcosa nel reparto dedicato ai pantaloni, mentre io nulla perché ho gusti difficili e i capi che trovo qua non mi vanno quasi mai bene.

«K, sai che domani ho due colloqui?» Sorrido avvicinandomi a lei, che sospende la ricerca e mi abbraccia.

«Sono felice per te! Andrai alla grande, ne sono sicura.» Sorride, rimettendosi a guardare i jeans.

«Lo spero» sussurro. «Andiamo al McDonald's dopo?» domando.

«Certo che sì! Ci fa proprio bene un po' di cibo spazzatura» ride e corre in camerino, e io la seguo.

Dopo alcuni minuti esce indossando dei jeans neri a vita alta che le stanno proprio bene.

«Comprali» commento alzando il pollice. Lei si guarda di nuovo allo specchio e annuisce.

Dopo un'ora siamo al McDrive, abbiamo deciso che andremo a mangiare al solito parchetto vicino alle nostre case. È abbastanza isolato e nessuno ci passa più, anche perché i campi ci separano dalla città vera e propria, quindi è normale che nessuno venga qua... a nessuno piace la desolazione, solo a noi due.

4

Oggi è il grande giorno! Non sento ansia da prestazione, ho semplicemente paura di fare le mie solite figure di merda. Bisogna pensare positivo, lo so, però non è facile in questo caso dato che si tratta del mio futuro.

Il primo colloquio è alla libreria, come posso vestirmi? Cominciare con questo dubbio è grave, perché ci sono mille domande più importanti che dovrei pormi... Non posso concentrarmi solo sulla prima impressione che farò, anche se, dicono, sia la più importante. Chiara non può aiutarmi e Diego neppure, lui lavora in fabbrica, quindi non posso proprio contare su di lui. L'unica alternativa possibile è interpellare mamma, che ovviamente mi sta ignorando perché è impegnata a passare l'aspirapolvere a casa. Ma proprio oggi deve dedicarsi alle grandi pulizie? Non lo so, ma lo ricorderò per il prossimo favore che mi chiederà. Insomma, alla fine sono completamente da sola, devo trovare una soluzione ma sono troppo impegnata a rifletterci per trovarla davvero, così mi precipito di fronte al mio guardaroba, lo apro e tiro fuori un vestitino bianco ricamato, poi recupero dei leggings e una canottiera. Osservo le due opzioni: quale metto? L'abito sarebbe molto femminile, sembrerei una fata dei cartoni animati per la sua gonna a campana. I leggings e la canottiera invece sono troppo maschili, non hanno classe e non mi rendono la ragazza carina e coccolosa che sono, o che credo di essere, nonostante sia lo stile con cui mi sento più a mio agio. Ok, non ci sono proprio dubbi: vestito bianco sia. Devo pensare come una donna in carriera, anche se si tratta di un piccolo impiego, non posso più ragionare come un'adolescente. È giunta l'ora di maturare, almeno al lavoro devo dimostrare di essere responsabile e capace di mettermi in gioco in qualsiasi campo.

Mi vesto in un battito di ciglia, vado in bagno, sistemo i capelli in una treccia laterale e trucco leggermente il viso, non come la maggior parte delle protagoniste dei film che guardo, che dicono di indossare un filo di trucco e invece ne mettono un quintale. Corro a piedi nudi verso il sottoscala, entro e mi infilo dei sandali bianchi con un tenero fiore sul dorso, torno in camera e recupero la busta con i documenti. Senza la preziosa lettera di presentazione di Rossana non credo potrei sostenere i colloqui.

Spero che vada tutto bene, anzi io so che andrà tutto bene perché credo in me e nelle mie potenzialità. Sembra che io stia facendo un corso per aumentare l'autostima. Riuscirò mai a essere un'adulta normale? Rido tra me e me e scuoto la testa. Saluto mamma con una spintarella, poi esco di casa, vado in garage ed entro in macchina. Faccio un grosso respiro e parto, decisa a non fare troppi danni. O, almeno, ci proverò!

Dopo un quarto d'ora arrivo davanti alla libreria, parcheggio nelle vicinanze, faccio un altro grande respiro, esco dall'auto e mi dirigo verso l'entrata dell'edificio. Non credo di essere pronta come penso, ma non fa niente.

«Ciao, benvenuta! Cosa posso fare per te?» Sorride una donna sulla trentina, seduta al bancone davanti all'ingresso. Ha i capelli biondi e gli occhi verdi, sembra quasi una Barbie, ha un vestito lungo floreale che le valorizza le forme in modo quasi esagerato.

Le sorrido spontaneamente. «Salve, sono Alice e sono qua per il colloquio.» Mi avvicino, poi le porgo la mano e lei la accoglie con presa delicata.

«Vieni pure da questa parte, il direttore ti sta aspettando.» Mi fa l'occhiolino e mi conduce davanti a una porta marrone, vicino al bancone. «Buona fortuna, Alice!» Sorride ancora e bussa. Una voce giovane mi ordina di entrare e così faccio.

Il ragazzo davanti a me, dal portamento elegante e i tratti decisi, è abbastanza giovane, credo abbia circa venticinque anni anche se sembra molto più grande a causa della barbetta scura. Ha gli occhi castani e le labbra sottili, il naso è importante ma lungo e perfettamente dritto, neanche una curva che lo renda più dolce alla vista. È davvero bello secondo me ma, se si tagliasse la barba, il suo viso si noterebbe molto di più tra la folla, data la sua mandibola marcata.

«Accomodati pure, Alice.» Mi indica la sedia di fronte a lui, io obbedisco senza rispondere. «Rossana mi ha parlato molto bene di te, quindi voglio proprio metterti alla prova.» Appoggia i gomiti sulla scrivania, incrocia le mani sotto al mento e mi guarda, probabilmente mi studia ed è una cosa che ho sempre odiato, non è mia abitudine studiare le persone. Perché gli altri invece studiano me? Il suo sguardo concentrato mi fa sentire a disagio. Brutto scherzo che mi sta tirando!

Il colloquio è andato, non so se bene o male ma è andato, ed è già un passo in avanti.

Ho scoperto che il giovane si chiama Fabrizio ed è il titolare di questa sede, i suoi genitori ne hanno altre in giro per l'Italia. Questo mi fa pensare che probabilmente è pieno di soldi e sicuramente è uno di quei ragazzi super scontrosi, che crede che tutto gli sia dovuto, che se la tira e al quale non importa calpestare i sentimenti altrui. Forse mi sbaglio, tanto, in fatto di prime impressioni, non ci azzecco mai! In ogni caso, a Chiara piacerebbe di sicuro, se ne innamorerebbe senza neanche accorgersene e lo elogerebbe perfino dopo errori irreversibili. Lo vedo proprio insieme a lei, me li immagino a scannarsi e poi abbracciarsi senza rancori, sarebbero una bella coppia. Ma io li odierei a morte perché non sopporto quando qualcuno che ha torto viene difeso, non è giusto, non impara nulla e continua a sentirsi invincibile, arrivando anche a ferire senza ripensamenti chi lo ha difeso. Le persone che sbagliano devono rendersene conto, chiedere scusa e, se è il caso, provare a farsi perdonare, perché solo così impareranno e diventeranno persone migliori.

Ad ogni modo, Fabrizio domani mi dirà se faccio al caso suo o meno, mi ha fatto molte domande riguardo a libri e a scrittori e io ho risposto a tutto. Spero di aver risposto correttamente, ma chissà! La sua faccia non tradiva emozioni, ogni volta che parlavo studiava i miei atteggiamenti. Da questo, però, posso dedurre che ama davvero il suo lavoro e mi fa piacere, soprattutto in questi tempi di crisi in cui è difficile svolgere il proprio mestiere con entusiasmo. Dai, ha già riguadagnato un punto. Sorrido tra me e me.

Questo pomeriggio ho il colloquio per il negozio di cd, chissà come sarà il titolare e se avrò qualche collega come in libreria. Per ora sono a posto, non ho alcun impegno, posso dedicarmi a Chiara e alla sua ansia da risposta, chissà come le andrà.

Esco dalla libreria e mi dirigo verso la mia auto, ma all'improvviso una mano mi prende il polso, mi volto e vedo Fabrizio che, sorridente, scioglie subito la presa delicata.

«Mi chiedevo» fa un mezzo sorriso mentre si gratta la nuca, «visto che non siamo ancora datore di lavoro e dipendente...» continua e io alzo un sopracciglio «... andiamo a bere qualcosa al bar qui di fianco?» Indica una piccola struttura dietro di lui.

«Sì, non ci sono problemi per me.» Alzo le spalle e sorrido, risistemando le chiavi della macchina in borsa. «Ma ognuno paga il suo, ok?» aggiungo seria per poi sorridergli, lui annuisce e alza le mani in segno di resa.

Scriverò a Chiara non appena sarò seduta al locale, spero che non se la prenda. Voglio dire, non esco con un ragazzo (che non sia un amico) da mesi e mesi, mi sembra anche giusto non perdere l'occasione per gustarmi la vista di un bel fusto come Fabrizio. È assolutamente divino, ma non è il mio tipo, considerato che mi dà profondamente fastidio quando un ragazzo è troppo bello o ammaliante, come se fosse artificiale, quindi evito sempre di avere relazioni con questo genere di persona… è un mio piccolo problema, è come un blocco psicologico di cui non conosco le origini.

Entriamo nel bar, è piccolo e accogliente, i tavoli sono tutti tondi e hanno al massimo quattro sedie ciascuno, il pavimento è di legno chiaro e le pareti rosa pastello sono ornate da quadri e menu, il bancone è scuro ma non capisco se si intoni perfettamente con l'ambiente o, al contrario, stoni del tutto, credo sarà un dubbio che mi perseguiterà fino alla fine dei miei giorni. Così ci sediamo in un angoletto accanto a vetrate particolari da cui vedo i passanti, mentre loro non vedono noi e ne ho la conferma perché proprio ora una ragazza dagli occhi a mandorla si sta sistemando i capelli, mi sembra che stia anche per scattare un selfie. Sorrido divertita osservando la scena mentre il mio potenziale titolare sta guardando me, riesco a percepirlo. Cavoli, devo scrivere a K.

«Un attimo: mando un messaggio, poi sono subito da te.» Sorrido e lo guardo di sfuggita, prendo il cellulare dalla borsa e digito. K mi ucciderà, lo so.

«Scrivi al fidanzato? Non voglio essere il terzo incomodo, eh» spiega giocando con il suo bracciale.

«Ma no, figurati... Sto scrivendo alla mia migliore amica.» Chino la testa di lato e gli sorrido.

«Bene. Cosa prendi?» chiede mentre fa segno alla cameriera di avvicinarsi.

«Mi basta un caffè liscio, grazie.» Rimetto il telefono al suo posto e guardo il ragazzo di fronte a me.

«Perfetto» risponde e la fanciulla guarda Fabrizio, persa nella sua bellezza. «Due caffè, grazie» dice lui risvegliando la giovane dalla trance, lei fa un cenno con il capo e corre dietro al bancone. Mi sa che ha già perso la testa, poverina.

«Devo darti del "tu" o del "lei"?» Lo guardo di nuovo, lui aggrotta le sopracciglia e sorride divertito.

«Del "tu", ho pochi anni di differenza con te, mia cara.» Mi fa l'occhiolino, poi mi mostra in un sorriso i suoi denti perfetti e allontana con un gesto i capelli dal viso.

Mi sa che lavorerò con lui, mi sembra tranquillo e a suo agio, forse mi sbaglio.

«Comunque domani ti dico se sarai mia dipendente o meno.» Sorride ancora, sparge sorrisi a profusione.

«Grazie» mormoro e osservo la cameriera tornare con i nostri due caffè, lei mi sorride titubante e mi porge la tazzina, poi appoggia l'altra davanti a Fabrizio.

Alla velocità della luce tiro fuori il portafoglio. La ragazza posa lo scontrino sul tavolo e in poco tempo io le do il mio euro. Insieme attendiamo Fabrizio che, con tutta calma, cerca le monetine in tasca e solo dopo un po' trova i soldi e li dà alla cameriera, che gli sorride sincera facendogli poi un mezzo inchino. Ma siamo in Giappone o cosa?

«Allora, parlami un po' di te.» Sorseggia il liquido nero e io alzo un sopracciglio. «Non preoccuparti, è in amicizia... non ti sto studiando o altro, eh!» ridacchia.

«Immagino» rispondo scettica.

«Ok, forse un po' ti sto studiando.» Fa una smorfia.

«E visto che mi stai studiando io non ti risponderò. Solo conoscendomi, giorno per giorno, puoi scoprire qualcosa di me e del mio carattere... non trovi?» Sorrido e gli faccio l'occhiolino.

«Giustissimo, mia cara Alice» commenta dando l'ultimo sorso al suo caffè.

Dopo che anche io ho finito di bere, ci alziamo entrambi dalle rispettive sedie e ci dirigiamo fuori.

«Dove abiti tu?» domanda accompagnandomi alla macchina. «E questa è tua?» Indica l'auto.

«Abito qua vicino, più o meno.» Sorrido. «E sì, questa è mia, è di seconda mano però... prima di me ce l'aveva il figlio del meccanico di famiglia» aggiungo mentre apro la portiera, sistemando all'interno la borsa.

«Bellina, è cabrio?» chiede ancora girandole intorno e io annuisco. «Un giorno mi porti a fare un giro?» Mi guarda serio.

«Non esagerare, potrai anche essere il mio titolare ma

io non te la farò provare e tantomeno ti porterò a spasso, non penso che tu abbia problemi di questo genere… o sbaglio?» Alzo un sopracciglio e lui sorride compiaciuto. Che problemi ha?

«Risposta corretta e non cattivissima, brava Alice.» Mi fa l'occhiolino. «Ora torno al lavoro, buona giornata!» Mi fa un cenno con la mano e se ne va, ricambio il saluto, entro in macchina e mi metto in marcia.

Chissà cos'altro mi riserveranno questa nuova esperienza e queste nuove persone, non vedo l'ora di scoprirlo. Ora però è meglio che io vada a pranzare. Dopo mi aspetta il secondo colloquio! Appena avrò finito anche quello andrò da Chiara a rilassarmi e a vedere come ha trascorso la giornata, a sentire che riscontro le hanno dato.

5

Fra poco devo essere al negozio di dischi che, senza farlo apposta, è anche abbastanza vicino alla libreria, incredibile. Sono vestita come prima, non mi sono cambiata, mi sono solo data una bella rinfrescata. Chiara non ha risposto al messaggio di stamattina, me lo aspettavo quindi farò finta di nulla e dopo andrò da lei. Spero che il titolare o la titolare del negozio sia una persona carina quanto Fabrizio, non intendo solo nell'aspetto ma anche caratterialmente. Certo, ho detto che lui secondo me è uno stronzo ma mi sono ricreduta subito dopo aver sostenuto il colloquio, ci tiene davvero tanto a ciò che fa e questo lo rende speciale, ma mi sembra di averlo già detto. In più sono sicura che cambierò idea come ogni volta, ormai io e le prime impressioni errate siamo una cosa sola. Parcheggio l'auto di fronte al negozio e mi dirigo verso l'entrata. Mi fermo a osservare la vetrina: in esposizione ci sono solo alcuni cd, probabilmente quelli che sono appena usciti e che stanno avendo abbastanza successo. Dopo alcuni secondi entro e mi guardo intorno: non vedo nessuno, sono morti tutti o...? Inizio dunque a curiosare, dando un'occhiata qua e là. Il negozio è abbastanza piccolo e questo mi consente di osservare ogni angolo in modo abbastanza dettagliato. Alla mia destra c'è una piccola zona con mobili di vetro dove sono esposte casse e luci che si possono usare per le feste, alla mia sinistra invece ci sono gli scaffali di legno bianco molto bassi dove sono riposti tutti gli album e i vinili. Infine, davanti a me, c'è il banco di legno chiaro con il registratore di cassa nero, e proprio vicino c'è una scrivania con un computer. Il pavimento è in parquet scuro, le pareti sono arancioni, tutte decorate da calendari appesi e gigantografie di Masini, Baglioni e Morandi. C'è un bel contrasto di colori e questo è molto gradevole alla vista, poi tenere le grandi foto di artisti di quel calibro rende il tutto molto rétro. Io amo questo posto!

Un uomo dagli occhi piccoli e chiari mi sorride dolcemente. Secondo me è sulla cinquantina, o forse anche più. Ma poi, da dove salta fuori? Forse dalla porta dietro al banco? Chi lo sa.

«Hai bisogno?» Mi guarda.

«Sono qui per il colloquio» replico sorridente.

«Devi essere Alice, giusto?» Sorride anche lui. «Io sono Stefano e questo è il mio negozio. A volte viene ad aiutarmi anche mia moglie, è una piccola ditta di famiglia ma sono sicuro che ti troverai bene anche tu» aggiunge infine mentre si sistema dietro al computer, osservandomi ancora.

«Cosa posso fare per ora?» chiedo abbastanza confusa. Non mi fa un colloquio? Alcune domande? Non mi chiede nessun tipo di curriculum?

«Oh certo, che sbadato!» ridacchia portandosi la mano sui capelli brizzolati. «Avvicinati pure: ti faccio qualche domanda, giusto per vedere se sei abbastanza preparata riguardo a questo genere di cose.» Mi sorride, io mi metto in piedi di fronte a lui e così inizia il mio secondo colloquio.

Da questa chiacchierata, perché si è trattato di una semplice chiacchierata data la semplicità delle domande, ho capito che il mio incarico sarà quello di sistemare i dischi in ordine alfabetico, nulla di complicato e le ore sicuramente voleranno, visto che amo rassettare anche se, a pensarci, il mio armadio non è proprio in ordine... ma questi sono dettagli insignificanti. Ma dai, chi è che ha un guardaroba perfettamente a posto? Nessuno, appunto. Dopodomani mi dirà se e quando potrò iniziare, purtroppo deve occuparsi di alcune cose quindi non ha il tempo materiale per consultarsi con la moglie, di conseguenza mi dirà tutto venerdì. Non vedo l'ora di sapere il verdetto, anche se non ho dubbi: mi assumerà di sicuro. Ritorno in macchina, sciolgo la treccia legando i capelli in uno chignon disordinato e parto, destinazione? Casa di Kiki. Dopo venti minuti abbondanti arrivo, parcheggio al mio solito posto, chiudo a chiave la macchina e mi dirigo al cancelletto, lo scavalco e, giunta alla porta, suono il campanello.

«Che ci fai qua?» sbadiglia la mia compagna di avventura mentre mi apre.

«Se vuoi me ne torno a casa, eh!» sbuffo divertita mentre la seguo dentro. «Allora... ti hanno presa?» Le do una leggera gomitata, lei mi guarda male e poi sorride.

«Sì, mi hanno presa!» esulta. «E lo hanno fatto con l'apprendistato, quindi tre anni e poi chi lo sa...» Batte le mani e saltella come una bambina. Sono davvero fiera di lei, se lo merita!

«Sono molto felice per te, sai?» Mi siedo sul divano mentre lei va in cucina a prendere qualcosa da mangiare.

«Anche io lo sono. A te come sono andati i colloqui? E Fabrizio com'è? Gli farai mai una foto? Sono proprio curiosa di vedere tale bellezza!» Ride e mi raggiunge con una busta di popcorn, facciamo abbastanza schifo quando si tratta di cibo, ma non importa perché noi possiamo permettercelo, o quasi.

«I due colloqui sono andati davvero bene, non mi sarei mai aspettata questo successo... ci credi?» Prendo un pugnetto di quella prelibatezza.

«Tu non ti aspetti mai nulla, quindi sì, ci credo, A.» Scuote la testa.

«Antipatica!» Le mostro la lingua. «Comunque domani saprò qualcosa per la libreria e dopodomani mi diranno per il negozio, andrà bene secondo te?» Accendo la tv e mi sintonizzo su Italia Uno.

«Certo che andrà bene! La smetti di essere così insicura su tutto?» Alza gli occhi al cielo e mi lancia un cuscino addosso, che tenera.

«Sono fatta così, sai che non ho colpe.» Glielo rilancio e sorrido, scuotendo la testa.

Quindi, molto probabilmente, ora entrambe abbiamo un lavoro. Ma che bello! Più tardi chiamo Sonia, sono curiosa di sapere come se la passa senza di me, secondo me si stanno dando da fare per avere un bimbo, almeno spero dato che voglio diventare zia tipo subito! Ma perché penso a queste cose? Dovrei iniziare a farmi una vita.

«Guardiamo un film?» Accavallo le gambe.

«Ultimo film da disoccupate?» Sorride appena.

«Eh sì...» sospiro. «Ora vado a rubarti qualcosa da mettere, visto che non porto mai il cambio vado a svuotare il tuo armadio» ridacchio e mi alzo, percorro il corridoio e poi le scale, arrivo in camera sua, spalanco le ante del guardaroba e recupero dei pantaloncini da calcio blu più una maglietta larga gialla, mi cambio velocemente e scendo di nuovo in salotto, lasciando il vestito appeso nella sua stanza. Vedere la varietà cromatica del negozio di cd mi ha trasmesso una voglia incredibile di indossare colori sgargianti, ma so che durerà appena un paio di giorni e poi tornerò al mio bianco, al mio nero e al mio rosso bordeaux che fa pendant con i miei capelli mogano.

«Ok, sono pronta per guardare questo dannato film!» esclamo, lanciandomi sul divano.

«Che cosa guardiamo?» Fa una smorfia e inizia a smanettare con il pc.

«Non so... quello che vuoi.» Alzo le spalle. «Basta che non sia horror... mi inquietano troppo.» Mi copro il viso con le mani e mi raggomitolo. Sì, sono una psicopatica.

«Uff, volevo vedere una cosa paurosa, ma non vuoi quindi... mmm...» Sfoglia pagine e pagine su internet. «*Cattivi vicini 1* e poi il *2* oppure ci diamo a *Bridget Jones*?» Indica i titoli sul desktop.

«Maratona di Bridget? Giusto perché non siamo già depresse per la nostra zitellaggine» ridacchio mentre vado in cucina a preparare qualcos'altro da mangiare.

«Per me è sì!» esclama e mette in carica il primo film sulla piattaforma streaming, poi collega la tv al pc e mi raggiunge. «Che fai?» Si siede a tavola.

«Dove sono le patatine? E non hai qualcosa di dolce?» Inizio a cercare in dispensa e in frigo.

«Certo, vado a prenderle tutto ciò che desidera, mia regina!» ride, fa un inchino e corre via.

Intanto afferro la busta di ACE, due bicchieri e dei tovaglioli. Sono le 16:30, abbiamo il tempo necessario per guardare tutti i film che vogliamo, saranno un pomeriggio e una serata divertenti, dopo una mattinata per me intensa. La mia amica torna con tutto ciò che le ho chiesto, mettiamo le patate e i popcorn in due contenitori, poi apriamo la scatola dei Ringo e ci dividiamo le piccole confezioni, quattro ciascuna. Che il nostro momento disagiato inizi! Diego lavora fino alle 22:00, oggi gli hanno assegnato il turno pomeridiano, quindi ci raggiungerà dopo, sarà stanchissimo e sicuramente si addormenterà sul divano ma starà con noi, saremo felici anche solo per questo.

6

Ho iniziato a lavorare da una settimana e mezza, quasi due, Fabrizio mi chiede spesso di uscire ma gli rispondo sempre e solo di no. Non è colpa mia se non mi interessa, però spero davvero di fargli conoscere Kiki, me li immagino troppo insieme! Ma forse sono io che mi faccio i filmini mentali, magari vuole solo frequentarmi da amico e io non ci esco perché vorrei che nascesse qualcosa tra lui e la mia migliore amica. Che problemi ho? Sicuramente io e K questo weekend andremo in discoteca. In realtà è strano, non siamo solite frequentare questo genere di posti, ma Chiara deve presenziare per il lavoro che ha da poco intrapreso e non vorrà perdere l'occasione di sfoggiare la sua bravura, è tipo un aiuto manager di qualche cantante. Non credevo neanche esistesse l'incarico di "spalla" di un manager!

Sto sistemando alcuni libri in uno scaffale parecchio alto, sono in cima a una scala pericolante. Se non fossi una persona positiva crederei di poter morire ogni secondo in più che passo sopra questi gradini.

«Hai bisogno di una mano?» domanda Monica, la donna che mi fa da mentore, una sorta di tutor e insegnante.

«No, tranquilla» le rispondo.

«Allora posso andare a casa? Guarda che non devi avere problemi a chiedermi una mano, ok?» continua mentre la sento avvicinarsi.

«Non serve, davvero. Vai pure, grazie ancora.» Mi fermo con un libro in mano, abbasso lo sguardo verso di lei e sorrido.

«Al massimo, di là c'è Fabri.» Mi fa l'occhiolino e se ne va, salutandomi con un gesto della mano.

Non chiederò mai aiuto a lui, non mi abbasserò a tanto, sono troppo orgogliosa per chiedergli qualsiasi cosa. Lo userebbe come pretesto per propormi di nuovo di uscire insieme. Eppure, dato che non si arrende facilmente, se sopravvivrò scendendo da questa scala, e se mi inviterà di nuovo, questa volta prometto di accettare! Stringo i denti mentre sento tremare i pioli. Scendo, un piede dopo l'altro. Sono viva! Sistemo la scaletta al suo posto e mi stiracchio, camminando verso il bancone. Ora devo davvero uscire con lui?

«Ancora qua?» mi domanda la voce ormai familiare del mio titolare.

«Sì, ho quasi finito però.» Mi gratto la nuca. «Devo solo sistemare alcuni conti ed è tutto a posto» aggiungo poi, sedendomi al banco.

«Almeno oggi mi lasci pranzare con te?» Si avvicina al ripiano e appoggia le mani oltre la cassa.

«Ok» sbuffo. In fondo l'ho promesso in cambio della vita! «Non ti arrendi proprio mai, vero?» ridacchio e mi siedo, iniziando a prendere nota delle entrate di oggi.

«Mai e poi mai!» Mi fa l'occhiolino. «Allora, hai finito?» sospira.

«Ma quanto sei impaziente!» Alzo gli occhi al cielo e scuoto la testa.

«Una seconda volta in cui mi dici "sì" è da incoronare, un grande miracolo direi!» Sorride e si mette di fianco a me.

«Esagerato! È solo un pranzo, non farti seghe mentali.» Roteo gli occhi e chiudo la cassa, per poi sistemare i fogli dentro a uno dei cassetti.

«Mentali?» ride. «Solo?» continua a ridere e mi fa una linguaccia. Immagazzino la risposta appena ricevuta e assumo un'espressione a dir poco sconvolta, adirata e disgustata. Come dannazione fa a essere così sciolto con una ragazza che conosce da pochissimo? Con una ragazza che è pure sua dipendente? Mi fa davvero ribrezzo ma anche ridere, soprattutto ridere. Mi riprendo un attimo dalla situazione e inizio a ridere con lui, portandomi una mano alla bocca e una sugli addominali.

«Non dire altro...» ridacchio. «Bleah!» Faccio una smorfia nauseata mentre continuo a sorridere.

«Oh andiamo, non fare la schizzinosa... sicuramente lo hai già sentito da qualcuno, no?» ridacchia.

«Certo che sì! Ma lei è il mio datore di lavoro, non dovrebbe avere questo atteggiamento...» Alzo le spalle, recupero la borsa da sotto la scrivania e lo sorpasso, andando verso l'uscita.

«Ma io sono diverso, mi piace avere un rapporto di questo genere... bisogna essere amici, conoscersi sempre di più e tutto andrà per il verso giusto. Non pensi?» Sorride come solo lui sa fare e mi raggiunge.

«Giusta osservazione, ma il troppo non fa bene.» Esco e lo attendo vicino alla porta.

«Vero anche questo.» Chiude a chiave la libreria, insieme ci incamminiamo verso il ristorante a pochi passi da noi. Solitamente vado a casa a mangiare, per poi dirigermi al negozio di cd, ma, visto che me lo ha chiesto ancora, oggi starò con lui. Entriamo nel locale e la prima cosa che noto fra tutte (impossibile non vederla) è un'intera parete interamente d'acqua. La domanda che subito mi sorge spontanea è: perché non sono mai entrata in questo posto? Sicuramente ci sarà tanto lavoro dietro quel muro d'acqua illuminato da luci colorate e sono sicura che non sia l'unica cosa favolosa qui, è meglio che io mi dia da fare per notare ogni angolo magico di questo ristorante. Un cameriere dagli occhi verdi ci raggiunge festante, e ci fa cenno di seguirlo a un tavolo proprio vicino al particolare che tanto mi ha colpito.

«Dunque Alice, ti trovi abbastanza bene con Monica?» Fabrizio mi fa accomodare, poi si siede anche lui. È un galantuomo, non lo avrei mai sospettato, dopo la battuta di pochi minuti fa.

«Assolutamente sì! È una bravissima tutor!» Sorrido mettendomi composta, mentre afferro un menu.

«Ne sono felice» dice iniziando a leggere dalla lista delle pietanze. «Forza, scegli quello che desideri e, mi dispiace dirtelo, questa volta offro io.» Strizza l'occhio, io sbuffo e inizio a passare in rassegna i piatti elencati. Pasta, riso o pizza? I dilemmi della mia vita. A proposito di dubbi esistenziali: è domani il giorno in cui devo andare in discoteca con Chiara? Non mi ricordo proprio, mannaggia a me e alla mia memoria a breve termine! Dopo le chiedo e lo scrivo sia in agenda, sia sul calendario del cellulare. Sicuramente mi dirà di si, ma sa bene che ho questo problema e che dovrà ricordarmelo altre mille volte.

«Cosa farai questo weekend?» Abbassa il menu e mi guarda.

«Non so, perché?» Alzo un sopracciglio.

«Tu e i tuoi amici potreste venire da me, faccio una specie di festa.» Sorride mostrando i suoi denti perfetti.

«Ma tu chiedi cose simili a tutte?» Aggrotto le sopracciglia.

«No, credo tu sia l'unica!» Fa spallucce.

«Oh, wow!» esclamo sorpresa e incredula.

«Quindi verrai?» domanda chiamando il cameriere dagli occhi verdi.

«Non ti so dire.» Alzo le spalle.

«Spero che tu venga, mi farebbe davvero piacere passare qualche oretta con te.» Sorride ancora e inizia a parlare con il giovane.

Mentre sistemo i cd sullo scaffale, sto ancora pensando alla proposta di Fabrizio. Potrei davvero andare a una festa dove ci sono i ricconi, magari accidentalmente trovo la mia anima gemella, un ragazzo molto ricco che quindi amerò per sempre, per poi progettare il suo omicidio e prendere tutti i suoi soldi, ritrovandomi unica ereditiera. Mamma mia, sto davvero diventando come Chiara? Non voglio crederci, sul serio. Dopo le chiedo se vuole andare proprio in discoteca in mezzo ai plebei (anche se effettivamente noi facciamo parte di quella categoria, ma sono dettagli) oppure a una festa tra gli scapoli più ambiti (perché sicuramente si tratta di questo) della regione, tra i ricchi. Sicuramente sceglierà la seconda opzione, conoscendo la sua ammirazione per le persone di un certo ceto sociale.

Controllo sul computer le prenotazioni dei cd, poco prima della chiusura dovrebbe arrivare un cliente che di cognome fa Longo, ma non trovo scritto alcun nome. Però mi ricorda un'amica di mia sorella con lo stesso cognome, era anche presente al suo matrimonio, chissà se è lei oppure è solo un caso di omonimia. Comunque mi sono accorta di avere una fissazione abbastanza grave, ovvero: prima che ogni cliente venga a ritirare il suo ordine, inizio a immaginare quale potrebbe essere il suo aspetto, conoscendo semplicemente il nome e il cognome. Ma se il dato a mia disposizione è solo il cognome non riesco a figurarmi alcuna possibile fisionomia. Sono proprio malata. Poi succede che se una persona prende un determinato disco piuttosto che un altro mi pongo mille domande, per esempio mi chiedo il motivo di questa decisione, faccio supposizioni sulla sua età e robe così. Non potrei mai fare la commessa in un centro commerciale o in un supermercato, mi farei troppe domande, probabilmente chiederei addirittura agli stessi clienti cosa ci fanno con gli articoli che comprano. Già mi vedo alla cassa, a chiedere: «Quelle bottiglie di birra sono per una festa o per ubriacarti in solitudine?». Ho proprio un problema e non c'è soluzione, perché io ci provo a non pensare a certe stupidaggini, eh? Ma mi è davvero difficile. Stefano mi raggiunge, mi avverte di un impegno improrogabile e va subito via, lasciandomi la chiusura del negozio. Molte volte va via in anticipo, mi lascia spesso le chiavi quindi so per certo che si fida e nel lavoro la fiducia reciproca è fondamentale.

Manca ancora qualche ora alla fine della giornata lavorativa, non so come impiegare il tempo visto che ho sistemato tutto già ieri e le nuove prenotazioni arrivano solo fra alcuni giorni, di conseguenza mi annoio a morte e non ricordo neanche come si usi lo stereo che c'è sotto alla cassa. È nuovissimo e non me ne intendo molto. In ogni caso, ora comincio a smanettarci su per far partire un qualsiasi cd perché proprio non mi piace il silenzio in un negozio. Sono fortunata che Fabri, in libreria, mi lasci mettere la musica anche se in sottofondo, a basso volume, sempre meglio di niente. Quasi quasi ora mando un messaggio a K per aggiornarla dell'invito alla festa. Sono sicura che sarà felicissima di fare la conoscenza di persone nuove, ricche e acculturate, e poi io non vedo l'ora di presentarle il mio datore di lavoro. Sarebbe proprio una serata divertente e diversa dal solito, ci sarebbe da divertirsi più di quanto si possa immaginare.

Dopo svariati clienti arriva Longo, ma, contrariamente alle previsioni, non la conosco. Ha ordinato l'album di un certo Ahote.

«Ciao! Ho effettuato una prenotazione online, mi è arrivata una mail che diceva di venire a ritirare il cd oggi.» Mi sorride. Apro il cassetto della scrivania e le porgo il suo acquisto dicendole il prezzo.

Sorrido di rimando, mentre osservo i suoi movimenti lenti e femminili. Lei è una bella ragazza mediterranea dai lineamenti aggraziati. E soprattutto sembra gentile. Dovremmo avere solo clienti così! Tira fuori la cifra esatta dal portafoglio e me la porge, guardando il cd.

«Ahote… Questo nome in realtà mi è nuovo. Anche se in queste settimane abbiamo venduto parecchie copie del suo album!» le dico, spinta dalla solitudine a rompere il ghiaccio.

«Sì, è un artista giovane che ha debuttato a Sanremo tra le nuove proposte» risponde cordiale.

«Capisco. Non lo conoscevo! Come mai ti piace?» Scuoto la testa tamburellando con le dita sul bancone.

«Secondo me ha qualcosa di speciale. E poi è molto carino! Dovresti ascoltarlo. Se ti capita fallo, non te ne pentirai! Ora ti lascio lavorare, grazie ancora.» Sorride. «Al prossimo acquisto!» Mi fa l'occhiolino e si volta facendo svolazzare la gonna del vestito che indossa, dirigendosi verso l'uscita.

«Sì, a presto.» La saluto con la mano. Quindi non si trattava di Anastasia, l'amica di Sonia. In effetti Longo è un cognome piuttosto comune. Cavoli, se fosse stata lei avrei potuto chiederle come sta suo fratello Yari... Mannaggia!

7

Stiamo per andare alla festa del mio datore di lavoro, sapevo che Chiara non avrebbe mai rinunciato a un evento di questo genere! Ora siamo impegnate nella ricerca di vestiti eleganti, degni di persone benestanti, ovviamente è un'impresa ardua ma ce la faremo, non ci arrenderemo davanti a nulla.

«Che ne dici di questo?» Ne indica uno corto, con lo strascico, di colore giallo. Non credo faccia per lei, è una ragazza dalla bellezza troppo classica per abiti così particolari.

«Provalo, no?» Roteo gli occhi.

«Provalo tu, scema!» Scuote la testa.

«Io? E tu niente?» Aggrotto le sopracciglia.

«L'ho già scelto, ancora prima di provarlo» ridacchia. «Guarda qua!» Mi mostra un abito rosso lungo, talmente lungo che tocca terra.

«È bellissimo e sono sicura ti starà divinamente!» commento sorridente. «Ma allora...» faccio una piccola pausa, «... se tu indossi qualcosa di lungo, anche io voglio un vestito lungo.»

Mi sposto tra gli appendiabiti, andando nella zona riservata ai capi da sera.

«Dai, ti do una mano.» Mi viene vicino e insieme ricominciamo a cercare.

Dopo un bel po' riusciamo a trovare un vestito che potrebbe fare al caso mio. Allora, per avere la conferma di ciò che pensiamo, ce li proviamo entrambe. La prima ad uscire dal camerino è lei. Rimango un attimo a osservarla, deve fare bella figura quindi ha bisogno di un buon consiglio, perciò osservo ogni minimo dettaglio: il vestito le fascia il corpo in modo dolce, ha una scollatura a cuore e, appena sotto il seno, ha una sorta di cintura, larga un paio di centimetri, in raso di un rosso un po' più chiaro che si lega dietro alla schiena formando un romantico fiocco, credo siano rose o comunque fiori quelli ricamati in pizzo che arricchiscono parte della gonna e il bustino nella sua interezza. Il mio, invece, è più semplice e ha un non so che di antica Grecia: è bianco, come piace a me, ha una scollatura particolare perché lascia scoperta la spalla destra, cadendo morbido sul petto, facendo intravedere un po' di pelle sul torace. Anche il mio ha una cintura appena sotto il seno, solo che è più larga ed è tutta argentata. Dopo esserci fatte i complimenti a vicenda ci scattiamo un selfie, come da tradizione. Entriamo di nuovo nei rispettivi camerini, ci cambiamo indossando di nuovo i nostri abiti, poi andiamo alla cassa a pagare, e infine ci dirigiamo fuori, verso la mia auto, per tornare a casa mia. Dobbiamo scegliere i tacchi da abbinare, per non parlare del trucco e delle pettinature! Abbiamo ancora tre ore quindi andrà tutto bene, è molto presto e sono sicura che riusciremo persino ad arrivare in anticipo.

Perfetto! È ora di uscire per andare a casa di Fabrizio, non ricordo bene il luogo dell'appuntamento perciò chiederò a K di scrivergli un messaggio, poi dobbiamo anche andare a prendere Diego. Sono sicura che non abbia realmente molta voglia di accompagnarci, però ormai ha detto di sì, dunque è obbligato a venire con noi. E poi non può di certo lasciarci da sole, siamo troppo a portata di ragazzi, non va mica bene questa cosa!

«Guido io o guidi tu?» le chiedo con le chiavi in mano.

«Voglio bere» risponde. Poi mi sorride. «Se vuoi all'andata guido io, ma al ritorno guidi tu!» Mi strappa il mazzo dalle mani.

«Non fare danni!» l'avverto. «Sai bene che ci tengo alla mia macchinina.» Le faccio una linguaccia e mi siedo nel posto del passeggero, allacciandomi la cintura.

«Ho mai fatto danni?» Alza gli occhi al cielo e sorride.

«No, ma c'è sempre una prima volta» ridacchio ancora, mentre lei mette in moto subito dopo aver messo la cintura di sicurezza.

«Dai, andiamo da Diego» sbuffo e recupero il cellulare dalla borsetta. Alla fine tocca a me scrivere a Fabrizio, non mi va di fare figure di merda, accidenti. Se avesse scritto Chiara con il mio cellulare sarebbe stato più carino, e non sarebbe stato così strano dato che lei effettivamente non sa dove dobbiamo andare.

In meno di cinque minuti siamo a casa del nostro migliore amico. K suona il clacson facendolo uscire di fretta dalla porta di casa, Diego si sistema nei sedili posteriori poi allaccia la cintura e partiamo. Intanto io mando il messaggio al mio datore di lavoro, che prontamente mi risponde, quindi impostiamo il navigatore. Il ragazzo che ora sta fischiettando è uno dei nostri amici più cari, la nostra amicizia dura da molto e nessuna di noi due prova interesse per lui e viceversa. C'è solo un grande affetto e tanta fiducia, c'è sincerità e, quando non vogliamo condividere tra noi alcune cose, c'è rispetto. Diego è alto e da quando fa palestra è diventato anche molto più muscoloso, prima era decisamente magro e la sua postura lo faceva sembrare gobbo. Da quando ha trovato un equilibrio tra lavoro ed esercizio fisico riesce a dedicarsi di più a se stesso e si vede: gli occhi sono scuri ma sono limpidi, non sono più irrequieti, gli angoli della bocca sono rivolti verso l'alto e le labbra sono sottili, porta la barba un po' lunga, ma quando gli suggeriamo di accorciarla lui ci ascolta e lo fa immediatamente. Ormai credo abbia trovato un suo personale equilibrio fisico, emotivo e psicologico, è sereno e vederlo così ci rende felici.

Ma quindi la festa è a quaranta minuti di distanza, dove cavolo vive 'sto ragazzo?

«Spero per voi che sia una festa degna di questo vestiario» sbuffa Diego.

«Credo di sì.» Alzo le spalle e sorrido divertita.

«Credi?!» replica agitato. «Cosa vuol dire "credi"?» aggiunge visibilmente sconvolto.

«Senti, ti dai una calmata? Sc non lo usi ora, quando vuoi utilizzarlo? Sei sempre in tuta, cavoli» rispondo, rivolta verso il sedile posteriore.

«Quando mi sposerò, ovvio.» Fa una smorfia.

«Idiota!» Scuoto la testa sorridente e mi metto a guardare la strada davanti.

«Quanto manca?» chiede lui.

«Siamo praticamente appena partiti, ti puoi rilassare?» rido mentre indico il percorso alla mia migliore amica.

«Sono una persona impaziente, lo sai» sbuffa ancora.

«No, sei insopportabile, è molto diverso!» ridacchio.

«Ti odio, Ali» esclama lasciandosi scappare un sospiro.

«Sì, anche io ti voglio bene, D.» Faccio un mezzo sorriso.

Ecco, lui è anche quel tipo di persona che dice una cosa cattiva ma pensa una cosa buona, io lo so e so pure come rispondergli, infatti non mi sopporta quando riesco a fargli passare il cattivo umore. Manca ancora un bel po' e non ho idea di cosa ascoltare durante il tragitto, non ho molti cd in macchina, quelli che ci sono a Chiara non piacciono quindi ho due opzioni: scegliere qualche hit dal cellulare, il suo ovviamente, oppure inserire una chiavetta usb, anche questa sua. Si può essere così fissati con la propria musica da portarsela ovunque? A volte però cede alle mie richieste e per questo mi sento abbastanza appagata, solo che succede davvero di rado.

«Ora da che parte devo girare, Ali?» domanda K.

«Sinistra. Poi alla rotonda, prendi la seconda uscita.» Le indico di nuovo la strada.

«Perfetto, grazie.»

«Mi raccomando, non bevete troppo oggi. Siamo a una festa piena di gente acculturata e che naviga nell'oro, quindi occhio ai vostri comportamenti e attenti anche a come parlate» li avverto facendo un grosso respiro. Ma perché ho accettato? Ah giusto, perché la mia carissima amica vuole assolutamente beccarsi un riccone che possa regalarle la Porsche che tanto desidera. Sono sicura, faremo un sacco di figure di merda, non è possibile non farle, e dico sul serio, eh! Ormai ci siamo rassegnati, tutti e tre! Per fortuna ci divertiamo sempre molto, se no che brutto sarebbe piangersi addosso per così poco? Dai, non siamo più così lontani, qualcuno qua ha schiacciato di brutto sull'acceleratore e non sono io. Ridacchio tra me e me e mi do una piccola sberla sulla fronte. Dopo gli ultimi chilometri percorsi a una velocità considerevole, arriviamo davanti a un grande cancello grigio. Scendo dalla macchina e suono il campanello. Stiamo percorrendo una stradina di sassi all'interno del giardino e siamo circondati da enormi querce, la carreggiata porta direttamente a una piccola fontana, le giriamo intorno fermandoci davanti alla grande scalinata. Subito un parcheggiatore ci apre le portiere: Chiara è la prima a scendere e gli dà, con un gesto elegante (incredibile ma vero!) le chiavi dell'auto, poi scendo io e Diego per ultimo. Alla fine tutti e tre, rigorosamente a braccetto, saliamo i gradini che portano all'arco dell'entrata principale, lo superiamo e finalmente entriamo nell'edificio. Rimaniamo subito colpiti da tutta la gente, da tutti i begli abiti eleganti, da tutto lo champagne, da tutti i gruppi di persone che sembrano interessarsi davvero gli uni agli altri. Quante cose incredibili sto vedendo e sono sicura non siano finite qui!

«Alice, sei arrivata!» Mi raggiunge Fabrizio con un calice di cristallo (almeno credo sia di cristallo!) in mano.

«Ehi!» lo saluto. «Loro sono i miei due migliori amici: lei è Chiara e lui è Diego» indico poi i ragazzi dietro di me, i quali fanno un passo avanti subito dopo la presentazione.

«Piacere di conoscervi.» Stringe la mano al mio amico, poi bacia il dorso della mano a Kiki, da vero galantuomo. «Forza, fate come fosse casa vostra!» Mi fa l'occhiolino e va verso due uomini molto più grandi di lui.

«Porco cazzo, è proprio un riccone» commenta sottovoce K.

«Voglio quello champagne, subito» dice l'altro e si incammina verso il buffet.

«Che ti avevo detto? Ci stiamo amalgamando con una classe superiore, cerchiamo di limitare il nostro linguaggio volgare e inappropriato, ok?» Faccio un grosso respiro e mi guardo intorno spaesata. Sarà una lunga serata, me lo sento.

«Vado a fare colpo su qualcuno, giuro che sarò una nobildonna!» Sorride e va verso un gruppo di ragazzi.

A questo punto il mio titolare torna da me, facendomi un baciamano incredibilmente sensuale.

«Stai proprio bene con questo vestito, mia cara Alice.» Alza lo sguardo, mi sorride e da così vicino posso osservarlo meglio, notando il suo completo grigio che sembra essere abbinato al mio. Incredibile come alcune cose possano essere così complementari per pura casualità, si chiama destino o semplicemente lui ci ha seguite mentre andavamo in giro per negozi senza farsi beccare, ma su questa seconda opzione ho i miei dubbi. Rido a questo pensiero e poi torno in me.

«Grazie» rispondo dolcemente.

«Ti faccio fare il giro della casa, ti va?» Mi porge il braccio, lo afferro e mi avvicino un po' di più. Riuscirò a non cadere su questi tacchi vertiginosi? Ma soprattutto, riuscirò a non fare figuracce proprio con il mio capo?

8

La casa è infinita, è come stare in un castello e non lo dico tanto per dire, sembra davvero una reggia. Ci sono scale e stanze in ogni dove, i muri sono pieni di quadri di antenati di famiglia e il pavimento è di marmo, un marmo particolare che non credo di aver mai visto prima. Predomina il color oro un po' ovunque, i mobili ne sono una prova dato che sono di legno antico con inserti dorati. Ho la sensazione che ci siano molte cose di valore. Provo un disagio impressionante, questo non è affatto il mio mondo e non vorrei mai che lo fosse.

«Non sai quanto io sia felice di averti qua» mormora Fabrizio tenendomi per mano. Perché non la smette di fare il finto gentiluomo?

«Ah sì? Io mi sento tanto fuori posto.» Lascio la presa, poi mi avvolgo con le braccia.

«Per quale assurdo motivo?» ride di gusto, mi sta prendendo in giro?

«Questo ambiente non mi rispecchia, perché mi hai voluta con te?» Mi allontano un po'.

«Mi sembravi perfetta da presentare alla mia famiglia» spiega. «A proposito! Fra poco saranno qua, potresti farmi da fidanzata?» domanda con nonchalance. Sta scherzando, vero? Sono tipo una escort? Un'accompagnatrice?

«Cosa...?» Lo guardo con l'espressione sconvolta.

«Ti prego, è importante!» Si inginocchia. «Se vuoi ti pago, eh!» prende la mia mano fra le sue.

«No, scordatelo!» Mi divincolo indietreggiando di qualche altro passo, lui si alza e mi fissa indifferente.

«Allora credo proprio tu debba uscire da casa mia.» Mi indica la porta che sta dall'altra parte della sala. Ma che problemi ha? Non posso fare a meno di scoppiargli a ridere in faccia.

«Amico, ti manca qualche rotella» continuo a ridere, iniziando a scendere i gradini grigi.

«Sei stata brava!» Mi raggiunge e io mi blocco.

«Era una specie di prova?» Mi volto verso di lui e alzo un sopracciglio, lui annuisce e mi sorride subito dopo. «Tu non stai bene» commento ancora perplessa per ciò che è appena successo. «Perché devi per forza esaminare chiunque?» Aggrotto la fronte, assottiglio gli occhi e lo fisso in modo insistente.

«Perché mi diverte, logico!» Sorride. «Ma tu sei l'unica che provoco così tanto, mi piacciono le tue risposte.» Mi fa l'occhiolino e mi porge il braccio.

«Perché io? Ce ne sono di ragazze da usare in questa

maniera!» Lo guardo ancora per qualche secondo, poi ricomincio a scendere le scale.

«Come ho già detto: mi piacciono le tue risposte» ridacchia e mi raggiunge. «Tornando ai genitori, ti posso presentare o no? Sei una mia dipendente, eh!» Continua a stuzzicarmi. Lo sguardo sornione di chi non ha niente da perdere.

«Va bene...» sospiro rassegnata e scuoto la testa.

«Gli piacerai davvero tanto, amano le ragazze con carattere e sicuramente inizieranno a raccontarti della mia vita, progetteranno pure il nostro futuro ma tu non dar loro alcun peso, se no ti metti nei guai.» Fa un mezzo sorriso e, insieme, facciamo la nostra entrata nel salone dove i suoi genitori ci stanno aspettando. Come andrà a finire questa serata?

È da più di un'ora che parlo con Fabrizio e i suoi parenti, sembrano simpatici, si vede che sono persone di alta classe sia per come parlano, sia per come si atteggiano. Eppure non ho affatto cambiato idea, io non faccio parte di questo mondo e non vedo l'ora di essere a casa con i miei due migliori amici, che però, ora che ci penso, sono scomparsi dalla circolazione. Non so se essere preoccupata o divertita dal loro comportamento spensierato, ma almeno un messaggio potrebbero mandarmelo!

«Dov'è il bagno?» sussurro nell'orecchio del mio datore di lavoro.

«Da quella parte» indica un punto impreciso al di là del

salone. «Se vuoi ti ci accompagno.» Sorride maliziosamente e io scuoto la testa, in segno di negazione.

«Mi arrangio, grazie.» Ricambio il sorriso, chinando un po' di lato la testa.

«Sicura? Sai che non ho problemi vero?» Mi guarda fisso e si morde il labbro inferiore.

«Sicurissima!» esclamo. «Grazie lo stesso, sei molto gentile.» Faccio un cenno del capo ai suoi genitori e mi allontano lentamente, non vorrei mai inciampare proprio sul più bello. Recupero il cellulare dalla pochette e digito un messaggio.

A Kiki; A Dieghito:
Dove cappero siete? Non sapete che è successo!
Dove ci troviamo, poi, per tornare a casa?
Vi prego, rispondetemi!

Esco in giardino – la scusa del bagno è stata abbastanza sciocca, ma piuttosto efficace – e mi siedo su una delle panchine lungo la stradina di sassi. Chissà che fine hanno fatto i miei amici… un po' mi mancano i loro disagi, non riesco a immaginare la mia vita senza loro due al mio fianco.

Il cellulare mi vibra in mano, così mi metto a leggere le loro risposte.

Da Dieghito:
Come dirtelo…
Il tuo datore di lavoro ci ha accompagnati in discoteca,

in quella dove dovevamo andare tutti insieme, dicendo che ci avresti raggiunti.
Ma questo è successo tipo due ore fa, quindi niente, sappiamo che non lo hai deciso tu, solo che ci dispiace sia andata a finire così. Chiara è un po' incazzata, non credo ti risponderà facilmente, ma tu prova comunque a contattarla.
Buonanotte A. Ti vogliamo bene, ricordalo.

Cosa? C'è qualcosa che non quadra, come è possibile sia stato Fabrizio se era con me? Ma poi che senso avrebbe avuto? Voglio dire... Proprio lui mi ha detto di venire con gli amici quindi è impossibile che abbia cambiato idea così a caso. E se fossero stati i suoi genitori a imporglielo? Ma non erano ancora arrivati due ore fa.

A Dieghito:
Fabrizio era con me, non può essere stato lui, anche perché è lui che vi ha invitati, quindi che senso avrebbe un atteggiamento del genere?
Sei sicuro fosse lui? Non è che vi siete immaginati tutto? Ma almeno vi siete comportati bene? Magari, se è stato lui, avrà avuto un motivo valido per farlo... non pensi?

Invio e mi alzo dalla panchina. Sono molto confusa e non so se andare direttamente dal mio titolare a chiedere spiegazioni, oppure attendere la risposta di Diego, o addirittura diventare un'investigatrice privata e trovare le risposte da sola. Inizio a camminare vicino alle aiuole, avanti e indietro, continuando a pensare a una ragione plausibile per questa situazione, ma senza alcun risultato.

Il telefono vibra di nuovo.

Da Dieghito:
Ero un po' brillo ma non ho fatto alcun danno, tantomeno Kiki che se la stava ridendo con un ragazzo molto più grande... Ci siamo comportati benissimo, abbiamo anche utilizzato un linguaggio forbito, quindi non so proprio il motivo di questo allontanamento.
Sì, era Fabrizio, me lo ricordo bene. Prova a chiedergli spiegazioni, magari c'è un motivo che lo ha spinto ad agire così, spero solo che tu creda a me e non a lui, qualsiasi cosa accada.
Ora vado davvero a dormire, siamo molto stanchi entrambi... Siamo a casa mia, abbiamo rimediato un passaggio. Non venire a suonare a ore improponibili, non ti risponderei e soprattutto non ti aprirei, ok?
Notte A.

L'unica soluzione è quella di andare da quel riccone del mio capo. Faccio un grosso respiro, sistemo il telefono in borsa e guardo il cielo. Dopo alcuni secondi abbasso lo sguardo davanti a me, ritrovandomi Fabrizio sorridente a pochi passi di distanza. È un buon momento per chiedere una giustificazione a questo comportamento, per togliermi ogni dubbio e capire se è effettivamente una persona buona o meno.

9

«Sei stato tu?» chiedo dopo avergli riferito il contenuto dei messaggi di Diego.

«Assolutamente no, non avrebbe avuto senso!» Sorride.

«Hai un fratello gemello?» domando ancora.

«Forse.» Trattiene una risata.

«Sei uno stronzo!» Faccio un bel respiro e scuoto la testa. «Ma allora perché lui li ha mandati via?» Inarco le sopracciglia incredula.

«A mio fratello non piacciono i plebei, non ho nessuna colpa io.» Alza le mani in segno di resa.

«Allora neanche io gli sono simpatica?» Continuo a guardarlo, confusa.

«No, tu gli piaci» mi indica. «Non sei di bassa plebaglia, hai intelletto e ti comporti in modo impeccabile, rispondendo a tono quando devi ma senza cadere troppo nel volgare.» Sorride e appoggia due dita sotto al mio mento.

«Non mi toccare.» Roteo gli occhi e lo spingo via.

«Comunque ora te lo presento, vieni con me?» Mi porge la mano.

«Io non lo voglio conoscere» rispondo sicura. «Non è degno di parlarmi» esclamo in modo fin troppo altezzoso.

«Vedi? È questo che dovrebbero fare tutte le donzelle di alta classe.» Inizia a camminare. «Allora... vieni?» Si ferma dopo qualche passo, si gira un po' e mi fa l'occhiolino, lo raggiungo senza dargli nessuna risposta, lui sorride e insieme torniamo dentro.

In poche parole: Fabrizio ha un fratello gemello che non sopporta le persone di basso rango, è stato lui ad accompagnare i miei due migliori amici in quella discoteca dicendo loro che io li avrei raggiunti, mentendo spudoratamente. Ma ci sono troppe cose che non tornano, almeno credo, insomma: quand'è che ha deciso che io gli piaccio più degli altri? Quando mi ha parlato? E perché ha mandato via Diego e Chiara? Alle prime due domande potrei rispondere dicendo che, probabilmente, lui ha preso il posto del mio titolare per un giorno e io non me ne sono nemmeno accorta, come avrei potuto? Poi, potrei pensare che non gli va giù la semplicità dei miei amici.

«Alice, a cosa stai pensando?» chiede mentre ci avviciniamo sempre di più ai suoi genitori.

«Nulla di importante, non dovrebbe interessarti ciò che penso» rispondo secca.

«Perché no? Stiamo parlando di te, mica di una donna qualsiasi.» Mi fa l'occhiolino. Ci sta provando o sbaglio?

«Allora te lo dico così.» Faccio una piccola pausa. «Non

sei tenuto a sapere cosa penso, non voglio dirtelo e non te lo dirò» aggiungo. «Meglio?» Sorrido spavalda.

«Se ti stai ponendo delle domande riguardo a mio fratello, fra poco avrai risposte, non serve che ti scervelli per nulla.» Alza le spalle.

«Va bene, ma non ci stavo assolutamente pensando» mento e faccio spallucce, iniziando a guardarmi intorno.

«Eccoci!» dice ai suoi. «Ora chiamo anche Paolo» sussurra a me e recupera il cellulare dalla tasca del completo, digita un messaggio e, in pochi secondi, un ragazzo identico a lui si presenta vicino a me. Circondata da persone altezzose e piene di soldi, carina come cosa! Effettivamente sono uguali, sono davvero gemelli. Se non fosse che Paolo ha un piccolo tatuaggio dietro l'orecchio sinistro, invece Fabrizio non ha ancora nessun segno sulla pelle, e se ce l'ha è nascosto dai vestiti.

«Lei è Alice, ma tu la conosci già, giusto?» Ammicca maliziosamente, il mio capo.

«Giusto!» replica. «Ma lei non conosce me.» Fa una smorfia contrariata. «Dunque… Ciao Alice, io sono Paolo.» Mi fa il baciamano ma freno subito ogni contatto fisico, mostrandomi fredda e distaccata.

«Mi spieghi per quale motivo hai allontanato i miei due migliori amici da questa festa?» chiedo guardandolo fisso, senza dire nient'altro. Sento gli occhi addosso dei suoi genitori e so che mi stanno studiando ancora di più, è una sensazione odiosa ma ormai mi ci devo abituare.

«Non erano degni di stare a questa festa, in questa villa» replica acido incrociando le braccia sul petto. Ora che lo osservo meglio, Paolo, rispetto a Fabrizio, è molto più magro e mingherlino, sono però di uguale altezza.

«E tu non sei degno di stare al mondo» sputo acida. Neanche lo conosco e vado diretta all'insulto diplomatico, faccio progressi o regredisco? Saluto il padre e la madre di Fabrizio, poi saluto lui e me ne vado, lasciando calare nel salone un silenzio tombale. Sono stata troppo impulsiva, lo so, ma nessuno deve parlare così delle persone che mi stanno sempre vicine, di coloro che mi aiutano ogni secondo e rendono la mia vita sempre più gioiosa.

«Alice!» grida una voce alle mie spalle. Non mi fermerò sicuramente perché uno psicopatico mi sta chiamando. «Alice, fermati!» cerca di ordinarmelo ma con scarsi risultati, sento i suoi passi dietro di me. «Volevo chiederti scusa!» urla infine prendendomi per il gomito, bloccandomi.

«E basta?» Alzo un sopracciglio e mi libero dalla sua morsa. «Secondo me tu non ti rendi davvero conto della gravità di questa situazione, della tua azione.» Indietreggio di qualche passo e lo fisso senza timore. Ha gli occhi scuri come quelli di suo fratello, ma il viso è un po' più morbido.

«Senti, o accetti le mie scuse o quello è il cancello» indica alla fine della stradina.

«Infatti sto proprio andando da quella parte» sbuffo, poi sorrido in modo palesemente falso e mi rimetto in cammino.

«Ok, ok...» Mi prende delicatamente il polso, mi blocca di nuovo e a me balena in mente una sola idea: non è che questa mania di placcaggio lo rende un Mr Grey italiano? Scuoto la testa per la mia stupida osservazione e continuo ad ascoltare. «Ho sbagliato» ammette in un sussurro. «Non pensavo che avresti reagito in questa maniera.» Punta il suo sguardo sul mio, poi lascia la presa.

«Perché probabilmente non hai amici.» Sorrido in modo quasi sadico. «Se tu ce li avessi, ti saresti reso conto molto prima di tutto ciò» aggiungo e guardo oltre le sue spalle. Nonostante la risposta battagliera non riesco a sopportare per molto i suoi occhi sui miei. Dietro di lui c'è Fabrizio che ci sta raggiungendo lentamente, con una sigaretta fra le labbra. Non pensavo fumasse, non l'ho mai visto in pausa cicca a differenza di Monica, lei ci va giù pesante con il fumo.

«Sì, non ho amici e sto decisamente meglio così.» Trattiene il respiro e stringe i pugni lungo i fianchi.

«Si vede.» Inizio a ridere sonoramente: rido di gusto, rido perché lui non pensa realmente ciò che ha detto, rido perché è orgoglioso e non mi darà questa soddisfazione, rido perché mi piace ridere e questa cosa mi fa ridere.

«Perché maledizione ridi?» serra la mascella.

«Perché sei proprio un bambino» insinuo tra le risate. «Io non ti conosco, è vero, ma questa è l'impressione che mi dai» lo guardo per alcuni secondi, poi sposto lo sguardo su Fabrizio.

«Se non mi conosci, come hai detto anche tu, non puoi dirlo e neppure pensarlo.» Incrocia le braccia al petto, sposta il peso del corpo su un piede e mi guarda dall'alto al basso.

«Mi stai continuando a dare conferme riguardo a ciò che penso di te, fatti due domande.» Gli faccio l'occhiolino per stuzzicarlo e poi lo supero, raggiungendo il mio capo che, tra l'altro, non smette di sorridere da quando mi ha vista sicura e determinata a distruggere suo fratello. Ciò che ora sta dimostrando Fabri, la totale indifferenza nei confronti di Paolo, mi fa pensare a lui come a un potenziale serial killer senza scrupoli.

«Mi porti a casa? Non ho voglia di guidare e sono stanca.» Sospiro guardandolo negli occhi. «Poi ti chiamerò un taxi per tornare indietro... E ovviamente lo pagherai tu, visto che sei pieno di soldi!» lo provoco giocosamente.

«Mi vuoi fare usare la tua macchina? Oh mio Dio» ridacchia, getta la sigaretta ormai spenta e mi prende per mano. «Andiamo allora.» Sfodera un sorriso che mi fa stare subito meglio mentre ci dirigiamo dal parcheggiatore a richiedere la macchina. Paolo è ancora fermo in mezzo alla stradina, non sa più che dire e credo stia meditando su ciò che ho detto io. Meglio così, deve analizzare ogni singola mia parola e ogni sua singola azione. Che poi, da dove mi sono uscite quelle parole? Solitamente non mi metto ad accusare qualcuno facendo insinuazioni, non inizio a discutere con persone che non conosco ma lui mi ha fatto troppo arrabbiare. Forse non è stata una scelta azzeccata, ma ormai è fatta. La mia macchina arriva, l'uomo scende e dà le chiavi al mio titolare, che, con atteggiamento galante, mi apre la portiera. Io mi siedo composta, mentre lui si sistema al suo posto, mette in moto e io, con la testa poggiata sul sedile, chiudo gli occhi. Non intendo dormire, voglio solo riposare gli occhi per alcuni secondi come faceva papà dopo mangiato. Che poi stesse dormendo lo sappiamo tutti! Sorrido tra me e me pensando ai ricordi dell'infanzia. Comunque non credo il mio capo sappia l'indirizzo di casa mia, al massimo mi scuoterà un po' e io tornerò attiva come prima.

«Riposa bene, cercherò di non fare danni!» Apro gli occhi per osservare la sua espressione nel dire quelle parole, vedo il suo sorriso sincero e allora partiamo, ma Paolo si piazza al centro della strada costringendo Fabrizio a fermarsi. Abbassa il finestrino subito dopo aver sbuffato. «Cosa vuoi fratello?» chiede con un tono decisamente infastidito.

«Vengo con voi.» Entra senza aspettare la nostra risposta, mi faccio scappare un mugugno contrariato e mi sistemo in modo ancora più comodo di prima. Devo tranquillizzarmi altrimenti finisce male! «Alice, ti chiedo ancora scusa per prima» aggiunge in un sussurro, lo ignoro e mi volto verso il finestrino, poi chiudo gli occhi per rilassarmi.

«Lasciala stare, Paolo» sento dire dal mio datore di lavoro.

«L'hai scelta bene…» commenta l'altro divertito. «Ha proprio un caratteraccio» conclude.

«Lo so, per questo mi piace» confessa il ragazzo alla guida. «Ha le palle più di noi due.» Lo sento trattenere una risata. «Farà un ottimo lavoro in libreria, e sento che movimenterà parecchio le nostre vite» dice infine e io sorrido involontariamente, lasciandomi cullare dalla guida dolce del giovane seduto al mio fianco. Non so cosa intenda con quell'affermazione, ma credo che in un certo senso abbia ragione perché anche se ho detto quel che ho detto a Paolo, anche se penso quel che penso di Fabrizio, in loro compagnia mi sento libera di essere me stessa.

10

Chiara mi ha ordinato di non raggiungerla in discoteca oggi, ma io odio quando qualcuno mi obbliga a fare o non fare una determinata cosa quindi, essendo uno spirito libero, sono venuta comunque, vestendomi anche in modo decisamente carino. Inoltre è davvero strano che lei mi impedisca di vivere una situazione spensierata, perciò sono preoccupata. Spero non sia successo nulla di grave.

«Sapevo che saresti venuta» sbuffa la mia migliore amica, sedendosi di fianco a me, sul divanetto circolare nero. Oggi ha i capelli legati in una coda alta, deve rifarsi la tinta però, perché si inizia a vedere la ricrescita biondo cenere e, anche se sta bene con qualsiasi colore, preferisco di gran lunga il nero che le valorizza la carnagione pallida e gli occhi verdi.

«Sai bene che se mi obblighi a non fare una cosa, io la faccio per ripicca» ridacchio. «Ma visto che sono preoccupata per la tua incolumità devi rispondere a una domanda.» Faccio una pausa e la guardo negli occhi, lei fa un cenno del capo per farmi continuare. «Perché non mi volevi qua?» chiedo iniziando a sorseggiare il mio drink.

«Perché c'è una persona che non voglio tu veda, né ora né mai» risponde prontamente in modo quasi aggressivo, poi sposta lo sguardo verso il palco.

«Di chi si tratta?» chiedo sperando di ricevere una risposta.

«Non te lo dico» afferma sicura. «Tanto ti riconoscerà lui e chissà che altro farà» sospira decisamente preoccupata. «Come cantautore mi piace, ma poi fine» continua. «Come persona è insopportabile» commenta stringendosi in un abbraccio. «Avrei voglia di prenderlo a badilate in faccia ogni volta che mi guarda o che mi parla» chiude la spiegazione diventando sempre più nervosa. Continua a guardare la strumentazione e le luci che puntano il piccolo palcoscenico.

«Ma mi dici di chi stai parlando?» domando. «Perché non credo di averci capito molto» ridacchio. «Ho capito solo che è, o sembra, una persona orribile» alzo le spalle e scuoto la testa, sistemandomi i capelli dietro le orecchie.

«Lo scoprirai presto...» sospira. «Qualsiasi cosa accada non seguire nessuno, non andare nel backstage, non fare nulla, ok?» mi guarda seria. Annuisco confusa e lei si alza, andando dietro le quinte. Certo che è parecchio strana oggi, che le passa per la testa? Di cosa ha paura?

«Ah, sei qua?» si siede vicino a me il mio migliore amico, non pensavo ci fosse anche lui.

«Ma tu sai che cos'ha?» indico con un gesto del capo K, che ci sta fissando dall'altra parte delle transenne.

«Sì, ma non posso dirtelo...» replica. «Lo capirai da sola.» Prende il bicchiere che tengo tra le mani e si mette a sorseggiare il mio cocktail.

«Ma perché siete tutti e due così misteriosi? Mi innervosite!» Mi alzo dal divanetto velocemente e raggiungo la prima fila. Voglio proprio vedere questa persona di cui Chiara ha tanto timore, e soprattutto spero tornino a comportarsi normalmente perché io, due amici così, non li voglio mica!

A un tratto il volume della musica si abbassa, le luci puntano tutte – o quasi – sul palco e un boato generale si estende per tutta la sala. Le ragazzine presenti iniziano improvvisamente a dimenarsi, me le ritrovo addosso, mi schiacciano al punto che potrei morire da un momento all'altro e non ci tengo affatto visto che devo assolutamente sapere tutto ciò che mi stanno nascondendo i miei compagni d'avventura, perciò sgattaiolo fuori dalla bolgia e ritorno a sedermi. Diego non si è mosso neanche di un centimetro, sta osservando le ragazze che passano davanti al nostro tavolino, le fissa disinvolto e si sofferma sul culo, senza alcun pudore. Ma è davvero mio amico? Un maniaco sessuale, chissà cosa guarda quando io e Chiara ci cambiamo in sua presenza!

«È decisamente meglio guardare il concerto da qua» dice. «Se no va a finire che ti smerdano con i drink, ti sfondano i timpani con le loro voci e le loro grida, addirittura che ti schiacciano tra loro e le transenne per avvicinarsi di più al loro idolo» spiega facendomi un po' più di spazio, senza però spostare lo sguardo.

«Me ne sono accorta, ma chi è che sta per salire sul palco? Chi è il cantante che tutti aspettano così impazientemente?» Riprendo il mio bicchiere, non appena un cameriere porta l'ordinazione di Diego.

«Ora vedrai.»

Finalmente mi guarda e mi fa l'occhiolino. Non mi resta che mettermi comoda: incrocio le gambe sul divanetto, tolgo la giacca, poggio i gomiti sulle ginocchia e mi dedico a osservare. Spero di essere decente da guardare anche in questa posizione, altrimenti non avrebbe avuto senso dedicarmi tanto alla scelta del vestiario. Stasera voglio essere notata! Ma forse è meglio che io mi sieda composta, sì, so di poter fare più conquiste così. Allora cambio posizione: bicchiere posato sul tavolinetto, gambe accavallate, schiena dritta, capelli spostati su un lato, sorriso stampato sul viso e occhi dolci puntati solo sulla star della serata.

Oh mio Dio, è bassissimo e io l'ho già visto da qualche parte... Non ricordo né dove né quando, ma non è una novità; ho sempre avuto una memoria pessima. Ha una voce abbastanza orecchiabile, ma quando canta la sforza un po' troppo e, anche se questo lo rende tremendamente sexy, non è bello da ascoltare e rischia di perdere punti. Ammetto che quando intona un rap o semplicemente quando parla è decisamente più gradevole all'orecchio.

Ma cosa dovrebbe essere? Un rapper, un cantautore o semplicemente un cantante? Non ho ancora ben capito a chi si ispiri e sinceramente non mi interessa saperlo. Piuttosto devo capire dove io lo abbia già incontrato, non mi viene in mente niente!

«Ti piace?» mi urla nelle orecchie Diego.

«I testi che sta cantando ora non molto, parlano solo di sesso e questo la dice lunga su che tipo di persona sia. Non credi?» replico gridando a mia volta.

«Più tardi sentirai le altre canzoni, alcune sono proprio carine, giuro.» Sorride. «Lui è simpatico, forse un po' troppo stronzo ma è un ragazzo alla mano, almeno con me» spiega mentre si alza in piedi, facendogli un cenno da lontano. Non credo che riesca a vedere fino a qua con tutte quelle luci puntate sugli occhi, anche se effettivamente i tavoli sono abbastanza illuminati e infatti il cantante, con mio grande stupore, guarda dalla nostra parte salutando con un gesto del capo il mio migliore amico e dedicando a me un mezzo sorriso. Proprio in quel momento i nostri sguardi si incrociano per alcuni secondi, poi lui ritorna a concentrarsi sul microfono e a indossare i suoi panni d'artista. Dove ho già visto quegli occhi? E soprattutto, dove cavolo ho già visto quegli orecchini così particolari?

«Hai capito di chi si tratta?» domanda il mio migliore amico muovendosi un po', credo stia cercando di ballare.

«Ho una sensazione» rispondo. «So di averlo già visto ma non mi ricordo dove» continuo. «Visto che in questo momento non ho voglia di scervellarmi neanche un minimo...» faccio una piccola pausa e osservo il mio amico, «... andrò a bere un altro cocktail e ballerò fino a domani mattina» dico infine facendo un pollice in su. Scendo dal piccolo gradino che mi separa dalla pista da ballo e mi dirigo al bar a pochi metri da me. La folla di ragazzi che si scatena nelle danze rende più lento e difficoltoso il mio passaggio, costringendomi a spingere qua e là. Non appena arrivo al bancone sorrido soddisfatta e ordino un drink. Dopo alcuni minuti, mi approprio del mio bicchiere e ritorno, con non poca fatica, al mio posto.

«Come mai ti dai alla pazza gioia oggi? Qualcosa che ti turba?» Diego mi osserva preoccupato, scuoto la testa in segno di negazione e poi la porto indietro, chiudendo subito dopo gli occhi. «Guarda che con me puoi parlare» sospira. «Che hai?» Si avvicina. Mi sistemo di nuovo composta e lo guardo.

«Non ho nulla, smettila di farmi domande!» Roteo gli occhi, accavallo le gambe e mi volto completamente verso il palco. Sono stata troppo acida e lo so, ogni tanto mi capita di avere questi terribili sbalzi d'umore ma non è colpa di nessuno, sono fatta così. Adesso mi sta maledicendo in *dieghese*, la sua lingua segreta, non mi interessa chiedere scusa o non esprimere del tutto la stronza bipolare che è in me. Che poi, in realtà, non ho effettivamente nulla, eh? Sono stanca e probabilmente è solo questo il motivo del mio malumore improvviso.

«Ecco le canzoni belle!» indica il palco alzandosi velocemente. «Forza, alzati in piedi, Alice!» Sorride e mi porge la mano, la prendo titubante e mi alzo barcollando ma lui c'è, mi sostiene come ogni volta che io cado o sto per farlo. Sto ascoltando il testo di questa canzone e sono dell'opinione che non lo abbia scritto lui, non gli si addice per niente. Come può cantare di sesso e alcol, e poi sviluppare dei contenuti così importanti e significativi? Come possono convivere in lui due aspetti così diversi? Profondo e superficiale, è possibile?

«Questa mi piace molto di più!» commento cercando di imparare almeno una delle parole del ritornello.

«Te lo avevo detto!» Alza il bicchiere al cielo e canta, insieme al ragazzo dagli occhi grigi.

Mentre la base continua a vuoto lui si avvicina a un tecnico o a un PR, non riesco a capirlo bene da qua, e gli sussurra qualcosa indicando dalla nostra parte. A quel punto diverse ragazze, quasi tutte, si voltano verso di noi e capisco che sono nei guai, in grandi e grossi guai. Mi siedo, sposto lo sguardo sulla porta d'uscita e tiro per la maglia il mio migliore amico, lui guarda prima le fan e poi me, infine mi dà le spalle mostrandomi il culo. Credo si senta una specie di bodyguard. Forse sta cercando di nascondermi e non posso che dirgli grazie. Faccio un respiro profondo e poi nascondo il viso con le mani.

Ma quello sfigato doveva proprio indicarci? Che palle, non ci voleva proprio una massa di ragazzine pronte all'attacco, rischio grosso emotivamente, psicologicamente e fisicamente.

«Ma che vuole?» Strattono ancora di più la t-shirt di D.

«Non lo so, ma mi sa che più tardi dovrai andare da lui.» Alza le spalle e si accomoda al mio fianco, dopo aver controllato che nessuno ci guardasse più.

«Se vado via ora non mi chiederà nulla, vero?» Alzo un sopracciglio e trattengo, per un attimo, il fiato.

«Probabilmente, ma ti ricordo che ha avvertito il PR e lui sicuramente ha avvertito tutti i buttafuori, no?» spiega e io sospiro. Allora si trattava proprio di un PR.

«Che palle, maledizione!» sbuffo e finisco, in un solo sorso, il mio cocktail.

«Non sarà così tremendo, ne sono sicuro» mi accarezza la schiena, mi dà un bacio sulla spalla sinistra, poi mi sorride.

«Speriamo bene» sussurro. «Però Chiara ha detto di non andare, qualsiasi cosa succeda.» Aggrotto le sopracciglia e mi accoccolo abbracciando il mio amico.

«Verrò con te, non succederà nulla, stai tranquilla.» Mi stringe. «Anche perché proprio ora K ci sta raggiungendo» ridacchia e io mi alzo di scatto, osservando la figura della mia migliore amica avanzare con passo deciso. Mi sa che è arrabbiata o infastidita. Non può prendersela con me, io non ho fatto nulla.

«Ma guarda cosa mi tocca fare, stupido ragazzino che non è altro!» la sento imprecare.

«Ehi, che succede?» le chiedo appena si ferma davanti a noi.

«Quello stupido di Ahote vuole vederti, gli ho già detto che non potevi ma lui ha insistito e quindi ora mi tocca pure scortarvi nel backstage» sbotta indispettita. «Perché cazzo sono l'aiuto manager di quel cretino?!» aggiunge irritata, mentre incrocia le braccia al petto.

Ahote, Ahote... Non mi suona nuova questa parola, a questo punto credo sia un nome d'arte. Che poi, proprio qualche giorno fa una ragazza ha preso quell'album al negozio, ma in quel momento non ho mica fatto caso alla copertina del cd. Non sarà il fratello di Anastasia?!

«Dio mio, che fastidio!» sbuffa. «Andiamo, va'!» aggiunge. «Prima che io sbrocchi e ammazzi tutti» conclude prendendomi per mano. Iniziamo a camminare verso le transenne. Mentre vengo trascinata nervosamente dalla mia migliore amica, noto che tutte cercano, in un modo o in un altro, di intrufolarsi dietro le quinte, ma i bodyguard le bloccano all'ingresso. A una parte di me dispiace, all'altra, invece, non dispiace per nulla, anzi gode nel vedere che io sono privilegiata e loro no. Sì, sono cattiva ma giuro che è una cosa istintiva e io non ci posso fare niente, che peccato! Sorrido a questo pensiero e mi affretto a tenere il passo della mia dolce Chiara, mentre Diego ci segue in silenzio.

11

La nostra migliore amica, o comunque colei che dovrebbe esserlo, ci ha abbandonati sulla soglia di una porta socchiusa da cui riusciamo a percepire ogni respiro.

«Che sfiga» mormoro, rendendomi conto di aver pensato ad alta voce.

«Di che parli?» mi guarda il mio migliore amico.

«K non sopporta quel ragazzo e ora ci lavora insieme, pensa che brutto passare giornate o nottate insieme a una persona che ti urta il sistema nervoso.» Alzo lo sguardo su di lui e appoggio una spalla sul muro davanti all'entrata.

«Effettivamente...» Assume la mia posizione. «Io gli avrei già detto addio. Tu no?» Mi sorride.

«Sinceramente no» rispondo. «La prenderei come una sfida, e credo che, nonostante tutto, mi divertirei da morire!» ridacchio.

«Anche perché a te non manca proprio il carattere.» Sorride di nuovo e chiude gli occhi per alcuni minuti, si sta rilassando. Un ragazzo alto con gli occhi azzurri esce dalla porta, avvicinandosi a me.

«Ciao, io sono Lor.» Mi porge la mano.

«Ma ti chiami realmente Lor o è un soprannome?» Gliela stringo.

«Chi lo sa.» Mi fa una linguaccia. «Yari ti sta aspettando, vieni dentro?» indica l'uscio, annuisco e do una piccola gomitata a Diego. «No, lui deve restare qua e così anche Chiara, io e il manager» aggiunge.

«Stai scherzando?» Alzo un sopracciglio, lui scuote la testa in segno di negazione. «Va bene, fammi passare.» Gli do una leggera spinta e lo supero, lui mi segue e fa cenno di uscire a tutti gli altri. K si allontana assumendo delle espressioni non proprio carine, credo stia imprecando mentalmente e a me, a dirla tutta, fa ridere vederla in questo stato. Ora che lo guardo bene ho la conferma del mio presentimento. Si tratta proprio del fratello di Anastasia quindi ecco dove l'ho visto... al matrimonio della mia sorellina! È il ragazzo con cui ho parlato un po', quello che Chiara ha eliminato a prescindere dalla lista invisibile dei miei possibili flirt. Incredibile come sia piccolo il mondo! Adesso lei ci lavora a stretto contatto e non lo sopporta, poverina!

«Ciao Alice, come stai?» chiede il giovane aspirando da una sigaretta elettronica.

«Bene grazie, tu?» Lo guardo assottigliando gli occhi. «Al matrimonio non eri così» commento.

«Così come?» domanda allungando una gamba sul tavolo.

«Così autoritario e anche un po' antipatico, che è successo?» Mi siedo di fronte a lui, attenta a non toccargli il piede.

«Sarà che ho bevuto un po' troppo, credo.» Alza le spalle sorridendo divertito.

«Be', che vuoi?» domando. «Ora le tue fan mi staranno sicuramente cercando per uccidermi» aggiungo infastidita. «Non è carino ciò che hai fatto.» Incrocio le braccia, accavallo le gambe e lo guardo negli occhi.

«Chi ti dice che vogliano solo ucciderti?» Sorride. «Magari prima ti torturano, poi ti ammazzano, ti tagliano a pezzi e me li regalano durante gli instore!» ridacchia e butta fuori dalla bocca una grande nuvola di vapore profumato.

«Che scena carina.» Alzo gli occhi al cielo e faccio una smorfia inorridita. «Hai visto qualche film horror ultimamente?» Appoggio anche io le gambe sul tavolo. Non sto mostrando molto la mia eleganza, voglio proprio vedere come si comporta perché adoro mettere alla prova le persone, soprattutto lui.

«Non mi ricordo...» ammette. «Forse sì.» Alza le spalle e si mette composto, posando la sigaretta sul tavolo.

«Ti dà fastidio essere copiato?» Lo imito di nuovo. Ecco, ora sembro più femminile.

«Abbastanza» risponde. «Mi piace essere limited edition.» Mi fa l'occhiolino e si alza, andando vicino a un porta abiti. «Ti sono piaciute le canzoni?» si toglie la maglietta nera che ha indosso, la lancia per terra e ne indossa una bianca, lunga fino al sedere.

«No, fanno abbastanza pena i tuoi testi» commento. «Parli solo di sesso, non hai altro per la testa?» Corrugo la fronte. «Sinceramente non vorrei mai essere una tua parente e ancor meno la tua ragazza.» Mi alzo anche io, raccolgo la sua maglia da terra e la piego bene lasciandola sul tavolo.

«Non ci credo che non ti piaccia il sesso, è impossibile.» Serra la mascella, si avvicina a uno specchio e si toglie i lunghi orecchini, mettendone altri più piccoli.

«Non sono mica tutti come te, altrimenti non saresti più un'edizione limitata, no? Ah no, forse non lo sei neanche ora!» Faccio un mezzo sorriso e mi siedo accavallando le gambe.

«Anche tu non eri così al matrimonio.» Mi guarda dallo specchio.

«Devo aver bevuto un po' troppo anche io.» Faccio spallucce. «O forse no... magari sono solo me stessa.» Sorrido divertita, in modo quasi inquietante.

«Mi piace questa situazione» commenta spruzzando un po' di lacca sui capelli biondo cenere.

«A chi lo dici» sussurro guardandogli la schiena.

«Ma quindi non ti piace neanche una canzone?» Si volta, poi si avvicina piano.

«Solo due, ma non ti dirò quali sono.» Si avvicina e sposta la sedia accanto alla mia. Si accomoda. Siamo uno di fronte all'altro.

«Vorrà dire che lo scoprirò.» Riprende in mano il vaporizzatore.

«Dovresti smetterla di fumare, ti rovinerai i polmoni.» Lo guardo mentre sistemo meglio il colletto della mia giacca.

«Perché ti interessa farmi smettere?» Alza un sopracciglio.

«In realtà dico così a tutti, prima o poi qualcuno mi ascolterà, no?» Sposto i capelli dietro le orecchie, in modo lento e seducente. A volte basta poco per far impazzire un ragazzo. Sono così carini quando vanno fuori di testa per un semplice gesto. Sorrido tra me e lo scruto: ha dei bellissimi occhi, quando sorride sinceramente sembra un'altra persona ma purtroppo preferisce stare serio.

«Perché sorridi? Sei forse folle quanto Harley Quinn?» Mi guarda negli occhi.

«Bellino quel film, vero?» Mi soffermo sull'argomento che ha tirato fuori, senza però dargli una risposta concreta alla domanda.

«Sottovalutato dagli altri» commenta lasciando uscire un'altra nuvola di vapore: sa di vaniglia.

«Dalla critica o dagli spettatori?» Metto una mano sotto al mento, toccando con il gomito il tavolo.

«Entrambi» continua a fumare facendo un mezzo sorriso, chissà a cosa sta pensando.

«Confermo» rispondo.

«È divertente parlare con te, sai?» Respira profondamente, ricominciando a inspirare dalla sigaretta.

«Lo so.» Gli faccio l'occhiolino. «Ma ora devo proprio andare!» Mi alzo cercando di non strisciare le gambe della sedia sul pavimento bianco.

«Il tuo numero?» Mi raggiunge scavalcando il tavolo, è veloce quando qualcosa gli interessa e da ciò posso capire quanto sia determinato.

«Non te lo do.» Alzo le spalle e mi avvicino alla porta scura. «Ora scusa, ma domani lavoro.» Inizio ad aprirla.

«Dove lavori?» chiede prendendomi per il braccio, io lo fulmino con lo sguardo e lui ritira la mano.

«Non ti dico neanche questo» ridacchio avviandomi finalmente fuori dalla stanza, lasciandolo sull'uscio.

«Vorrà dire che lo scoprirò da solo!» urla mentre io inizio a percorre il corridoio.

«Fai pure, divertiti!» Gli faccio un cenno con la mano senza voltarmi, dirigendomi completamente all'esterno del backstage, sorpassando i bodyguard, le transenne e la fila di ragazzine che lo attendono. Esco dalla discoteca e raggiungo il parcheggio, dove la mia dolce macchinina mi attende. Recupero le chiavi dalla borsetta, apro l'auto, mi accomodo sul sedile, allaccio la cintura e parto alla conquista del mio letto; giusto per dormire qualche ora! Mannaggia, non ho neanche salutato i miei amici e Lor, ma non importa: so che capiranno la situazione e poi sono sicura che il ragazzo dagli occhi grigi li stia tempestando di domande senza ricevere alcuna risposta, alcun indizio, alcun nome e alcun numero.

Il risveglio è stato traumatico, meno male che Monica mi ha mandato un messaggio in cui diceva che sarei potuta arrivare più tardi! La fortuna, quando vuole, è dalla mia parte e sembra farlo quasi apposta. In questo momento sono davvero molto felice, talmente gioiosa che mi sto preparando con una lentezza inspiegabile. Parlando di cose serie: voglio proprio vedere se Yari riuscirà a trovare i miei posti di lavoro, se riuscirà a scoprire anche solo qualcosa di me e non vedo l'ora di incontrare Chiara proprio per chiederle questo. Non riesco a immaginare la mia migliore amica in tour con quel ragazzo, secondo me va a finire che si uccidono a vicenda e io rimarrò sola a vita, perché Diego darà la colpa a me e morirò mangiata dai lupi, in mezzo al bosco, mentre cerco di impiccarmi con una corda. Sì, sicuramente farò questa fine. Ma che brutta scena ho appena descritto? E sì che ultimamente non ho mica visto film horror! Bevo il mio caffè, leggendo il post-it che mi ha lasciato mamma e sbuffo. Devo pure fare la spesa? Ma non può arrangiarsi? Anche io lavoro, non solo lei! Come sarebbe figo vivere da sola, già mi immagino: vestita sempre e solo con il pigiama, confezioni di cibo spazzatura in giro per l'appartamento, vestiti sporchi lanciati ovunque e con un cane talmente grasso che non potrà neanche più camminare. Che ribrezzo, mio Dio. No, non voglio essere così e non lo sarò per nessuna ragione al mondo. Recupero la borsa, prendo le chiavi della macchina ed esco. Cara libreria sto arrivando, aspettami!

12

«Ti sei divertita?» mi chiede Monica super sorridente. Questa ragazza sprizza amore per la vita da tutti i pori. Sono felice che me lo abbia chiesto, e poi lei sapeva bene della mia voglia incredibile di andare in discoteca ieri, ignorando il divieto di Chiara. Ormai stiamo facendo conoscenza, non abbiamo problemi a confidarci queste piccole cose che non c'entrano molto con il lavoro.

«Abbastanza, ho conosciuto un neo-cantante.» Alzo le spalle e prendo in mano una delle scatole che il fattorino ci ha lasciato davanti al bancone.

«Uuuh... Come si chiama? Simpatico?» domanda bloccandomi il passaggio, vuole forse uccidermi? Perché le scatole pesano parecchio, non potrò reggerle ancora molto!

«Nulla di speciale, un montato.» Faccio spallucce, la guardo per alcuni secondi e la scanso come posso.

«Allora ti piace» commenta seguendomi con un altro scatolone. La differenza tra me e lei: Monica spinge i pacchi con i piedi, io li raccolgo e me li porto in giro senza trascinarli per terra.

«Assolutamente no, è uno sfigato!» rido divertita mentre prendiamo l'ascensore per portare i libri al piano superiore. Perché le viene in mente una cosa del genere? Si può dire che neanche lo conosco!

«Allora ti piace davvero tanto.» Mi fa l'occhiolino e usciamo dalla gabbia di metallo.

«La smetti di ripeterlo?» sbuffo. «Non mi piace, ma voglio conoscerlo» riconosco a bassa voce. «Ha carattere e mi piacciono i ragazzi così» sospiro e lascio cadere la scatola.

«Vedi? Ti piace!» Scoppia a ridere orgogliosa della conclusione che è venuta fuori, iniziando a sistemare i libri al loro posto.

«A volte sei proprio insopportabile, sai?» rido con lei, aiutandola.

«Lo so» risponde compiaciuta. «Comunque...» continua, «ti va di uscire insieme un giorno? Non farti strane idee, è che vorrei capire se sei una brava ragazza anche in giro o solo al lavoro per fare colpo su qualcuno di nostra conoscenza» aggiunge guardandomi improvvisamente seria. È bipolare anche lei? È proprio vero che tra simili ci si trova sempre.

«Se parli di Fabrizio ti dico che non è nei miei interessi, tantomeno suo fratello... tutto tuo quindi.» Le faccio un pollice in su e mi allontano, andando a sistemare il contenuto dello scatolone portato da me.

«Ehi, non volevo sembrarti cattiva.» Si avvicina posandomi una mano sulla spalla, io alzo lo sguardo e poi un sopracciglio. «Solo che ci tengo a quel ragazzo, lo conosco da anni e mi infastidisce vedere che una, in pochi secondi, lo ha ammaliato.» Incrocia le braccia al petto. «Insomma... io ci sto provando da un sacco di tempo, accidenti!» mormora amareggiata lasciandosi scappare un sospiro. Capisco la sua situazione, non ho mai pensato che fosse cattiva, ci sono solo rimasta un po' male per il suo cambio d'umore improvviso ma anche io sono così, quindi non posso biasimarla.

«Vuoi una mano?» Le sorrido mentre colloco sugli scaffali i due libri che ho in mano. Poi mi sollevo alla sua altezza, devo guardarla negli occhi per essere credibile.

«Mi aiuteresti?» Le si illuminano gli occhi, io annuisco. «Oh mio Dio, grazie mille Alice!» Mi abbraccia, poi inizia a saltellare come una bimba. E lei dovrebbe avere quasi trent'anni?

«Ragazze, che casino state facendo?» ci raggiunge il diretto interessato, spero non abbia sentito nulla.

«Nulla, stavamo commentando *After*, siamo davvero molto felici del successo che sta avendo!» mento mentre Monica mi guarda confusa, ridendo un po' sotto i baffi.

«A me non piace quel libro.» Fa spallucce. Se l'è bevuta, che tonto!

«È un libro per donne, non per uomini» alza gli occhi al cielo la mia tutor.

«Esistono libri che vanno per sesso?» chiede titubante.

«Basandoci sui dati che riceviamo ogni giorno, riguardo ai libri in generale, direi proprio di sì!» affermo sicura di me.

«Effettivamente...» Sorride. «Dai, tornate al lavoro!» Ci fa l'occhiolino e noi, da brave dipendenti, continuiamo a sistemare i libri.

Non siamo più tornate su quel discorso per paura di orecchie indiscrete, per questo stasera andrò a casa di Monica e cercheremo di combinare qualcosa. Lei e Fabrizio hanno quattro anni di differenza: lei è più vecchia di lui, ma non sembra e questo è un punto a suo vantaggio. Non credo che le persone, vedendoli insieme, si accorgano che la mia tutor sia più grande. Che poi, perché si fa problemi? In fin dei conti l'amore non ha età, non ha razza e non ha sesso, lo sanno tutti ormai!

Oggi è sabato. Non capirò mai perché Stefano non mi voglia far lavorare di sabato e non capirò mai perché neanche Fabrizio mi voglia in libreria. È come se volessero farmi vivere il sabato in piena libertà, ma a me piace lavorare quindi non mi fanno un favore lasciandomi a casa, anzi! Però va be'. Ora sono al supermercato, non so cosa prendere, ho dimenticato il post-it sul tavolo in cucina e mamma sicuramente l'ha buttato via. Ora le scrivo, magari oggi è il mio giorno fortunato.

A Mami:
Ho dimenticato la lista a casa, dimmi tu cosa manca.

Invio mentre entro nella corsia dove si trovano le patatine e l'alcol. Che poi perché li mettono nello stesso reparto? Cosa ci azzeccano insieme? Forse pensano all'aperitivo, che di solito è accompagnato dalle patatine. Inizio a osservare i due scaffali, senza un preciso motivo.

«Ma non mi dire!» esclama una voce maschile conosciuta.

«Ma che gioia...» Alzo gli occhi al cielo, senza voltarmi, continuando la mia perlustrazione.

«Perché mi odi così tanto?» domanda ancora, avvicinandosi.

«Perché sei un montato del cazzo, forse.» Mi giro finalmente verso Ahote osservandolo dalla testa ai piedi: indossa dei jeans chiari strappati lungo tutta la gamba e una t-shirt rosa lunga fino alla cerniera dei pantaloni.

«Non lo sono, che dici?» sbuffa e prende in mano una confezione di Heineken da sei bottiglie.

«Mi sa che qualcuno si ubriacherà in completa solitudine oggi» dico lanciandogli una bella frecciatina.

«Io sono una persona che ama divertirsi, ma non sono un montato.» Mi dà una veloce occhiata, recuperando anche un pacco di stuzzichini.

«Bere e fumare non è un buon modo di divertirsi, non credi?» Alzo un sopracciglio. In quel momento il cellulare vibra nella mia tasca, lo tiro fuori dalla tuta e inizio a leggere il messaggio.

Da Mami:
Ricordati: pasta, carne, frutta e verdura varia.
Per il resto puoi fare come ti pare, Aci.

Sorrido leggendo il soprannome, poi mi metto subito in moto per trovare tutto ciò che serve, spostando il carrello fra persone e corsie. Non so se Yari mi stia seguendo, non so se mi abbia risposto e non so perché mi interessi saperlo.

«Aspettami!» urla il ragazzo. Si parla del diavolo e spuntano le corna, a quanto pare.

«Ma che vuoi?» replico, abbastanza indispettita da questa sua prepotenza nel rincorrermi per forza.

«Voglio aiutarti con la spesa, mi dai il permesso?» Mi sorride dolcemente e poi mi toglie il cellulare dalle mani, credo lo abbia preso per controllare la lista, ma nessuno, e dico nessuno, ha il diritto di toccare il mio fottutissimo telefono, è troppo mio per farlo anche solo sfiorare da qualcun altro e ora questo giovane dai capelli chiari sta rischiando tanto.

«Sfigato, ridammi subito il cellulare!» Mi fermo in mezzo alla corsia, lo prendo per il polso e lo fisso.

«No» risponde assottigliando gli occhi, sorridendomi in modo pericoloso. Mi sta sfidando? Perché se lo sta facendo allora è proprio nei guai e no, non intendo ucciderlo o ferirlo con le parole, voglio solo farlo cedere e so anche come.

«Ok» rispondo in modo secco lasciando la presa, iniziando a correre tra gli scaffali, ogni tanto lasciando il carrello andare da solo, con i miei piedi sul tubo metallico delle ruote.

«Alice, dai!» grida per l'ennesima volta, iniziando anche lui a correre con il cestino.

«Fottiti, Yari» dico a mia volta, rallentando e pensando seriamente a fare la spesa.

«Tieni, Madonna, oh!» Mi dà il cellulare, lo prendo velocemente e sorrido soddisfatta. Ho vinto, senza neanche sforzarmi troppo. «Sei un sacco odiosa, sai?» Si mette accanto a me, gli do uno sguardo veloce e lo vedo corrugare la fronte.

«Non ci passiamo in due per questo corridoio.» Gli taglio la strada e recupero alcuni pacchi di pasta. Di questo passo rischio pure di fare incidenti con i carrelli! Non devo essere così orgogliosa e non devo mettere in pericolo la spesa, ma lui si merita questo trattamento.

«Non mi interessa, voglio starti vicino» replica tornando al mio fianco.

«Sei irrispettoso e invadente» sospiro.

«Lo so, quindi che aspetti a dirmi come posso aiutarti?» Posa una mano sul mio carrello, sfiorando la mia.

«Non hai da pensare alla tua sbronza da lupo solitario?» Alzo un sopracciglio e allontano la sua mano con un gesto deciso.

«Anche, ma ti vedo in difficoltà quindi voglio aiutarti» dice sorridente. Sta iniziando a darmi fastidio la sua espressione arrogante, anche se mi piace quando si lascia andare a qualche sorriso spontaneo.

«Non ho bisogno del tuo aiuto, dannazione» stringo i denti. «Hai rotto, vai via!» Lo spingo in modo brusco e lui continua a sorridere! Lo sto trattando malissimo e lui sorride? E se fosse un masochista psicopatico che ama quando viene trattato male? Se fosse così allora sì che ci sarebbe un problema.

«Il mio numero ce l'hai» afferma portandosi due dita sulla fronte, come un saluto antico. «Ciao ciao, bimba bella» si congeda infine facendomi l'occhiolino, poi mi sorpassa andando per la sua strada. Non sono mai stata così felice di stare da sola, è insopportabile quel ragazzo e non so proprio come faccia Chiara a passare anche solo un secondo con lui. Faccio un grosso respiro dedicandomi finalmente alla mia spesa. Aspetta... ma cosa intendeva con il fatto che io il suo numero ce l'ho già? Recupero il cellulare, portando il carrello nella zona dell'ortofrutta e controllo i contatti in rubrica. Devo cercare sulla A o sulla Y? Scorro tutte le lettere, lentamente, trovandolo sotto la L come "L'irrequieto". Ma che soprannome è? Non è che forse il suo nome d'arte significa proprio quello? Cavoli, prima o poi glielo chiederò, giuro.

13

La serata con Monica è andata piuttosto bene. Abbiamo parlato di molte cose e le ho suggerito di non imitarmi in alcun modo perché ognuno è perfetto e unico a modo suo. Le ho detto che le persone intelligenti sceglieranno sempre chi si distingue dalla massa e non chi cerca di somigliare a qualcun altro, calpestando se stesso e il proprio modo di essere. Ha capito al volo cosa intendevo, lo ha apprezzato e mi ha fatto qualche complimento per la mia innata saggezza. Anche se non credo sia qualcosa di istintivo, grazie alla mia famiglia sono cresciuta con determinati principi che poi, maturando, sono diventati parte di me. Sono tornata a casa da poco, mi sono subito fiondata a letto ma non ho sonno. Credo che farò una passeggiata o potrei andare a trovare Chiara, oppure semplicemente andrò al parco a non fare nulla, come sempre. Mi alzo dal materasso, prendo dal comodino le cuffiette e mi infilo di nuovo le scarpe, poi esco di casa stando attenta a non far rumore, portando con me le chiavi per rientrare più tardi. Indosso gli auricolari, faccio partire una canzone qualsiasi e inizio a camminare, arrivando dopo neanche un paio di minuti alla mia destinazione. Prima di sedermi, però, mi metto a osservare ogni singolo angolo di quel parco meraviglioso che un tempo era illuminato anche di notte. Ormai non c'è più niente di nuovo ma a me piace così, è questo che lo rende un posto magico, che lo rende il *mio* posto. I giochi in disuso sono circondati da un sentiero, un viottolo che si è formato per via di tutte le persone che ci hanno corso sopra facendo jogging. Mi avvicino alla mia panchina, l'unica che non è del tutto distrutta, e mi ci siedo sopra, piedi sulla seduta e fondoschiena sullo schienale. Ogni filo d'erba, ogni pezzo di legno, ogni dettaglio di questo posto è collegato a un mio ricordo, positivo o negativo, lo stesso vale per la mia migliore amica. Faccio un altro grosso respiro e sorrido, osservando il cielo che si sta riempiendo di lampi. Mi sa che domani me ne starò tutto il giorno chiusa in casa a guardare serie tv o film, in completa solitudine, mentre mamma e papà, come ogni domenica, andranno sicuramente in giro.

«Che fai da queste parti?» domanda una voce ben conosciuta, quella di Chiara.

«Anche tu non riesci a dormire?» ridacchio facendole spazio.

«Per nulla...» sbuffa. «Yari mi ha detto che è riuscito ad avere il tuo numero, è la realtà?» Mi guarda preoccupata.

«Diciamo che è riuscito a rubarmi il telefono, salvandosi tra i miei contatti e facendosi uno squillo subito dopo.» Mi mordo il labbro divertita.

«Ti ha scritto?» Mi porge la mano a palmo in su, vuole che le faccia vedere.

«No, non mi ha scritto.» Sorrido. «E sinceramente non pensavo neanche che fosse riuscito a farsi uno squillo» spiego. «È proprio furbo quel ragazzo.» Scuoto la testa e le porgo il telefono. Ovviamente lei può utilizzare il mio cellulare, tutti possono farlo ma solo a condizione che io dia il permesso.

«Non sai quanto, riesce sempre a ottenere quello che vuole. È insopportabile, te lo giuro!» sospira controllando lo schermo. «Si è davvero salvato con quel nome?» domanda un po' confusa, e io annuisco. «Che idiota!» Scuote la testa.

«È invadente ma allo stesso tempo divertente.» Sorrido. «Andiamo a prendere una Coca al solito bar? Ne ho proprio bisogno» aggiungo alzandomi, mentre mi restituisce il telefono che io, prontamente, infilo nella tasca della felpa verde.

«Andiamo sì, ne ho bisogno pure io» sbuffa di nuovo e mi segue, insieme ci avviamo verso il piccolo bar all'angolo. Questo locale è praticamente sempre aperto. Ci sono solo persone di una certa età o che non sono del luogo e si sono perse tra queste stradine, questo lo rende speciale anche perché è molto piccolo e riservato, e io e K ci rifugiamo qui quando vogliamo rilassarci senza incontrare visi conosciuti. Ha giusto alcuni tavoli quadrati di metallo. Io e la mia amica entriamo e ci accomodiamo in un posto qualsiasi, ché tanto sono tutti comodi e tutti visibili dal personale, in attesa del nostro barman preferito.

«Sai che se sarai in pericolo e scriverai a lui, non verrà?» Mi guarda, masticando qualcosa.

«Ma che cavolo...?» ridacchio in modo nervoso. «Primo: perché dovrei vivere una situazione pericolosa?» dico contando sulle dita della mano destra. «Secondo: perché dovrei chiamare proprio lui?» Aggrotto le sopracciglia, guardandola con un'espressione perplessa.

«Volevo vedere cosa avresti risposto.» Sorride. «Sei stata brava, meriti due Coca-Cola offerte da me.» Mi fa l'occhiolino e proprio in quel momento il barista si avvicina, chiedendoci le nostre ordinazioni, ci sorride e torna dietro al bancone. Dopo alcuni minuti torna con le nostre bibite.

«Allora... quando partite?» domando sorseggiando il liquido scuro.

«Prossimo mese, mi annoierò a morte senza di te» sospira. «Potevo non accettare questo lavoro, che palle!» sbuffa tirando su con il naso con fare teatrale.

«Invece hai fatto bene ad accettarlo, andrai alla grande e se hai bisogno mi chiami... facile no?» Chino la testa da un lato, sorridendo.

«Ma sarà insopportabile parlare al telefono con te e sentire quel deficiente che mi chiederà di parlare con te, o che farà versi strani!» Gioca con la bottiglia di vetro.

«Cercherò di fargli passare la voglia di fare una cosa del genere, sai che nessuno vince contro di me.» Le faccio una linguaccia, facendola ridere.

«Dai, lo facciamo un brindisi?» Alza la Coca, io annuisco e la imito. «A te, a me… A noi.» Facciamo scontrare delicatamente il collo delle due bottiglie, poi, con la base, tocchiamo il tavolo e infine iniziamo a buttar giù tutto d'un sorso.

Domenica mattina. Diluvia di brutto e non so proprio se sia il caso di collegarmi a internet, probabilmente farò un cambio di programma e resterò sul letto a leggere mentre sorseggerò un bel tè caldo. Chiara mi ha cercata tipo dieci volte e Diego due, meno male che non sono persone che si fanno prendere dal panico! Soprattutto Kiki, non si fa proprio per nulla prendere dall'ansia, giuro… notare l'ironia di questa frase! Rido mentre richiamo la mia migliore amica, che mi risponde immediatamente e mi copre di insulti. Io stavo solo dormendo, è lei che si è impanicata per nulla. Chiudo la comunicazione prima che lei riprenda a insultarmi. Poi telefono al mio amico, che ovviamente non risponde, allora stacco la chiamata e metto il cellulare in modalità offline. So bene che Chiara mi ucciderà, ma in questo momento non è una mia priorità farla stare tranquilla, poi comunque ha sentito che sono viva. Mi siedo sul materasso, scivolo verso il pavimento e mi alzo per andare a recuperare uno dei miei tanti libri che ho riordinato nella libreria di fronte al letto. Ho proprio sistemato bene questa stanza, ora è spaziosa e posso utilizzare anche l'armadio di Sonia. A proposito! La prossima settimana, esattamente domenica prossima, mia sorella mi ha invitata a pranzare da lei e suo marito. Non vedo l'ora! Ho sempre avuto un buon rapporto con lei, a differenza di altre ragazze che con le proprie sorelle non riescono neppure a parlarci. Ma io mi chiedo: come si può non aiutarsi a vicenda? Io non so proprio che farei senza di lei, sono stata davvero fortunata a nascere in questa famiglia! Prima di rimettermi comoda, esco dalla camera e spengo ogni luce possibile, percorro tutta la casa controllando ogni singola finestra. I miei genitori sono andati a fare un giro verso i monti, non ho idea di dove e non mi interessa saperlo, sto decisamente meglio a casa da sola soprattutto con un cielo del genere. Ritorno nella mia stanza, prendo il libro che ho lasciato sul comodino e mi butto sul letto. Inizio a leggere, entro in universi immaginari. Non che mi serva molto scappare dalla realtà, anzi, a me piacciono moltissimo la mia vita e il mio mondo! Ma ogni tanto ci sta fantasticare sull'incontro con il principe azzurro che ovviamente non sarà mai come nei film, nelle serie tv o nei romanzi. Alla fine, nella realtà ci mettiamo con uno smidollato, ma a noi va bene così. Dovremmo un po' svegliarci e capire davvero chi è degno di starci a fianco. Sono sicura che, appena la pioggia smetterà di cadere, la mia migliore amica arriverà qua con tanta rabbia da farsi sentire anche attraverso le pareti, ma senza fiatare. Poi entrerà in casa urlandomi contro, mi tirerà qualche pugno sulla spalla e infine si addormenterà sul letto di mia sorella, ormai la conosco bene. Il tempo, comunque, non promette di migliorare e quindi per qualche ora posso stare tranquilla a gustarmi questo libro, viva la pace che porta il temporale!

14

Alla fine non è venuto nessuno l'altro giorno. Sono stata fortunata perché ho trascorso la giornata in totale relax, anche se non mi aspettavo un simile comportamento da Chiara.

«Avete il cd di Ahote?» mi domanda una ragazzina dai capelli lunghi e chiari, sembra un po' imbarazzata ma non ne capisco il motivo.

«Ora controllo.» Le sorrido e mi metto al computer per vedere se ne abbiamo qualche copia. «Sì, l'ultimo!» Vado verso il primo espositore alla ricerca della A perduta. «Ma come mai ti piace?» domando continuando a perlustrare la zona.

«Non so... l'ho sentito a Sanremo e me ne sono innamorata, pensavo vincesse lui la gara dei giovani.» Si cinge con le braccia, abbassando la voce.

«Sei stata a qualche suo instore o concerto?» Continuo la ricerca, è introvabile questo album!

«No, per l'instore serve il cd reale, non quello di iTunes e quindi sono venuta qua proprio per questo, anche perché dopodomani farà un firma copie da MediaWorld e non vedo l'ora!» Sorride innocentemente.

«Io lo conosco, sai?» Le porgo finalmente il disco. Forse non avrei dovuto dirglielo, magari mi prende per una spocchiosa montata o qualcosa del genere.

«Oh mio Dio, davvero?» Mi guarda, con quei suoi grandi occhi azzurri, sognante. «E com'è? Dolce vero? Aaah... non vedo l'ora di essere fra le sue braccia.» Stringe al petto la piccola confezione di plastica.

«Diciamo che non è il massimo...» Mi gratto la nuca, andando a sistemarmi dietro alla cassa. Non dovrei neppure spegnere i sogni altrui, devo cercare di non farmi contagiare dal mio odio represso verso quel ragazzo.

«In che senso "non è il massimo"? A me sembra un pulcino dolcissimo.» China la testa e mi porge i soldi.

«Sì, è proprio un pulcino dolcissimo.» Rido nervosa. Non posso dirle che è uno stronzo che pensa solo a se stesso, a parte che dagli *Snap* si capisce benissimo. «Quanti anni hai?» Le do il resto, attendendo una risposta.

«Quattordici, tu?» Mi guarda sorridente.

«Diciannove» rispondo guardando il suo outfit a dir poco bambinesco, mi fa una tenerezza incredibile con quel vestitino rosa.

«Wow! Potresti diventare la sua ragazza! Oh Dio, sarebbe un sogno!» Volteggia e la gonna dell'abito danza con lei.

«Non è nei miei interessi, tesoro» ridacchio facendo un gesto con la mano.

«Verrai all'instore? Voglio vedere che fa se ti vede!» Fa una smorfia pensierosa.

«Ci penserò, va bene?» Le faccio l'occhiolino. «Ma come ti chiami?» aggiungo poi.

«Marika, con la K» puntualizza.

«Piacere di conoscerti, io sono Alice con la I.» Scoppio a ridere e lei con me.

«Ora ti lascio, Alice» dice. «Guarda che ti aspetto!» esclama uscendo dalla porta, lasciando un profumo dolcissimo aleggiare nell'aria. Ma perché alle ragazzine piace uno psicopatico come lui? Preferisco di gran lunga quel duo che sta andando tanto forte ora, perché loro sono persone positive, corrette e sensibili, o così sembrano. Non credo Yari abbia nessuna di queste qualità, lo vedo più come un ragazzo negativo e troppo festaiolo per i miei gusti, ma forse sono io che non riesco ad apprezzarlo come dovrei. Alzo le spalle e torno al lavoro.

Dovrei andare da Diego, giusto per vedere come sta, visto che si è preso una grande influenza l'altra sera. Devo ancora capire per quale motivo abbia camminato tutto il tempo sotto la pioggia se aveva la macchina a sua completa disposizione, chi li capisce i maschi? Sono di nuovo al supermercato, ma questa volta non per me bensì per D, voglio portargli qualcosa di dolce per tirargli un po' su il morale. Spero di non incontrare quel cretino di Ahote, ci siamo già beccati qui una volta e mi è bastato! Pensare che l'ho visto pochissime volte, eppure non lo sopporto più!

«Appuntamento fisso.» Mi sorpassa. Ecco, come non detto, ho attirato la sfiga a quanto pare.

«Ehi sfigato.» Lo guardo per qualche secondo e poi prendo un'altra barretta di cioccolato.

«In fase premestruale ti abbuffi di dolci?» indica il cesto e ridacchia.

«Sì, stammi alla larga o ti ritrovi spiaccicato al soffitto.» Gli sorrido in modo inquietante, come un personaggio di un film horror.

«Allora posso starti attaccato, tanto non avresti neanche la forza di tirarmi un calcio.» Ride ancora.

«Smettila di ridere o ti ritrovi senza denti.» Gli tiro una spallata e mi dirigo alla seconda corsia.

«Mi troveresti sexy in qualsiasi caso, o sbaglio?» Si piazza davanti a me, senza darmi la possibilità di andare oltre e mi fa l'occhiolino.

«Per nulla, anzi, appena ti vedo i miei occhi iniziano a sanguinare.» Gli vado addosso.

«Potevi chiedermelo, non serviva uccidermi.» Mi abbraccia.

«Non volevo un tuo abbraccio, tantomeno avere un qualsiasi altro contatto con te.» Cerco di allontanarmi dal suo corpo.

«Sono belli gli abbracci, perché non ti rilassi e vivi questa prima e ultima dimostrazione d'affetto?» mi sussurra all'orecchio stringendomi ancora di più e il cestino mi cade dalle mani. Perché non ho preso quello con le rotelle? Maledizione. Sbuffo e cerco di calmarmi, non sopporto che qualcuno mi blocchi in questa maniera. Certo che mi piacciono gli abbracci, ma solo se me li dà una persona a cui tengo e che mi vuole bene.

«Io amo gli abbracci, ma non i tuoi.» Nascondo il viso nell'incavo del suo collo.

«Ah, sì? Non sembra sai? Il tuo corpo dice l'opposto.» Sento qualche click, qualcuno ci sta scattando delle foto. Ci mancava questa!

«Ora puoi lasciarmi andare?» sospiro.

«Ogni tuo desiderio è un ordine» mormora dolcemente e mi lascia, riprendo possesso del mio corpo, del mio respiro e della mia mente, recupero il cestino e mi rimetto in marcia. Non lo sopporto proprio! Continuo a camminare per un po' e mi fermo di fronte alle brioche, afferro due pacchetti e li fisso, sono indecisa su quale gusto prendere.

«Marmellata» risponde una voce al mio fianco, mi volto e sorrido all'uomo che si presenta davanti a me, almeno non è Yari. «Sono le migliori di quella marca, se no prendile al cioccolato ma di questa marca» continua porgendomi una confezione.

«Che fai da queste parti, Paolo?» Poso le altre due scatole e infilo nel cestino quella che mi ha dato lui.

«A volte faccio il povero» ridacchia e mi fa l'occhiolino.

«Sì sì, sfottimi.» Roteo gli occhi e lo spingo delicatamente, ricominciando a camminare insieme a lui. «Dai, seriamente, che fai qua?» ridacchio.

«Sono venuto a trovare un amico.» Alza le spalle che oggi sono avvolte da una semplice felpa nera.

«Ah, davvero? Chi?» domando ancora mentre ci dirigiamo al banco frigo. «Diego» sussurra quasi impercettibilmente, ma io l'ho sentito proprio bene.

«Ma non mi dire! Il mio migliore amico è diventato anche tuo amico? Ma non eri tu quello che non sopportava i plebei?» Alzo un sopracciglio alquanto infastidita.

«Bla bla bla, non fare la permalosa ora.» Fa dei gesti con le mani.

«In ogni caso, sai dove abita?» Scuoto la testa.

«C'è un tipo che ti fissa, devo preoccuparmi?» mi sussurra all'orecchio, alzo gli occhi e noto il ragazzo dall'orecchino di piuma pronto all'attacco ma, appena incrocia il mio sguardo, fa finta di nulla. Deve essere riapparso dopo essersi assicurato che i fan molesti dallo scatto facile siano andati via.

«È un deficiente, nulla di speciale.» Faccio spallucce e continuo per la mia strada.

«Comunque sì, so dove abita.» Mi segue. «Sicura che io non debba preoccuparmi? Sai, sono una persona ricca e sono abituato a essere studiato dalla gente a differenza vostra, ma quello ce l'ha con te, non con me» spiega in modo tranquillo esagerando un po', visto che Yari guarda sempre tutti in quel modo. Però effettivamente Paolo non può saperlo, non conoscendolo.

«La smetti di sopravvalutarti?» Roteo gli occhi, di nuovo.

«Ma lo sai anche tu che sono un dio sceso in terra per

mettere in riga i plebei.» Fa un cenno teatrale e io scoppio a ridere, facendo voltare tutti verso di lui, compreso Yari. «Sono divertente, hai visto?» Mi fa l'occhiolino.

«Non montarti la testa, io non ti sopporto.» Ritorno seria, ma una piccola risatina mi sfugge comunque.

«Neanche tu pensi ciò che dici, sei proprio come me.» Mi mette un braccio sulla spalla, come i fidanzatini, non lo fermo perché sono troppo curiosa di scoprire la reazione di Ahote appena gli passeremo davanti.

«Vuoi uccidermi o stai progettando la mia morte?» mi sussurra all'orecchio Paolo, probabilmente sorpreso dal fatto che, al suo tocco, io non sia fuggita alla velocità della luce.

«Voglio vedere come reagisce il ragazzo che hai notato prima, facciamo in modo di passare accanto a lui?» Abbozzo un mezzo sorriso, indicando con gli occhi il nano che ancora non mi stacca lo sguardo di dosso.

«Assolutamente sì, mi divertono queste cose.» Mi dà un bacio sulla testa, insieme camminiamo vicino al neo-cantante. Ci sta odiando e questo mi diverte troppo, che poi perché ci stia odiando io non lo so… forse per ciò che ho detto degli abbracci, dato che ora mi sto facendo stringere dal fratello del mio adorato titolare. Quindi ci dirigiamo alle casse, io pago i miei acquisti e lui i suoi, usciamo e ci avviamo verso casa del mio migliore amico. C'è qualcosa che non mi è ancora molto chiara, ma quando vorranno loro me ne parleranno.

15

A quanto pare, dopo essere stato buttato fuori da quella famosa festa, Diego ha voluto spiegazioni e delle scuse di persona, da lì sono diventati abbastanza amici, ma l'aria che si respira fra i due lascia intendere qualcosa di più della semplice amicizia. Rido tra me e me, mentre finisco di sistemare l'ultimo disco della giornata. Oggi dovrebbe esserci l'instore, non so ancora se andarci o meno. Marika mi vuole come sorella, me lo ha detto ieri per cercare di convincermi, è tornata in negozio solo per questo quindi insomma, credo mi tocchi accompagnarla.

«Stefano.» Sorrido al mio datore di lavoro.

«Dimmi pure, Alicina» ridacchia e si ferma a guardarmi, lasciando a mezz'aria una pagina di giornale che stava usando per dipingere.

«A me non piace Ahote, ma una ragazzina che è venuta qua a comprare il suo cd vuole che io vada al suo instore» spiego avvicinandomi sempre di più alla scrivania, «solo che non mi va di spendere soldi per uno così montato, che posso fare?» aggiungo poi sedendomi sulla sedia accanto a lui.

«Io ho il disco, se ti va» ammette. «L'ho regalato a mia nipote, ma lo ha scartato. Se vuoi te lo lascio.» Sorride appena, è pensieroso.

«Come mai non lo ha voluto? Ma quanti anni ha tua nipote?» Lo guardo un po' sconvolta dalla situazione. Come può una nipote rifiutare il regalo di un nonno?

«Ne ha compiuti dodici proprio l'altro giorno, ha gusti particolari e io non li ho azzeccati!» Fa spallucce, ma si vede l'amarezza nel suo sguardo. Vorrei fare qualcosa per farlo stare meglio ma non mi viene in mente niente, forse è meglio evitare di dire anche solo una parola perché sicuramente faccio danni.

«Allora ok, passamelo che vado a casa e mi preparo.» Mi alzo allungando la mano verso di lui.

«Non cambiarti, vai bene così. Mica devi fare colpo su una persona che non ti piace, a meno che...» lascia in sospeso la frase e ridacchia sotto i baffi, iniziando a cercare l'album dentro un cassetto dello scrittoio.

«No Stefano, proprio no» rido nervosa portandomi una mano alla bocca.

«Uh, ho centrato il punto a quanto pare.» Sorride di nuovo, poi mi passa il cd. «Dai, vai e divertiti!» Mi fa l'occhiolino e mi spinge fuori dal negozio.

«Grazie mille, davvero.» Lo saluto con una mano e corro via. MediaWorld non è lontano e Marika mi starà già aspettando vicino allo scaffale dei dischi, dove abbiamo appuntamento. Effettivamente non sono sudata o trasandata, ma non sono neanche vestita benissimo, sicuramente tutte si saranno messe in tiro per fare colpo su quello sfigato, io invece no, mi distinguo come sempre. Cammino per cinque, dieci minuti e arrivo davanti allo store, c'è una fila tremenda che inizia già dall'ingresso e non mi va mica di stare sotto al sole in queste condizioni, se no sì che poi sudo e puzzo! Entro come una normale cliente, nascondendo l'album tra la pelle e l'elastico dei leggings, coperto dalla lunga canotta bianca, così posso dedicarmi completamente alla ricerca di Marika, sarà un'impresa ardua.

«Alice, sono qua!» Vedo una ragazzina che si sbraccia urlando il mio nome, è sicuramente lei.

«Arrivo» replico, forse un po' troppo a bassa voce.

«Ehi, sono qua!» continua mentre le ragazze in fila mi squadrano da capo a piedi, meno male che le supero, dato che Marika è fra le prime venti! Mi avvicino al nastro che fa da separatore, ci passo sotto e la biondina mi abbraccia di slancio, neanche mi conosce. Sono tutte così le ragazze d'oggi? Facili prede di un mondo senza scrupoli. Non va bene, non va bene!

«Sono felice che tu sia arrivata, inizia proprio ora!» commenta, io tiro fuori il disco dal nascondiglio, sistemo meglio i capelli e sorrido. I miei capelli oggi fanno pena, tutti i giorni sono bellissimi e oggi fanno schifo, questa sì che è fortuna. Ma poi, perché me ne preoccupo? Non devo mica fare colpo su quel cretino.

«Stai bene vestita così» commenta osservandomi.

«Grazie» replico. «Sono venuta qui dal lavoro, solo per te.» Le faccio l'occhiolino.

«Sei adorabile, lo sapevo io!» Mi abbraccia di nuovo, sto ricevendo troppo amore ultimamente. «Ora uscirà, sono gasatissima, sai?» aggiunge iniziando a mettersi in punta di piedi.

«Lo so, si vede.» Le sorrido, facendole da supporto fisico, mentre le persone dietro ci insultano mentalmente, o almeno credo che lo facciano, perché vorrebbero essere al nostro posto.

«Oh mio Dio! Eccolo!» lo indica e tutte iniziano a urlare, tutte tranne me. Mi sto proprio tappando le orecchie con le mani. Sento un rumore sordo, forse è successo qualcosa con il microfono e tutte le altre continuano a urlare naturalmente.

«Ciao ragazze!» dà il benvenuto Yari. Marika doveva proprio insistere? Ora le persone mi uccideranno e sarà tutta colpa sua. Maledette fan psicopatiche, per questo non sono una seguace accanita di nessun vip, credo che impazzirei con tutti i drammi che potrebbero succedere. Secondo me è davvero complicata la vita di una *fangirl*, fortunatamente non faccio parte della categoria. «Come state?» urla ancora. Ha una voce dannatamente graffiante quando la alza, sto avendo pensieri non molto casti a causa di questo particolare. Sorrido da sola e alzo lo sguardo verso di lui, non mi ha ancora vista e questa cosa mi solleva un po', non saprei che dire e che fare se mi indicasse come ha fatto in discoteca.

«Dai, ha iniziato! Guarda che vai prima tu, eh! Voglio proprio immortalare la sua faccia appena ti vede» ridacchia e indica il cellulare.

«No, vai prima tu» affermo contrariata. «Sei tu che mi hai tenuto il posto e non voglio che le altre ti lascino indietro perché hai dato spazio a me» sospiro osservandola, è così innocente e forse proprio per questo le piace il nano: il bello e dannato, lo stronzo festaiolo. È proprio vero che gli opposti si attraggono, chissà con chi si metterà fra alcuni anni e chissà se rimarrà così, cosa che spero, o cambierà.

«No, voglio davvero che tu vada prima di me... ti prego.» Punta il suo sguardo sul mio e mi fissa, seria e irremovibile.

«Va bene, va bene» sbuffo, scuoto la testa e sorrido.

Pian piano le ragazze vanno da lui, sembra differente quando è con loro, sembra molto più dolce e disponibile. Qual è il vero Yari? Voglio cercare di capirlo, credo che questa sera gli scriverò per sapere qualcosa in più. Il mio turno sta arrivando, sono un po' ansiosa a dire la verità e Marika non aiuta, mi sta già *shippando* con quello psicopatico. Assurda e divertente, proprio come Chiara. A proposito, dovrebbe esserci anche lei, giusto? Meglio se le mando un messaggio, solo per accertarmi se sia qui o meno.

A Kiki:
Sono al firma copie del cretino, sei qua?

Invio e continuo a osservare il comportamento di Y. Oh Dio, c'è anche Lor e sicuramente, scattando le foto, si accorgerà della mia presenza. Qualcuno mi salvi, grazie. Comunque voglio scoprire il nome di quel giovincello, non potrò sempre chiamarlo Lor anche perché non suona bene.

«Cazzo» mormoro.

«Che hai?» domanda confusa la ragazzina.

«Lo vedi il fotografo?» chiedo e lei annuisce. «Conosco anche lui e non voglio che mi veda» aggiungo.

«Perché no?» Corruga la fronte.

«Perché avvertirebbe il pulcino dolcioso, come lo chiami tu, e non ci sarebbe più l'effetto sorpresa» spiego e mi nascondo, coprendomi il viso con il cd.

«Oh giusto... dai, vuoi che ti becchi? Ci sono un sacco di persone!» Fa un piccolo gesto con le braccia, ci stanno schiacciando quindi è impossibile muoversi liberamente.

«Siamo vicine, Marika, ovvio che ci becca prima o poi» sospiro e sposto di qualche centimetro l'album dalla faccia per vedere a che punto siamo, stando attenta a non farmi notare.

«Vero... Dai, andrà bene, pensa positivo amica!» Mi fa un pollice in su.

È quasi il nostro turno, tra me e lui c'è solo una persona e io mi sto ancora nascondendo, non sono certa di aver fatto la scelta giusta.

«Sarà divertente! Sono già pronta a filmarti con il cellulare.» Mi fa l'occhiolino e sento la ragazza davanti a me spostarsi. Panico.

16

«È il suo turno, signorina.» Mentre la guardia mi sorride indicandomi il percorso da prendere, io, tremante come non mai, abbasso l'album dalla faccia e seguo il suo braccio. Yari è bloccato a fissarmi. Andiamo bene! C'è un silenzio imbarazzante, ora nessuno grida, perché? Magari anche gli altri avvertono la nostra tensione.

«Yari, muoviti!» gli urla una voce alle sue spalle, lui ritorna in sé e mi sorride, porgendomi la mano, aiutandomi a salire sul piccolo scalino. Lo sguardo di tutte è su di me, fino a poco prima nessuno guardava chi stava facendo cosa. Quando si parla di sfiga, eh?

«Come va?» mi domanda, mentre apro tremolante l'album per poterlo agevolare nell'autografo.

«B-bene, te?» balbetto, non è da me, ma questa situazione mi sta mandando completamente in pappa il cervello.

«Bene, grazie. Dai, vieni qua che Loris ci fa la foto.» Mi

sorride, allargando il braccio. Ho appena scoperto il vero nome del ragazzo dagli occhi azzurri, incredibile.

«Dobbiamo per forza fare la foto?» sussurro a denti stretti, mentre lui mi abbraccia come può, e, così, il suo amico inizia a scattare con la sua reflex.

«Sì, dobbiamo... poi mettiti qua vicino, non ti faccio scappare.» Fa un mezzo sorriso e mi dà un bacio sulla guancia. Non lo ha dato praticamente a nessuno e a me sì, vuole proprio che le persone mi odino.

«No, non mi metterò vicino a te... dimmi dov'è Chiara» sospiro e mi ricompongo, chiudendo la custodia dell'album firmato da Yari e attendendo una sua risposta. Il bodyguard, però, mi spinge dolcemente via per far spazio all'altra persona, cioè Marika. Il nano, prima di dedicarsi del tutto a lei, mi indica con un gesto della testa un punto impreciso dietro il cartellone, allora mi dirigo verso quella zona.

«Non avevo proprio visto il tuo messaggio, perdonami» compare dal nulla la mia migliore amica, sorridendomi. Mi prende per il polso e mi trascina dietro lo stand.

«Fa nulla, neanche io avrei toccato il cellulare con tutta questa gente» commento. «La ragazza, quella che sta con Ahote, falla venire qua perché è lei che ha voluto la mia presenza, ha filmato tutto, anche» sospiro indicando la biondina che piange mentre scende lo scalino che la separa di nuovo dal suo idolo.

«Certo, ora avverto Samu.» Mi sorride e si va a rivolgere al bodyguard di prima.

Mi siedo a terra, non credo che qualcuna delle sue fan

mi venga a cercare dietro le quinte, ma, come ben sappiamo, le *fangirl* sono imprevedibili, potrebbero uccidermi senza neanche toccarmi.

K torna con Marika, che, appena mi vede, si sistema di fronte a me e mi abbraccia, continuando a piangere come non mai. Avere un mito porta davvero a questo? A versare lacrime a dirotto per la gioia e poi per la disperazione perché, forse, un momento così non accadrà mai più? Meglio non provare nulla allora, non potrei mai piangere per cose del genere.

«È tutto ok... Hai visto? Lo hai abbracciato.» Sorrido e la stringo.

«S-sì» balbetta tirando su con il naso. «M-ma no-non è mai abbastanza» continua sussurrando sulla mia spalla. Non so proprio come aiutarla.

«Pensa positivo, fra poco sarà qua con noi» le dico ricevendo un'occhiata assassina da Chiara, diciamo che sto facendo favoritismi ma questi sono dettagli.

«D-davvero?» singhiozza.

«Certo Marika!» Sorrido, di nuovo.

«M-ma po-posso davvero stare qua con voi?» Finalmente mi guarda negli occhi, strofinando i suoi, carichi di mascara, e assumendo così l'aspetto di un tenero panda.

«Certo, non ci sono problemi! Vero?» Guardo la mia migliore amica e alzo un sopracciglio, lei prima mi fulmina, poi mi sorride, guardando con affetto anche la ragazzina, annuendo subito dopo. «Felice?» le domando alzandomi in piedi, aiutandola.

«Non so come ringraziarvi.» Tira su di nuovo con il naso e abbraccia Chiara. Disperde amore e abbracci come fosse nulla, che tenera!

«Purtroppo dobbiamo stare qua fino a questa sera, se volete però potete andare a fare un giro e poi vi chiamo.» Ci aggancia due braccialetti con scritto "VIP", è o non è la migliore del mondo la mia migliore amica? Che scioglilingua esilarante!

«Certo!» esclamo. «Dai, facciamoci un giro, Marika.» Le sorrido ancora e la prendo a braccetto, mentre lei sistema il cd nella borsa.

«Vi ringrazierò come Dio comanda, ve lo assicuro» commenta seria, ritornando in lei e sistemandosi il trucco, senza effettivamente controllare il risultato, non avendo con noi uno specchietto, ma non importa. In fin dei conti il make-up è qualcosa di aggiuntivo e se sei bella dentro anche l'aspetto esteriore, qualsiasi esso sia, ti farà scintillare. Quando parlo così mi sento una vecchia decrepita, ma, a pensarci, ho pochi anni di differenza con la biondina e con tutte le ragazzine che ci sono qua. Mimo con le labbra un "grazie" a K, lei mi liquida con un gesto secco e un sorriso amorevole. Questa ragazza è un continuo controsenso e proprio per questo le voglio bene. Io e la quattordicenne usciamo da MediaWorld, facciamo un giro per altri negozi mentre tutte attendono il termine dell'instore per *stalkerare* Yari.

Da Kiki:
Ha finito, venite?

Leggo il messaggio, avverto Marika e insieme torniamo indietro. Sono le 19, ho mal di testa e ho fame, ma l'unica domanda che mi sorge spontanea è: perché sto male? Semplicemente perché in questi stupidi negozi ci sono troppe luci e questa cosa mi dà un po' fastidio alla vista, poi ci sono un sacco di profumi mischiati tra loro a causa di tutte le persone che sono anche solo passate per di qua. Abbiamo dedicato queste tre ore a confrontare qualità e prezzi di qualsiasi cosa ci trovassimo davanti agli occhi, divertente! Che poi, io ho preso un permesso dal lavoro per questa cosa, non è normale vero? Colpa di Stefano, è stato lui a darmi il cd e così facendo ha autorizzato il mio via libera senza scrivere niente. Credo di amarlo!

«È proprio lui!» indica il cantante intento ad asciugare il sudore della fronte con un asciugamano. Sembra roba da nulla presenziare a eventi di questo tipo, ma costa molta energia e non puoi mai essere scortese con nessuno, se no ti si stronca la carriera. Io mi sarei già rotta le scatole, lo dico senza peli sulla lingua.

«Eh sì, chi vuoi che sia?» ridacchio mentre ci avviciniamo sempre di più.

«Oh mio Dio, si sta togliendo la maglietta, oh Dio svengo.» Lo guarda fisso. Non capisco se faccia parte del *fangirlare* oppure è semplicemente una maniaca sessuale.

«Alice.» Il ragazzo si volta verso di me, mentre finisce di mettersi la maglia.

«Yari.» Replico fredda, intanto Marika mi sta uccidendo il braccio, avvinghiata com'è, e vedere il suo idolo a pochi passi da lei la sta facendo impazzire di nuovo.

«Come mai sei venuta? A te non piacciono le mie canzoni.» Fa un mezzo sorriso.

«Infatti non ho comprato il cd, non ti darei mai e poi mai i miei soldi.» Alzo le spalle.

«E allora di chi è quello che ho firmato?» domanda indicando la borsa, sedendosi su una sedia lì vicina.

«Del mio titolare, è un regalo per sua nipote» rispondo. «Comunque lei è Marika, è una tua grande fan» gli presento la ragazzina.

«Piacere.» Le sorride mentre Chiara gli porge una birra, evidentemente ha un gran bisogno di scaricare la tensione. «Andiamo a mangiare?» propone iniziando a sorseggiare il suo alcolico.

«Certo che sì, ho una fame da lupi» afferma la mia migliore amica toccandosi la pancia.

«Vuoi venire anche tu, biondina?» Yari domanda alla ragazza al mio fianco, lei mi guarda e io annuisco.

«Se non disturbo…» mormora piano, abbassando lo sguardo.

«Più si è, meglio si sta.» Le fa l'occhiolino e si alza. «Finiamo di sistemare.» Inizia a mettere in ordine.

«Le tue fan ti stanno aspettando fuori» gli dice la mia amica.

«Quindi?» Alza un sopracciglio. «Sistemiamo e usciamo, che problemi ci sono?» Alza le spalle, aiutando Loris. Non pensavo che sapesse fare lavori manuali, sono sempre più sorpresa da questo giovane… in realtà no, non è vero. Mi sta antipatico in qualsiasi caso. È proprio uno sfigato.

17

Domani devo lavorare, sono le 2 di notte e io sono in giro per il centro città: alla mia sinistra ho un neo-cantante che urla cose senza senso, davanti a me ho un'aiuto manager che continua a sorseggiare una birra, a sua volta affiancata da un fotografo che immortala ogni cosa e ogni situazione e alla mia destra ho una ragazzina che sta morendo di sonno ma non vuole assolutamente tornare a casa per rimanere altri preziosi minuti con il suo idolo, idolo che però si sta comportando nel peggiore dei modi. Non credo questa situazione sia normale. E poi, oltre a tenere d'occhio Marika, devo tenere sotto controllo tre adulti… è mai possibile che sia sempre io a finire così? Anche io mi stanco, non sono sempre paziente e ora sto proprio per scoppiare.

«La smettete?» alzo un po' la voce, per sovrastare quella del nano.

«Ma divertiti, dai, oh!» commenta ridendo quest'ultimo.

«Ti stai rendendo ridicolo davanti a chi ti supporta.» Mi fermo e lo trattengo per il braccio, gli altri si fermano di fronte a noi. Si sentirà mai in colpa? «Non l'hai degnata della minima considerazione, porca miseria!» gli punto il dito contro.

«Lei non mi ha parlato» gesticola divincolandosi dalla mia presa.

«Non dire stronzate» rispondo a denti stretti, assottigliando lo sguardo. «Ti ha parlato per tutta la cena e tu l'hai completamente ignorata» continuo gesticolando. «A volte la guardavi e poi ti rimettevi a mangiare che neanche fosse una merda» spiego scendendo nel volgare. In questo momento credo sia l'unico modo per farmi ascoltare.

«Non è vero» sbuffa. «So che cosa mi ha detto, ma non avevo voglia di parlarle» ammette. «Che problemi hai? Perché te la prendi tanto?» domanda avanzando verso di me. Marika si allontana un po'. So che ci sta rimanendo male, so che è delusa dal comportamento di Yari e, anche se lei continua a dire di no, percepisco la sua sensazione: non è positiva. Vorrei dirle che è tutta un'illusione ma non posso perché il suo idolo è proprio così, lui è questo.

«No, la domanda giusta è: tu, che cazzo di problemi hai? Sei un deficiente.» Gli vado incontro.

«Intanto rilassati e non dire parolacce, non ti si addicono proprio.» Ride sonoramente, rischiando di svegliare i residenti. Sinceramente spero che nessuno ci senta e, se ci sentissero, vorrei che prendessero Yari a colpi di sedia sulla schiena.

«Ok» sospiro. «Caro decerebrato, inutile essere vivente.» Sorrido e lo guardo. «Puoi usare il cervello quando parli e quando ti atteggi?» domando mentre mi trattengo dal prenderlo a pugni. «Invece di gridare a vanvera... perché non ti fai un bell'esame di coscienza e pensi a quanta merda tu sia» gesticolo. «A quanto inadeguato tu sia stato con le tue parole e a quanto tu stia facendo male a questa ragazzina che ti idolatra manco fossi Zayn Malik» sospiro. «E solo un pazzo non adorerebbe il Re Bellissimo» commento sarcasticamente. «Dunque, cerca di mettere un po' di sale in zucca e chiedere scusa a questa dolcissima fanciulla» e la indico. «E se non lo farai...» lascio un attimo in sospeso la frase. «Le vedi queste due dita che fanno il segno della pace? O della vittoria, come cazzo ti pare» sorrido facendogli vedere la mano, «ecco... le vedrai talmente da vicino che poi non ci vedrai mai più» spiego. «Cretino!» sbuffo e gli tiro un pugno sul petto. Poi prendo a braccetto Marika e le sorrido, iniziando a superare gli altri.

«Ora capisco cosa intendevi con "Non è proprio il massimo", hai ragione...» sospira. «Il problema però è che a me piace anche così.» Sorride appena. «Io mi baso sui suoi testi, non su come si è comportato stasera» continua. «Avevo immaginato che potesse essere un ragazzo così difficile» ammette, «ma secondo me, sotto sotto, c'è del buono anche in lui» conclude stringendosi più a me.

«Sicuramente c'è» affermo. «Ma solo con le cattive si può parlare con lui, credo sia l'unico modo per ottenere la sua parte migliore.» Faccio un lungo respiro.

«A te dispiace che si stia dimostrando così, perché credi in lui e nella sua parte buona» trae questa conclusione con una certa sicurezza.

«Esattamente» confermo. «Anche se non lo conosco bene» aggiungo, «sono sicura che lui possa dare di più, anche a voi.» Le faccio l'occhiolino. «Dai, ti porto a casa» concludo. Per fortuna siamo arrivate subito alla mia macchina, spero che il nano non si faccia domande riguardo al parcheggio visto che l'ho sistemata proprio davanti al negozio di cd e, se non sbaglio, lui non ha ancora scoperto dove trascorro le mie giornate lavorative.

«Ci si vede, ragazzi» saluto gli altri. Il cantante mi guarda per alcuni istanti, inizia poi a camminare nella direzione opposta. «Stupido ragazzino» sussurro facendo sorridere la biondina al mio fianco.

«Mi dispiace, ma davvero tanto» mormora K abbracciando Marika.

«È tutto ok, non è successo nulla di grave» ridacchia, palesemente a disagio.

«Si farà perdonare, vedrai.» Le fa l'occhiolino Loris, correndo poi dal suo amico.

«Buonanotte e andate piano!» gli raccomando entrando in macchina insieme alla mia nuova amica. «Dove abiti bella?» Allaccio la cintura e metto in moto.

«Vicino al Lidl… non so se hai presente.» Si gratta dietro il collo.

«Certo, poi da lì mi indicherai la strada.» Le sorrido, dopo alcuni secondi partiamo.

Yari, da quella sera, non si è fatto neanche più vedere al supermercato e ho paura di ciò che potrebbe progettare, Chiara dice che è tranquillo ma non le credo molto. Non si sa mai cosa passa per la testa degli artisti e anche se possono sembrare pacati non lo sono per niente. Forse io sono stata troppo impulsiva e anche un po' acida, ma se non avessi fatto così lui avrebbe continuato la sua sceneggiata e non mi andava proprio di sopportarlo ancora, almeno si è zittito e la serata si è conclusa bene, più o meno. Non faccio altro che sistemare cd o libri, è davvero questa la vita che voglio? Non fraintendiamo, io amo da morire ciò che faccio adesso e i titolari sono un amore, solo che boh... A proposito, dove sono finiti Monica e Fabrizio? Non li vedo da un po' e sono davvero preoccupata. Comunque la mia tutor ha seguito tutti i miei consigli, infatti ora quel riccone la considera molto di più e si parlano tanto, si ascoltano altrettanto. Lei mi racconta spesso le situazioni che vivono insieme, addirittura mi inoltra i messaggi che si mandano; effettivamente stiamo diventando buone amiche. Però io, il mio titolare, lo vedevo bene con la mia cara compagna di avventure, anche se ovviamente sono felice per Monica. Lo desiderava da tanto e, con un po' di sicurezza, è riuscita a farsi avanti, a proporsi per la persona meravigliosa che è, questa cosa l'ha ripagata nel migliore dei modi perché, si sa, essere se stessi ha sempre risvolti positivi. In ogni caso, vorrei vederli appiccicati come le sanguisughe, è un mio sogno e spero si realizzi.

«Alice!» mi saluta la voce familiare di Paolo.

«Ehi, come stai?» Sorrido continuando a fare alcuni conti.

«Bene, grazie. Ma Fabrizio?» Si avvicina alla cassa, lo vedo con la coda dell'occhio.

«L'ho perso di vista da un po'» ammetto. «Credo sia nel suo ufficio con Monica» ridacchio finalmente guardandolo negli occhi, si è rasato i capelli ma sta bene comunque.

«Pensi ciò che sto pensando io?» Mi sorride, sedendosi sulla sedia vicino a me.

«Assolutamente sì!» esclamo divertita.

«Che tonti.» Scuote la testa. «Comunque io sono venuto per parlare con te» riconosce dopo alcuni secondi di silenzio. «C'è questa foto che gira in rete, ne sai qualcosa?» Mi mostra lo schermo del cellulare.

«Sì, sono stata a quell'instore per fare un piacere a una persona.» Faccio spallucce.

«Vuoi vedere i commenti?» domanda mentre scorre col dito sul display.

«Certo che no, non mi interessa cosa dice la gente» rispondo. «Anche perché non ci sono nomi, non mi sono taggata e tantomeno ho salvato la foto.» Alzo di nuovo le spalle.

«Che poi lui, con la sua mano, mentre ti baciava la guancia ti ha coperto buona parte della faccia quindi nessuno dovrebbe riconoscerti.»

«Ma perché ti interessano queste cose? E anche se mi riconoscessero?» Corrugo la fronte.

«Perché sei la dipendente di mio fratello, lui è molto

attento alla privacy e andrebbe in cerca di avvocati per fare in modo che queste immagini non circolino più in rete» spiega. «E, in tutta sincerità, anche io sono un po' preoccupato per la tua incolumità.»

«Ma questa è esagerazione.» Aggrotto le sopracciglia. «Se una va a eventi del genere è normale che appaia in qualche foto su internet» ridacchio. «E comunque io so difendermi» sbuffo.

«Certo, non ho dubbi... ma questa?» Mi fa vedere di nuovo lo schermo.

«Ero al supermercato come ogni essere umano.» Scuoto la testa. «Che c'è di male? E poi, se ben ricordi, c'eri anche tu con me in quell'occasione!» aggiungo.

«Ora capisco perché questo ragazzo non mi era nuovo! Comunque, sfoglia la gallery» mi ordina serio e io eseguo. Ecco dove sono finite le foto del nostro primo e ultimo abbraccio, quello tra me e Yari.

«Ma mi stalkeri?» ridacchio.

«Certo che no, scema!» Sorride scuotendo di nuovo la testa. «Stai semplicemente attenta, ok? Stiamo parlando di una persona che ti sta sempre intorno!» sospira.

«Continuo a non capire dove stia il problema e ti ho già detto che bado benissimo a me stessa, ma ok... starò attenta.» Guardo il cielo.

«Brava Alice.» Mi scompiglia i capelli. «Questa sera vieni da Diego?» si alza dalla sedia.

«No, devo andare da Chiara» replico. «Magari poi facciamo un salto.» Annuisco.

«Ci farebbe piacere!» Mi abbraccia e poi se ne va. Ha detto “ci”, quindi se oggi andassi da Diego scoprirei qualcosa in più sulla loro situazione, giusto? Ultimamente né io né K lo vediamo spesso, non ci invita a casa sua e quando lo coinvolgiamo lui non può mai, chissà cosa ci nasconde.

18

Alla fine ieri non sono andata da Diego perché dovevo assolutamente passare una serata "romantica" con la mia migliore amica, che ormai mi dedica davvero poco tempo quindi, quando ha un attimo libero, la rapisco dal mondo e la tengo tutta per me. Non so se le vada bene o meno, ma io devo stare almeno otto ore alla settimana con lei, se no non trovo pace e inizio a fare discorsi insensati. Lei è un punto di riferimento per me e io lo sono per lei, almeno credo.

Oggi comunque sono ospite di Sonia e Umberto, non vedo l'ora di mangiare una delle prelibatezze che prepara mia sorella, ogni tanto è aiutata dal marito ovviamente ma, se non si fosse capito, è davvero brava a cucinare. Vorrei avere anche io questa dote, è già tanto se so bollire la pasta! Come al solito non ricordo a che ora mi abbia dato appuntamento, forse dovrei trovare una soluzione per questa memoria, mi chiedo se c'è o meno un rimedio. Sono in macchina e sto ascoltando il cd di quel nanetto, non so perché io lo stia facendo però ammetto che ci sono due canzoni che mi commuovono e non poco, diciamo che sto rivalutando i testi ma non ancora tutti. Continuo a non capire perché sia così bipolare addirittura su quello che scrive: a volte usa un tono ironico, ma allo stesso tempo si capisce che intende dire la verità, che crede in tutto ciò che mette per iscritto. Mi incute timore questa sua ambiguità, però contemporaneamente mi affascina. Lui è sincero, non ha paura di fare fiasco, mette nero su bianco ogni cosa gli passi per la testa e forse è proprio questo che lo rende un grande cantautore e un artista da seguire, quasi quasi ci faccio un pensierino.

Ora stiamo iniziando il secondo, ho ancora appetito per fortuna e, a giudicare dall'espressione dei due sposini, posso dire che anche loro non vedono l'ora di continuare a mangiare.

«Allora, come sta andando il lavoro?» mi domanda dolcemente la mia sorellona, mentre sistema il pollo in tavola.

«Molto bene, Sonia, i due titolari sono adorabili» replico osservando il malcapitato, il pollo intendo.

«Posso immaginare, ti diverti?» chiede ancora sedendosi, lasciando a suo marito l'onere di dividere le porzioni.

«Assolutamente sì!» Sorrido sincera.

«Non c'è cosa più bella del divertirsi mentre si lavora» dice.

«Sì, sono stata fortunata sia per quanto riguarda l'impiego, sia per quanto riguarda i datori di lavoro» commento e il cellulare vibra in tasca, risponderò dopo. «Chi ha cucinato?» domando poi.

«Gli gnocchi li ho fatti io, ovviamente.» Fa un mezzo inchino Sonia. «Invece il pollo lo ha preparato Umberto» lo indica.

«Non vedo l'ora di assaggiarlo, sembra così squisito!» mi lecco le labbra, osservando i pezzi di pollo inermi, sono inquietanti ma non devo pensarci.

«Allora che stiamo aspettando?» Umberto fa una smorfia. «Forza, mangiamo!» Inizia a distribuire i pezzi di carne. Be', su una cosa siamo sicuri: nessuno di noi tre è vegetariano.

Dopo un quarto d'ora abbiamo finito di gustare anche questo piatto, tra l'altro proprio buono e condito bene. Mi alzo dalla tavola e aiuto mia sorella a sparecchiare, mentre l'uomo di casa si dedica a fare il caffè. Ne sento davvero il bisogno, sono molto stanca oggi e credo sia colpa del ciclo in arrivo. Oh Dio, devo ancora rispondere e vedere il messaggio, chissà chi mi ha cercato e perché.

«Vado un attimo in bagno» avverto Sonia, lei mi fa un cenno del capo. Così mi dirigo alla toilette e so che è una scusa stupida, proprio come quando l'ho usata alla festa di Fabrizio, ma non voglio che lei pensi che io mi annoi, che desideri stare al cellulare. Ora sto seduta sul coperchio del water e osservo il cellulare. Non so se effettivamente leggere e rispondere, oppure fare finta di nulla fino a questa sera. Vibra di nuovo, in mano questa volta. Forse è meglio se almeno leggo i messaggi.

Da L'irrequieto:
Ho riflettuto, sai?
Mi sono comportato malissimo con quella ragazzina, voglio farmi perdonare.
La porti al White Harp? Ovviamente rimani con noi. :)

Sospiro. Almeno se ne è reso conto, dopo giorni e giorni, ma sempre meglio di niente. Passo al secondo messaggio.

Da L'irrequieto:
Loris ha una piccola cotta per Chiara, puoi fare qualcosa?
Secondo me starebbero proprio bene!

Sorrido, pensando alla mia migliore amica e al ragazzo con gli occhi chiari. Sì, secondo me starebbero bene!

A L'irrequieto:
Allora… per il primo messaggio è un grande Sì! Basta che mi dici il giorno e l'ora.
Per il secondo messaggio, vedo cosa posso fare.

Invio e ritorno in cucina, dove mia sorella e Umberto mi stanno aspettando con il caffè.

«Eccoti» esclama Sonia. «Pensavo fossi morta!» ridacchia e mi passa la tazza.

«Purtroppo no, mi devi sopportare ancora per molto!» Sorrido e metto lo zucchero nel liquido nero.

«A me non dispiace mica!» Mi fa l'occhiolino, iniziando a sorseggiare dalla sua tazzina.

«Meno male» sospiro serena, finendo velocemente di bere la bevanda calda.

«Wow, che velocità!» esclama sorpreso suo marito sgranando gli occhi verdi. «Sei una patita della caffeina?» domanda divertito.

«Abbastanza, ma da anni!» Alzo le spalle e sento vibrare il cellulare. Che vorrà ancora? Faccio finta di nulla e mi dedico all'ascolto delle raccomandazioni che mi sta facendo mio cognato, ci tiene a me e desidera che io stia bene.

«Umberto, ma che ci vuoi fare se lei ama il caffè?» ridacchia Sonia, sistemando i ciuffi mori che sono usciti dallo chignon.

«Ma nulla... era per avvertirla dei pericoli in cui incorre bevendo tanto caffè» sorride suo marito, mostrando le fossette ai lati della bocca.

«Ma non è che vive solo di quello!» continua a ridere lei.

«Sì, ma comunque...» sbuffa. «Mi raccomando, eh» aggiunge poi e si alza, probabilmente per andare in bagno. Mia sorella lo guarda allontanarsi, osserva ogni suo movimento con occhi persi, le piace molto e ogni giorno sempre di più, adorabile questa cosa.

«Ma quanto lo ami? Sprizzi arcobaleni e cuori a profusione!» commento divertita mentre recupero un bicchiere.

«Si vede così tanto? Mannaggia!» replica lei arrossendo.

«Siete così carini.» Faccio un mezzo sorriso. «Ma come

è andata la luna di miele?» Faccio su e giù con le sopracciglia, per sembrare una pervertita pronta a scoprire ogni dettaglio piccante delle loro notti ma probabilmente sembro solo una scema che fa facce strane.

Non lo avessi mai fatto, è stata quasi tutto il pomeriggio a raccontarmi di tutto ciò che gli è accaduto, sono stati proprio bene e sono anche riusciti a fare alcune foto con dei vip che erano a Los Angeles in quel periodo, sono stati molto fortunati come sempre. Ora sono a casa e devo ancora leggere la risposta del nano. Recupero il cellulare dalla borsa.

Da L'irrequieto:
Questa sera? Vi va?
Verso le 22, mi raccomando puntuali!
A dopo. xx

Ora devo solo avvisare Marika, sarà felicissima. Scorro la rubrica, seleziono il nome, faccio partire la chiamata, lei risponde dopo alcuni squilli e io in pochi secondi riesco a delucidarla sulla situazione, inizia così il suo sclero da *fangirl*: si mette a urlare e forse anche a saltare. Sì, decisamente sta saltando sul materasso perché sento le molle del suo letto chiedermi aiuto. È bello sentirla così allegra, se lo merita. Subito dopo ci salutiamo, ritornando entrambe al nostro da fare. Dovrei anche parlare con Chiara, per combinare un appuntamento con Loris.

Ma perché devo fare tutto io? Yari non è in grado di arrangiarsi? Anche perché la vede più spesso lui di me. Adesso che ci penso: i maschi sono incapaci di fare le cose da soli, per questo hanno bisogno di noi. Potere alle donne!

19

Ci siamo sistemate in un tavolo poco lontano dalla porta d'entrata, siamo anche sopra un piccolo soppalco, purtroppo di Yari nemmeno l'ombra. Spero solo che non ci abbia prese per i fondelli, non sarebbe carino e si farebbe odiare, nel vero senso della parola, da me e anche da Marika.

«Ma che ore sono?» chiede la ragazzina giocando con il suo anello.

«Non so, ho la batteria del cellulare scarica quindi non so proprio dirti» sospiro mentre gioco con il bicchiere mezzo vuoto del tè.

«Secondo te verrà?» sussurra amareggiata e poi abbassa lo sguardo.

«Certo che verrà, sii positiva!» Le faccio un pollice in su e l'occhiolino. Non posso di certo dirle che anche io non credo che arriverà, non posso infrangere un sogno e tantomeno parlare male di quel nano malefico, è pur sempre il suo idolo.

A un certo punto un cameriere dai capelli biondi si avvicina e ci indica un tavolo all'angolo, dove proprio Yari ci sta aspettando. L'unica cosa positiva a cui penso: almeno non ha ancora ordinato qualcosa di alcolico, fa progressi. Sorrido al giovane e do una veloce occhiata all'espressione della biondina, ora è felice, sorride anche lei, e va bene così. Allora ci alziamo e lo raggiungiamo, portandoci anche le nostre bibite.

«Era da tipo un quarto d'ora che vi stavo aspettando, solo che ho scelto un tavolo nascosto... giusto per non fare scoop, anche se in realtà non credo che a qualcuno interessi davvero la mia vita privata, ma non si sa mai» spiega facendoci posto. Non so se mettermi al suo fianco, oppure davanti a lui. Ora controllo dove si siede Marika, poi mi comporterò di conseguenza come è giusto che sia.

«Alice, siediti lì» ordina indicando il posto vicino ad Ahote, Marika ci *shippa* quindi lo fa apposta e io, in questo preciso momento, vorrei ucciderla.

«Sicura? Non vuoi metterti lì?» Alzo un sopracciglio. Giuro che se mi dice di no preparerò una gran bella vendetta che non scorderà mai più.

«No, se mi metto davanti è più facile parlargli.» Mi fa l'occhiolino e si sistema di fronte al nano, dunque sto andando incontro alla mia morte, che divertente.

Non vedo già l'ora di andare a casa... stare a stretto contatto con un ragazzo così mi distrugge e consuma tutte le mie energie, troppo fastidioso e negativo come personaggio.

«Prima di tutto desidero chiederti scusa» esordisce occhi di ghiaccio, osservando Marika. «Spero di non essermi fatto troppo odiare, non me lo permetterei mai» sospira. «Anche perché non ci stavo con la testa, stavo pensando ad altro e, appunto per questo, mi sono dedicato più a fare il cretino» spiega. «Spero di non averti provocato troppo disgusto.» Abbassa lo sguardo.

«Immaginavo ci fosse qualcosa che non andava, per questo non ti odio» sorride innocentemente lei. «Però comportarsi così non è di sicuro un'idea ragionevole, non credi?» Alza le spalle. Quanto è saggia questa biondina? Sono fiera di lei.

«Quello che gli ho detto io!» intervengo. «Solo che è cocciuto e fa quello che gli pare» sbuffo.

«Io so che non è la cosa giusta.» Stringe i pugni. «Ma a volte è più forte di me diventare intrattabile» sussurra e poi chiama il barista. Lo ha detto sul serio? Non capisco se stia facendo la vittima per farsi perdonare o se è davvero così che la vede. Questo Ahote, come ho già detto, è un bello e dannato.

Ieri è andato tutto bene, Marika era felicissima e Yari le ha promesso che, se mai avesse avuto bisogno, avrebbe potuto contattarlo in qualsiasi modo. Ovviamente intendeva dire "Se hai bisogno scrivi ad Alice, poi lei mi scrive e vediamo che fare. Io, naturalmente, non sono in grado di dare consigli, per questo lascerò fare tutto a lei, tanto è brava", ma sono futili dettagli, anche se non lo conosco troppo ormai so cosa pensa.

«Allora, come va con Fabrizio?» chiedo alla mia tutor mentre attendiamo l'arrivo dei nuovi libri.

«Molto bene, ci stiamo avvicinando sempre di più.» Sorride maliziosamente osservando il furgone.

«Non oso immaginare *come*» ridacchio e faccio entrare il fornitore, aiutandolo con gli scatoloni.

«Ehi, che intendi dire?» ride salendo sopra al furgoncino, alcuni libri si sono persi per strada, a quanto pare.

«Nulla» urlo da dentro il negozio, mentre l'autista mi guarda confuso.

So bene che si sono avvicinati e sono molto carini insieme. Ora manca solo che Chiara trovi il suo amore grande, visto che la mia idea è fallita da un po'. A proposito, devo ancora organizzare la cosa che mi ha chiesto il neo-cantante e questo vuol dire che, per creare un piano perfetto, dovrò passare alcune ore insieme a lui, solo noi due. Perché questa cosa non mi va molto a genio? Ah giusto, è uno scemo e non posso fare un discorso serio che subito se la prende. Dalla regia mi dicono che sarà un'impresa facilissima, sì sì. Che poi, come è possibile che ci becchiamo sempre a quel negozio di alimentari? Mi sa che abita pure vicino a me, ma sarà o non sarà sfiga questa?

«Alice!» mi scuote per le spalle Monica.

«Eh? Cosa?» Scuoto la testa e mi allontano di alcuni passi. «Che ho fatto? Che hai?» chiedo non capendo la situazione.

«Ti eri persa nei tuoi pensieri, non ti pesa quello scatolone?» Corruga la fronte.

«Che scatolone? Cosa?» Guardo fra le mie mani. «Ah... ops!» ridacchio posandolo a terra.

«A che stavi pensando?» mi sorride.

«A una cosa, niente di importante» mento. Non le dirò che stavo pensando a Yari.

«Stavi pensando al cantante vero?» Mi dà una leggera gomitata.

«Certo che no!» ridacchio imbarazzata. Ormai mi conosce bene, mannaggia.

«Invece sì, ti ho sgamata!» ride e recupera l'ultimo pacco, io firmo la ricevuta all'autista e poi lui riparte.

«No, assolutamente no!» La raggiungo, spingendo l'involucro con i piedi dietro al bancone, ho iniziato anche io a usare le gambe come lei e lei a usare la forza delle braccia come me.

«Invece sì, inutile negarlo.» Fa un mezzo sorriso e inizia a sistemare alcuni libri sugli scaffali.

«No, smettila e fammi lavorare.» Alzo gli occhi al cielo e mi siedo, iniziando a spuntare le prenotazioni.

«Tanto sai anche tu che ho ragione io.» La vedo, con la coda dell'occhio, alzare le spalle e sbuffare. Meno male che manca poco alla fine della mattinata, non vedo l'ora di andare da Stefano. Il cellulare mi vibra in tasca, lo recupero e osservo la scritta che compare sullo schermo: messaggio da "L'irrequieto". Ma che vuole ora? Rimetto il cellulare al suo posto e continuo il mio lavoro, risponderò dopo. Ancora alcune spunte e ho finito, che gioia!

«Io vado a mangiare con Fabri, vieni anche tu?» mi chiede la mia tutor.

«No, preferisco andare a casa oggi. Ma grazie dell'invito!» Sorrido e finisco di controllare i dati al computer.

«Allora ci vediamo domani, ok?» Mi fa l'occhiolino, io annuisco.

«Dai, vai a casa Alice!» mi incita il mio titolare.

«Sì, ho proprio finito ora.» Faccio un pollice in su e mi alzo dalla sedia.

«Bene, allora chiudiamo noi!» Recupero la borsa mentre Monica si avvicina alla cassa. «Su su, muoviti Alice!» ridacchia e mi spinge verso l'uscita. Questo comportamento la dice lunga sul loro pranzo.

«Non fate cose sconce!» esclamo uscendo dalla libreria. «A domani, ragazzacci!» Faccio loro l'occhiolino e vado verso la macchina, entro e mi allaccio la cintura. Ma prima di mettere in moto e andare a casa, voglio leggere il messaggio che mi ha mandato il nano.

Da L'irrequieto:
Questa sera sono da te.
So che i tuoi sono via (giuro che me lo ha detto Chiara sotto tortura, giuro) così possiamo metterci d'accordo e pianificare qualcosa per Loris e lei, ti va? Anche se non ti va io vengo lo stesso, quindi la domanda era retorica...

Ma davvero? A casa mia? Sa addirittura dove abito? Chiara mi sentirà, anche se era sotto tortura non avrebbe dovuto dire nulla.

A L'irrequieto:
Be', direi che non servirebbe neanche una mia risposta a questo punto!
Ci vediamo questa sera, non fare danni o ti ammazzo, poi dimmi con che tortura hai convinto la mia migliore amica a darti tutte queste informazioni.

Invio, giro la chiave e parto. Direzione? Casa. Questo pomeriggio lavorerò, come sempre, al negozio di cd, ma oggi inizio alle 15 e ora è mezzogiorno e mezzo, quindi ho tutto il tempo per recuperare energie rilassandomi sul divano, ovviamente dopo aver mangiato.

20

Finalmente sono a casa, ho lavorato molto oggi e portare gli scatoloni, anche dei cd, in magazzino mi ha del tutto distrutta fisicamente. Ora desidero solo farmi una doccia, mangiare e rimanere spaparanzata sul divano per il resto della vita, anche se purtroppo mi devo aspettare un attacco a sorpresa da Yari, riuscirò a sopportarlo? I miei genitori sono in ferie, hanno deciso di fare un viaggetto all'estero, abbandonando la loro povera figlia in balìa di malviventi alias Ahote-Yari-Longo. Entro in camera e lascio cadere la borsa sul pavimento, recupero il cambio necessario e corro in bagno. Mi farò una doccia veloce con l'acqua calda, so che ormai è estate ma io sento ugualmente freddo. Sì, sono strana!

Ma quanto bene si sta in pigiama? Anche se in realtà non indosso propriamente un pigiama perché non ne ho, i pigiami mi stanno antipatici. Uso una semplice canotta colorata e dei pantaloncini comodi, sto decisamente bene così, se poi pensiamo al fatto che con questa tecnica sarò sempre in ordine per qualsiasi evenienza allora sì che si sta da dio, nessuna paranoia. Dovrei anche preparare da mangiare, però non ho molta voglia, come sempre. Appena arriva Y lo obbligo ad andare a comprare qualcosa per la cena, se mi dirà di no gli risponderò che non lo aiuterò con quella cosa. Mi piacciono i ricatti, se non si fosse capito, soprattutto se sono io a farli. Accendo la tv e mi distendo sul sofà, che bella questa vita! Ma non possiamo vivere solo di rendita. Certo, i presupposti che c'erano appena ho finito la scuola non erano proprio rosei, anzi mi vedevo disoccupata e mantenuta dai genitori fino ai trent'anni. Invece ho trovato lavoro e sono pronta a volare, come tutte le altre persone. Riesco a guadagnare qualcosa, che ovviamente non spendo per cagate ma metto da parte per un progetto più grande, e sono sicura che riuscirò a realizzare ciò che voglio. Il campanello suona e io, di malavoglia, mi alzo dal divano per andare ad aprire. So che è Longo, non do neanche un'occhiata dallo spioncino. Anche perché un serial killer non verrebbe sicuramente a suonare, entrerebbe senza problemi dalla finestra e mi ucciderebbe, non funziona così?

«Ho fame, troppa... vai a prendere da mangiare, uomo.» Lo accolgo senza salutarlo.

«Ciao anche a te.» Scuote la testa oltrepassandomi e andando in cucina.

«Sai anche l'ubicazione delle diverse stanze, maledizione sei proprio uno stalker.» Chiudo la porta, seguendolo a ruota.

«Ho solo chiesto com'è la casa alla tua migliore amica, ti so dire anche dove dormi e dov'è il bagno al piano superiore.» Mi fa l'occhiolino e apre il frigo.

«Non ho ancora detto di fare come fosse casa tua, quindi a cuccia!» lo schernisco indicandogli la sedia, lui mi guarda per un secondo e poi si rimette a cercare cibo. «Ok Yari, fai come vuoi!» sbuffo. «Vorrà dire che non ti aiuterò, tiè.» Incrocio le braccia al petto facendo l'offesa.

«Quel trucco non funziona con me, dovresti un po' aggiornarti.» Finalmente chiude il frigo, solo dopo aver recuperato una birra.

«Ma per forza devi bere anche qua?» domando rubandogliela dalle mani.

«Quella era mia.» Alza un sopracciglio. «Ok, ti rubo l'altra.» Alza le spalle e si avvicina, di nuovo, al frigo ma io lo blocco prima.

«Non ci provare, stronzetto.» Lo tiro per il braccio.

«Ma quanto sei volgare!» Alza gli occhi al cielo, poi sorride debolmente.

«Te la do solo se...» Mi metto a pensare e lui scoppia a ridere. «Pervertito, parlavo della birra!» Rido a mia volta. «Comunque, avrai la birra solo se vai a prendere da mangiare, o già che ci sei puoi cucinare tu.» Faccio una smorfia maliziosa e apro la bottiglia.

«Se faccio io, cos'altro ho in cambio?» replica divertito portandosi due dita sotto al mento.

«Ti aiuterò con Loris e Chiara, poi basta.» Scuoto la testa, iniziando a bere la birra.

«E basta? Peccato...» Riprende la sua bottiglia e sorseggia.

«Prima mi fai da mangiare, poi vediamo!» Gli faccio una linguaccia, i suoi occhi si illuminano e inizia subito a mettersi al lavoro, sa che non avrà nulla, vero? «Ma almeno sai dove sono le cose?» Recupero la bottiglia.

«No, per questo mi devi aiutare... mica posso fare tutto io, eh? Ti ricordo che sono un ospite a tutti gli effetti» spiega mentre inizia ad aprire ogni cassetto e ogni sportello. Se fa qualche danno è la buona volta che lo uccido.

«Giusto, dai allora ti aiuto...» Do un altro sorso poi gliela passo, lui la prende sfiorandomi le dita e mi sorride. Dunque, siamo fianco a fianco e cerchiamo di preparare una cena decente e commestibile, sono sicura che brucerò le patate e lui mi sgriderà. Non è colpa mia se io non me la cavo in cucina, ho preso tutto da mia mamma.

«Mi raccomando, Ali.» Assottiglia lo sguardo e gira gli hamburger. «Se le bruci ti mangio, per davvero» aggiunge.

«Va bene, ho capito... rilassati, ok?» Roteo gli occhi e mi concentro. Non ho mai dato così tanta importanza a un avvertimento quanto ora anche se, effettivamente, mi piacerebbe sapere cosa intende con "ti mangio", quale tortura dovrei subire? Adesso ho una voglia matta di bruciare ogni stupida patata che si trova in questa stupida padella, ma non lo farò perché rovinerei la pentola e non è il caso. Che brava che sono, eh?

«Ora mi spieghi che tortura hai usato?» chiedo mescolandole.

«Il solletico, funziona sempre» ridacchia.

«Io lo soffro solo in un punto, come mi tortureresti?» Osservo la padella.

«Già la mia sola presenza è una tortura per te, o no? Quindi perché dovrei infierire ancora?» mormora chiudendo il gas.

«Giusto» commento alzando le spalle e continuando a cucinare.

«Già» risponde, e inizia ad apparecchiare. Ho come l'impressione che ci stia male, ma perché dovrebbe? Dai, è un uomo, come può essersi offeso? Questo vuol dire che esistono anche ragazzi sensibili. Oh Dio, è un miracolo, bisogna festeggiare! Dopo alcuni minuti, finalmente le patate sono pronte. Sto decisamente morendo di fame, non vedo l'ora di sedermi e abbuffarmi come se non ci fosse un domani.

«Hai visto che non le ho bruciate?» Sorrido e gliele metto sul suo piatto.

«Sì, brava» bisbiglia mentre mette l'hamburger sul mio.

«È tutto ok?» gli domando mentre ci scambiamo i piatti, in modo da completare le rispettive porzioni.

«Certo, perché?» Alza le spalle. Non mi convince molto, lo sa anche lui.

«Non so, sei più taciturno e triste» sospiro e sistemo

la padella sui fornelli spenti. Anche lui mette da parte gli utensili da cucina dopo averli sciacquati. Possiamo iniziare a cenare.

«Sono solo stanco...» sospira. «Mi sto preparando per andare in tour con il Festival Show.» Sorride appena e inizia a mangiare, io annuisco poco convinta e addento il mio hamburger.

21

Alla fine abbiamo preparato un piano geniale, non sappiamo ancora quando metterlo in atto ma sappiamo che sarà un successone. Abbiamo scoperto che insieme siamo una squadra fortissima, ma qui lo dico e qui lo nego. Questo pomeriggio andrò da Diego, è da un po' che non lo vedo e mi deve raccontare parecchie cose, spero che il nostro rapporto non sia cambiato. Fabrizio mi ha chiesto se ho voglia di andare a un'altra festa a casa sua. La mia risposta? Assolutamente no. Non voglio fare figuracce, non voglio vedere nessun tipo di persona con la puzza sotto al naso e poi K non verrebbe, ultimamente lavora fino a tardi, quindi è inutile anche solo prendere in considerazione la proposta. Ho un sonno tremendo e giuro che non è perché ieri ho guardato fino a tardi una serie tv, giuro che io non mi sto drogando di quella serie e giuro pure che non è vero che non vedo l'ora di tornare a casa per andare a scoprire che succede nelle prossime puntate. Inoltre giuro che non sono disperata per il fatto che fra poco finirò le stagioni disponibili, giuro che non sono disperata per il fatto che dovrò morire d'ansia come tutti gli appassionati nella mia situazione. Lo giuro, eh? Giurin giurello. Tornando seria, oggi in libreria è tutto più divertente perché c'è una specie di festa del libro in questa zona, che si tiene annualmente, e stiamo facendo grossi incassi. Non me lo sarei mai aspettato.

«Alice, attenta a quella bimba!» mi avverte Monica, indicando una bambina di dieci anni che fa su e giù per le scale. Aiuto, la vedo male!

«Corro.» Chiudo il cassettino della cassa e affretto il passo verso la bimba.

E anche per oggi ho finito di lavorare, non ho mai parlato così tanto con una bambina in vita mia e non ne avevo mai sentita parlare una, di quell'età, così tanto. Mi ha fatto venire il mal di testa e ho dovuto lasciare tutto il lavoro a Monica che stava impazzendo, ma lei mi ha espressamente detto di occuparmene e così ho fatto, anche qua non ho alcuna colpa. Ora siamo entrambe distese a terra, nell'ufficio di Fabrizio, la libreria è chiusa per la pausa pranzo, poi arriverà il titolare e lei dovrà continuare il suo turno, povera.

«Mi ha fatto venire il mal di testa quella bimba.» Mi tocco la fronte e chiudo gli occhi.

«Non ho mai battuto così tanti scontrini in una mattinata, non sento più le dita» sussurra.

«Una cosa davvero traumatica» sbuffo riferendomi al mio discorso.

«A chi lo dici...» La sento fare un grosso respiro. «Fabri sarà fiero di noi, che dici?» mormora.

«Lo spero» rispondo. «Se così non fosse mi ucciderei!» ridacchio e mi siedo, con la schiena rasente al muro.

«Pure io.» Sorride e assume la mia stessa posizione.

«Anche perché hai fatto sicuramente più tu di me, oggi» commento.

«No, tutt'e due abbiamo dato il massimo... ognuna con il proprio incarico.» Mi fa l'occhiolino. «Ma alla fine hai trovato sua mamma?» chiede poi.

«Sì, era al bar con un tizio... che madre snaturata!» sbuffo. «Io non potrei mai abbandonare mia figlia, tantomeno per uno stupido flirt» aggiungo poi.

«Nemmeno io» sospira. «Mi piacerebbe un sacco avere un figlio, sai?» confessa mentre osserva la scrivania del nostro capo.

«Lo immagino, l'età sarebbe anche perfetta» replico.

«Non ho ancora trovato qualcuno degno, ci credi?» sospira ancora.

«Certo che ci credo, ormai non ci sono più gli uomini di una volta.» Faccio spallucce e mi alzo, aiutandola. «Siamo speciali, quindi ci tocca aspettare una persona che sia al nostro livello.» Le faccio l'occhiolino indicando il soffitto, lei mi mostra un sorriso a trentadue denti.

«Anche io ho sempre pensato questo, ma ora non so...» sussurra e si stringe in un abbraccio.

«Vedrai! Ora vado, posso abbandonarti al tuo destino?» ridacchio e spalanco le braccia. «Dai, vieni qui» aggiungo e lei si avvicina, la cingo per alcuni secondi poi ci stacchiamo, pronte, per oggi, ad andare ognuna per la propria strada.

«Se impazzisco so a chi dare la colpa, allora!» esclama divertita e insieme chiudiamo l'ufficio, per poi uscire dalla libreria.

«Se hai bisogno basta che mi chiami, lo sai, no?» Alzo un sopracciglio, lei annuisce e mi saluta andando verso il ristorante. Io mi dirigo alla macchina, pronta per rincasare e stravaccarmi sul divano, e per mangiare qualcosa naturalmente. Dopo un quarto d'ora circa, sono davanti a casa mia. Entro velocemente, butto la borsa sul divano e vado al piano superiore per indossare qualcosa di più comodo. Mi cambio in pochi secondi e scendo in cucina; cosa posso preparare? Un primo o un secondo? Opto per una cosa semplice che non si possa in alcun modo bruciare, ovvero la pasta. Metto a bollire l'acqua e accendo la tv su MTV, meno male che ho Sky! Mentre le note risuonano nella stanza e l'acqua bolle, il cellulare inizia a vibrare incessantemente sul tavolo. Per fortuna che lo porto con me ovunque, se no mi perderei davvero troppe chiamate e messaggi, anche perché è sempre in modalità vibrazione. Lo prendo e rispondo, senza neanche vedere il nome sul display. La chiamata termina in pochi minuti, Yari passa da me per l'ennesima volta, non ho capito il motivo ma fa nulla. Devo ancora mangiare, quindi devo provvedere anche per lui? Cavoli, non gli ho neanche chiesto se si ferma per il pranzo oppure no, che carciofo che sono. Visto che non mi piace troppo usare parolacce per identificarmi, uso nomi di verdure o frutti. Credo di avere un grosso problema mentale. Bussano alla porta.

«È aperto!» urlo e Y entra, richiudendosi la porta alle spalle. «Ciao sfigato, come stai?» Gli sorrido e apparecchio, ma 'sta acqua non bolle mai? Potevo versarla in pentola già abbastanza calda, mannaggia a me.

«Bene, grazie, tu?» Si siede. «Wow! Non hai ancora dato fuoco alla casa?» ridacchia mentre gli passo una Coca.

«Dovresti avere più fiducia nelle mie capacità, sai?» sbuffo.

«Le tue capacità...?» Mi guarda per alcuni secondi e poi scoppia a ridere.

«Sei uno stronzo, vattene da casa mia.» Faccio l'offesa ridendo sotto ai baffi.

«La pasta con cosa la condiamo?» cambia argomento.

«Boh, quello che c'è!» Alzo le spalle.

«Non fai qualcosa di speciale per me?» sospira e si porta la mano libera sul petto, al livello del cuore. «Che maleducata!» Fa un mezzo sorriso sorseggiando dalla bottiglia.

«È già tanto se ti faccio entrare in casa e se ti offro da bere.» Alzo un sopracciglio e inserisco la pasta nell'acqua.

«Ma tu tratti così tutte le persone o io sono speciale?» sbuffa.

«Tu sei speciale, sentiti onorato!» sorrido divertita.

«Ma che gioia! Non vedi quanto io sia fiero di questa

cosa?» Fa un sorriso tirato passandosi una mano tra i capelli.

«Infatti lo vedo... sei così pieno di vita che quasi ti invidio» ridacchio.

«Se non fosse buona te la getterei addosso.» Mi guarda serio alzando il bicchiere pieno e poi scoppia a ridere. Che ragazzo problematico, in questo momento lo adoro.

«Ma tu vieni qua solo per scroccare cibo?» sbuffo e mescolo la pasta.

«Certo che sì!» Mi fa una linguaccia. In realtà mi diverte averlo qua, è strano ma è divertente e vorrei che accadesse più spesso, però non credo che verrà quando ci saranno i miei genitori, non è proprio tipo.

«Ma è possibile che noi ci incontriamo sempre al supermercato, ma in qualsiasi caso tu vieni comunque a mangiare da me?» rido di gusto portandomi una mano alla bocca.

«Preferisco quello che compri tu.» Alza le spalle. «Se non mi vuoi me ne vado, eh...» Mi guarda per alcuni secondi e poi abbassa lo sguardo. Che strategia meschina, non gli dirò ciò che vuole sentirsi dire.

«Quella è la porta allora.» Sorrido soddisfatta e gliela indico.

«Sei brava a non cadere nei miei tranelli, mi congratulo con te, Alice.» Mi sorride di nuovo e mi porge la mano, gliela stringo forte poi lascio la presa. Non può vincere contro di me, non lo ha ancora capito?

22

Ieri pomeriggio sono andata a casa del mio migliore amico, l'ho trovato di buon umore e questo mi ha fatto molto piacere. Abbiamo parlato un po' di tutto, anche di Paolo e posso confermare la mia ipotesi: c'è qualcosa tra loro. Secondo me sono *friends with benefits* oppure è qualcosa di serio, chi lo sa. Non pensavo che Diego fosse omosessuale, magari sta solo provando nuove esperienze, non ha mai trovato la ragazza giusta: evidentemente guardava dove non doveva guardare, oppure non guardava dove doveva guardare. È solo domenica e mi sembra che il tempo non passi mai, meno male che manca poco a domani, così posso andare a lavorare e tenermi felicemente impegnata. Mamma e papà sono tornati in anticipo e sono già corsi a comprare cose che non servono a molto. Lo fanno perché gli piace coccolarsi quindi non posso obiettare. Ciò che vorrei io è una casa tutta per me, però non ho abbastanza soldi messi da parte e lo stipendio è al minimo indispensabile, ma sono sicura che ce la farò e anche molto presto. Esco e inizio a correre. Una corsetta mi farà sicuramente bene, sono sicura che scoprirò dove abita Y e che, a quel punto, inizierò a *stalkerarlo* per vedere che vita conduca. Non che mi interessi, solo che mi dispiacerebbe se si comportasse in modo dissoluto come la maggior parte dei vip, è un bel ragazzo e non gli serve strafare per farsi notare. Passo per il parco e mi guardo intorno, non ho con me il cellulare e neppure gli auricolari. Meglio così, posso gustarmi ogni minimo rumore che mi dedica la natura. Come ho sempre pensato, noi umani non diamo il giusto valore a ciò che ci circonda. È così ingiusto, tutto questo ben di Dio dimenticato da tutti, vorrei tornare indietro nel tempo solo per apprezzare di più questi bellissimi doni. Chissà se qualcuno cambierà il mondo e la mentalità delle persone, un giorno.

«Alice!» Mi sento chiamare, così mi fermo e giro su me stessa, per vedere da dove arriva questa voce. «Sono qua!» urla ancora e vedo un nano che si sbraccia, deduco sia Yari. Ma è possibile che lo becchi ovunque?

«Ehi sfigato.» Gli faccio un cenno con la mano, lo vedo avvicinarsi. «Che fai qua? Non sei tipo da jogging, anzi» ridacchio e faccio un grosso respiro.

«No, infatti.» Alza le spalle, si ferma di fronte a me e si accende una sigaretta. «Ti stavo solo stalkerando, dato che non c'è nessuno ora posso stuprarti e ucciderti.» Mi guarda serio e inspira dalla cicca.

«Sei consapevole di essere alquanto inquietante?» Alzo un sopracciglio e inizio a camminare.

«Certo che ne sono consapevole, per questo mi amo.» Sorride e mi affianca, stando al mio passo. Ma quanto è egocentrico?

«Dai, che fai qua?» chiedo guardando il cielo e poi davanti a me.

«Ti ricordo che viviamo praticamente attaccati e quindi questo parco è anche mio.» Fa spallucce.

«Qual è la tua casa?» Osservo le case che affacciano proprio sul parco.

«No, non sto proprio su questa strada... sono decisamente più in là.» Indica un punto impreciso oltre alla casa che fa angolo.

«Voglio vedere dove abiti.» Sposto il mio sguardo su di lui.

«Perché?» Continua a fumare.

«Perché tu conosci casa mia, io non conosco casa tua... è una cosa impari, non trovi?» Mi accomodo su quel che rimane di una panchina.

«Vero, ma io non voglio farti vedere dove abito» sbuffa e si siede vicino.

«Sei ingiusto, quindi non ti parlerò mai più» faccio il segno della zip sulla bocca e fingo di buttare la chiave. Come le bambine piccole, che cosa carina.

«Tanto so che non mi resisti.» Fa una piccola smorfia e io mi alzo, non gli darò mai questa soddisfazione e dovrebbe saperlo. «Dove vai?» Si solleva di scatto e io inizio a camminare, dovrei correre ma poi lui non mi starebbe dietro perché non ha fiato. «Se ti faccio vedere dove abito, mi parli di nuovo?» Butta la sigaretta a terra e la spegne subito dopo con la punta della scarpa. «Oh, andiamo!» sbuffa e mi raggiunge. Continuo a camminare sempre più veloce in modo tale da riprendere gradualmente a correre. Ahote è già stanco e questa cosa mi fa sorridere, ma sicuramente non glielo farò vedere!

Sarà l'ennesimo giro al parco che facciamo e ancora non gli parlo, così lui. Sta facendo il mio stesso gioco, che furbetto! Non cadrò in tentazione, sono decisamente molto più forte di lui e lo sa, ma fa finta di nulla. Come fa a correre con quel giubbino di jeans? Non è troppo grande per lui? Chissà perché ama felpe tre taglie più grandi della sua, lo rendono dolce effettivamente. Anche io ero così alle medie, ora però le indosso solo a casa e solo se è inverno. Quindi sono sbagliata io o lui? Nessuno dei due, lo so. Dato che non me lo scollo di dosso, ora mi siedo sulla panchina e quando meno se lo aspetta corro via come Flash! Voglio proprio vedere, poi, che farà. Come sospettavo mi copia anche in questo, bene. Fai pure con comodo, mio caro Yari. Ho fame e sonno, voglio andare a casa a mangiare e dormire, da sola. Ce la farò? O forse il ragazzo al mio fianco mi seguirà anche a casa? Poi sì che si dimostrerebbe uno stalker, non posso neanche minacciarlo di chiamare la polizia perché il cellulare ce l'ho a casa. Lui non lo sa quindi, effettivamente, posso farlo ma sono sicura che sa bene quando uno bluffa, di conseguenza è inutile anche solo provarci.

Alla fine ho fatto ciò che pensavo e l'ho seminato, probabilmente non se ne è neanche accorto, troppo preso a stalkerare le sue fan, ma come si chiamano? *Ahotiane*? L'esercito irrequieto? Non ne ho idea e sono tentata di scoprirlo, per fortuna posso parlarne direttamente con Marika senza chiederlo a Yari e questa è una gioia. Ho già mangiato e ho ancora sonno ma rimedierò stanotte, non posso sicuramente passare l'unico giorno libero a dormire come se non ci fosse un domani. Mi sentirei un bel po' vecchia. Accendo la tv, come sempre su MTV e mi lascio trasportare dalle canzoni che passano, le so tutte e mi sento dipendente dalla musica. Questa settimana, mi hanno detto, sarà molto tranquilla al lavoro. Quindi sono proprio rilassata, l'unica cosa che mi rende pensierosa è il fatto che K andrà in tour con Ahote e non la vedrò praticamente mai, non è proprio il massimo ma non devo disperarmi perché so bene che tornerà presto a casa, e poi ogni tanto ci vedremo su Skype, insomma ci terremo in contatto. Mi sto annoiando a morte, certo la musica mi fa ballare e cantare, ma per il resto? Mi stavo divertendo molto di più con Y e il mio gioco del silenzio. A proposito di quel gioco, mi ricorda quando frequentavo le elementari, io vincevo sempre ovviamente. Recupero il cellulare e mi butto violentemente sul divano, prima o poi lo sposterò, con i miei movimenti eleganti. Mando o non mando il messaggio che ho scritto? Non so, magari me ne pentirò o forse, invece, ne sarò orgogliosa. Ok, lo faccio! Tanto non ho niente da perdere.

23

Alla fine sono riuscita a estorcergli il suo indirizzo e nello stesso momento in cui l'ho scoperto sono corsa da lui. Be', si fa per dire, non sprecherei mai le suole delle mie scarpe, per questo quindi sono stata talmente lenta ad arrivare che la sera è arrivata prima di me. Abbiamo preparato la cena e siamo stati insieme fino alle 23 a guardare cartoni animati, come due bambini. Ho scoperto che abita da solo mentre i suoi genitori sono in una casa in centro e sua sorella ha preso un appartamento in affitto vicino a dove lavora. Lui ha scelto il posto peggiore, ma ritiene che per scrivere sia ottimo, perché non ha nessuna distrazione, effettivamente qua non succede mai nulla. Ci stiamo avvicinando troppo, per i miei gusti, dovremmo essere molto più distaccati ma, ora che so che abitiamo proprio vicini, mi sa che diventeremo grandi amici. Solo amici naturalmente. Fra poco anche Stefano andrà in ferie e mi lascerà completamente il negozio di cd. La domanda è: dovrò occuparmene tutto il giorno o solo il pomeriggio? Se fosse tutto il giorno sarebbe un grande problema. Come mi dovrei organizzare? Ci penserò a tempo debito.

«Come stai?» mi domanda Monica, mentre sistema alcune prenotazioni.

«Bene e tu?» Sorrido continuando a osservare i nuovi taccuini. Li trovo bellissimi, se potessi li acquisterei tutti!

«Bene, grazie. Novità?» mi guarda per alcuni secondi.

«Nessuna, credo... te?»

«Il prossimo weekend hai tu la libreria, tutto il giorno.» Sorride orgogliosa.

«Oh Dio, come mai?» Aggrotto la fronte.

«Perché io e Fabri andiamo via per una fuga romantica.» Mi fa l'occhiolino.

«La cosa si fa interessante a quanto pare» ridacchio rimettendomi a ordinare.

«Non sai quanto» dice lei con tono malizioso, non oso immaginare cosa faranno.

Stefano mi ha detto che sta facendo altri colloqui, in modo tale da tenermi occupata solo il pomeriggio agevolandomi negli impegni. È proprio una bella persona. Ora sto tornando a casa dal lavoro, non sono mai stata così triste di andarmene. Perché? Perché era entrato un tipo bellissimo con i miei stessi gusti musicali e ora so che non lo vedrò mai più fino a quando il destino non me lo farà incontrare di nuovo. Ho già avvertito Chiara, secondo me si è messa all'opera per trovare l'amore della mia vita (lo sconosciuto dai capelli scuri) e sono sicura che lei porterà a termine la missione perché è davvero una stalker, altro che le *Directioners*! Arrivo davanti alla porta di casa mia, la macchina l'ho messa al suo posto, ora basta trovare le chiavi, ma presumo che mamma sia in casa quindi busso, come una sconosciuta.

«Alice!» Mi accoglie sull'uscio la mia sorellona.

«Sonia!» L'abbraccio di slancio. «Da quanto!» La stringo. «Che fai da queste parti?» Mi allontano, entrando in casa e chiudendomi la porta alle spalle.

«Sono venuta a trovarvi, non posso?» ridacchia scuotendo la testa, io butto la borsa sul divano e raggiungo tutti in cucina.

«Certo che puoi! Hai già visto come ho risistemato la nostra stanza?» le faccio un mezzo sorriso e mi siedo a tavola.

«Sì e mi piace, anche perché è giusto che ora sia tutta tua.» Mi fa l'occhiolino e prende dell'acqua.

«Mamma, a te piace come ho sistemato la stanza?» La guardo con tenerezza e lei annuisce sincera. Effettivamente non mi pare di averglielo mai chiesto. «Bene, ma il papà?» commento poi guardandomi intorno.

«È andato a farsi la doccia, sai che puzza sempre!» ridacchia mia madre, io e mia sorella scoppiamo a ridere insieme a lei.

«Allora, come sta andando al lavoro?» mi domanda Sonia.

«Davvero molto bene, Rossana è stata grande.» Sorrido. «Sono proprio fortunata» aggiungo.

«Si vede che sei felice, mi fa davvero tanto piacere!» afferma sincera.

«Vado a farmi una doccia e torno da voi, va bene?» chiedo e mi alzo dalla sedia, tutte e due annuiscono.

«Ma devi aspettare tuo padre.» Mia mamma corruga la fronte.

«Vorrà dire che intanto recupero il cambio, gli asciugamani e tutto ciò che mi serve.» Sorrido e mi dirigo al piano superiore. L'acqua non scorre, credo abbia finito, si starà già sistemando, non dovrò aspettare troppo. Entro in camera e inizio a cercare l'abbigliamento per stare a casa. Sento la porta del bagno aprirsi, così mi precipito e saluto mio padre. Lo sorpasso subito dopo e chiudo la porta a chiave, così che nessuno possa disturbarmi, anche perché è forse l'unico momento della giornata, oltre alla notte, in cui ho la possibilità di stare con me e i miei pensieri, voglio sfruttarlo al meglio. Mi svesto ed entro nel box doccia, l'acqua calda mi riscalda il corpo e mi sento al settimo cielo. Dopo un quarto d'ora sono asciutta, vestita e profumata. So di fragola e vaniglia, mi sento una coppetta gelato o una specie di pasticcino. Esco dal bagno dopo essermi asciugata i capelli e raggiungo la mia famiglia, ma ho una domanda: dov'è Umberto? Magari arriva più tardi o magari no perché lavora troppo. Spero davvero che venga a trovarci.

«Solo venti minuti?» Mio padre alza un sopracciglio.

«Esattamente un quarto d'ora sotto la doccia e cinque minuti di asciugatura, infatti sono ancora umidi.» Mi tasto i capelli.

«Be', record comunque!» commenta poi facendomi l'occhiolino, io gli sorrido e mi siedo al mio posto.

«Mamma, vuoi una mano?» Lei scuote la testa, facendo segno a mia sorella. Visto che è da un po' che non la vede è plausibile il fatto che desideri Sonia come aiutante piuttosto che me. Così stanno vicine e parlano confidandosi segreti che io non sono ancora autorizzata a sapere… neanche fossi una bimba di due anni!

24

Ho fatto un sogno stranissimo, mi ha traumatizzata non poco: Yari faceva un incidente, e mi chiedeva scusa di tutto prima di morire. Non so perché io abbia in mente questi pensieri, non lo vedo da settimane e credo sotto sotto di essere preoccupata per lui, per ciò che potrebbe accadergli. Non è da me. Io e lui ci sentiamo quotidianamente da quando è partito con il Festival Show, pensavo che ci fosse almeno una data in questa zona e invece neppure l'ombra, il che mi dispiace, almeno lo avrei visto per alcuni minuti e mi sarebbe bastato per eliminare l'ansia. La settimana di ferie di Stefano è trascorsa ed è andata piuttosto bene, il ragazzo che ha assunto è uno con la testa sulle spalle e il titolare ha deciso di premiarlo inserendolo stabilmente con relativo contratto... sono davvero felice per lui, ha fatto un ottimo lavoro. Chiara non la vedo dallo stesso periodo di Y, solo ogni tanto riusciamo a comunicare ma le chiamate durano neppure cinque minuti ed è devastante, sono molto attaccata a lei e sentirla per così poco è peggio che non sentirla affatto. Meglio passare alle cose positive: ho visto Diego che abbracciava Paolo, ma non un abbraccio fraterno bensì qualcosa di molto più profondo. Ultimamente mi sento un po' Marika perché sto iniziando a *shippare* chiunque. Oggi è domenica, devo incontrare Monica e Fabrizio, e dovrò recitare la parte di una cliente qualsiasi per poter parlare con loro, cosa abbastanza strana dato che mi verrà sicuramente voglia di aiutarli, però non posso. Sono davanti alla libreria, ho parcheggiato proprio adesso. Che cliente posso interpretare? La viziata o quella tranquilla? Ho una voglia matta di divertirmi, ma so che stanno lavorando seriamente. Perciò andiamo a comprare l'intera libreria! Che cosa bella! Finalmente entro, accolta nel migliore dei modi.

«Alice, sono felice che tu sia arrivata!» mi abbraccia la mia tutor.

«Cosa posso fare per voi?»

«Devi andare da Fabrizio, ti deve lasciare una cosa e dire un'altra cosa.» Mi indica la porta con un cenno del capo, annuisco e faccio qualche passo, busso ed entro.

«Sono felice che tu sia qui.» Sorride. «Accomodati pure.» Mi siedo sulla sedia di fronte a lui. «Sei pronta per la news?» Fa un mezzo sorriso, io annuisco di nuovo. «Ecco a te» mi porge dei fogli, sembra un contratto, ma devo capire bene di cosa tratta.

«Cos'è?» domando iniziando a sfogliare i fogli.

«Un contratto per altri due anni» dice orgoglioso. «Ovviamente farai a turno, proprio come hai fatto fino a ora. Ho già parlato con Stefano, anche lui ha una sorpresa per te.» Si rilassa.

«Ma voi vi conoscete?» Corrugo la fronte, lui scuote la testa in segno di negazione. «E allora come hai fatto a contattarlo?» continuo confusa.

«Rossana mi ha aiutato molto» ammette. «Mi raccomando, più tardi passa anche da quel vecchietto!» mi suggerisce in modo dolce.

«Grazie mille.» Gli rubo una penna e lo firmo, senza leggere tutto e so che non si fa, però di lui mi fido, poi comunque posso rileggere la copia a casa.

«Sei un'ottima dipendente, spero tu possa continuare a stare bene qua con noi.» Mi porge la mano, l'afferro e ce la stringiamo.

«Non temere, siete delle belle persone e questo vuol dire tanto.» Mollo la presa e ci alziamo in simbiosi, mi saluta con un abbraccio e io mi dirigo verso l'uscita dell'ufficio. «Ma anche Monica era d'accordo?» Mi fermo, con la mano posata sulla maniglia.

«Assolutamente sì, lei mi ha spronato a darti subito questa opportunità e io l'ho ascoltata.» Mi fa l'occhiolino, sorrido e finalmente esco dal suo ufficio. Ora devo cercare la mia tutor per ringraziarla di cuore. La adocchio di fronte a dei piccoli clienti, piccoli perché sono ragazzini, non perché sono bassi, in quel caso li avrei chiamati nani, eh, proprio come chiamo "nano" Yari. A proposito di lui, è meglio se gli scrivo e mi accerto che stia bene, quel sogno mi ha turbata molto. Mi avvicino a Monica, attendendo che il dialogo che ha intrapreso con i giovani si concluda. Dopo alcuni minuti è di fronte a me, che mi sorride felice.

«Intanto grazie.» Le mostro la copia del contratto. «Poi ho una domanda da cliente…» ridacchio, lei sorride. «*The Sky Is Everywhere* è ancora reperibile o devo per forza prenotarlo?» le chiedo poi.

«Vieni, andiamo a vedere!» Mi prende per il polso e mi porta prima in magazzino, senza alcun risultato, poi in cassa. Digita qualcosa al computer e scuote la testa, di continuo. «Puoi solo prenotarlo ormai, mi dispiace» sospira. «Ti faccio anche lo sconto e ti ho già messo nei nominativi, amami donna» ridacchia, allontanandosi dal pc.

«Grazie mille, Mo! Ora vado allora, ti voglio bene.» Le faccio l'occhiolino, lei mi fa un cenno con la mano e io esco dalla libreria. Ora devo assolutamente scrivere ad Ahote, sono davvero preoccupata. Entro al bar che fa angolo e mi accomodo in uno dei tanti tavoli vicini alla vetrata, recupero il cellulare e infilo il contratto in borsa. Inizio a digitare il messaggio.

A L'irrequieto:
Ehi nanetto, come stai? Visto che ho fatto un brutto sogno che ti riguardava, ho deciso di scriverti per vedere se effettivamente sei vivo o meno.

Invio, poso il telefono sul tavolo e attendo. Non c'è cosa più brutta dell'attesa dopo un messaggio perché molti non rispondono fino al giorno dopo lasciandomi cuocere nel mio brodo. Il cameriere arriva e prende la mia esile ordinazione. Che ansia…

25

Lui non mi ha degnata di attenzione, la mia migliore amica invece sì, e sia lodato il Signore. Stanno tutti bene e quel sogno non è accaduto, spero non succeda mai. Ho letto il contratto, ho fatto proprio bene a firmare. Ho anche già parlato con Stefano e lui mi ha fatto la stessa proposta: contratto per due anni, mantenendo gli stessi turni. Marika è davanti a me che sta cercando un cd, non mi ha detto quale. Fa finta di nulla e io continuo a osservarla. No, non sono una psicopatica e tantomeno una pedofila, voglio solo capire il motivo del suo silenzio riguardo a questo album.

«Mi puoi dire quale vuoi?» sbuffo. «Non troverai mai niente in questa maniera» continuo. «Ok, li ho messi in ordine, ma se non lo trovi non vuol dire che non c'è.» Sorrido amareggiata.

«È un regalo per te, non posso di certo dirtelo» sputa un po' troppo acidamente.

«Basta che ti calmi, più tardi arriva Stefano comunque.» Alzo gli occhi al cielo. «Così io me ne vado e tu puoi parlargliene liberamente.» Faccio un grosso respiro. «Ma poi perché un regalo per me?» Aggrotto le sopracciglia. «Non è il mio compleanno e fino a novembre non lo sarà» sospiro e mi siedo dietro alla scrivania, devo sistemare i prossimi ordini.

«Non posso farti un regalo così, a caso? Che noiosa, sei proprio un'adulta, eh!» sbuffa e incrocia le braccia al petto.

«Detto così sembra quasi un insulto!»

«Doveva suonare come un insulto, infatti» ridacchia.

«Marika, non ti porto più da nessuna parte.» La guardo seria, lei si blocca. «Come sei facile da placare, bimba mia.» Rido divertita e mi rimetto al lavoro.

«Quando fai così sei insopportabile, sai?» sbuffa per l'ennesima volta nel giro di pochi minuti.

«Senti chi parla.» Alzo gli occhi al cielo. «Dai, fammi un favore: torna più tardi per quell'album.» Le faccio una linguaccia.

«No, ho deciso che non te lo meriti.» Sposta i capelli con fare snob ma fallisce miseramente, ha il viso troppo dolce per sembrare stronza.

«E meno male!» faccio un sospiro di sollievo. «Ora sul serio, devo lavorare» sussurro, lei mi saluta con un gesto della mano e se ne va. Ci vuole così poco per rendersi odiosi?

Anche questa settimana è andata, il tempo vola e non riesco più a stargli dietro. Aveva ragione Max Pezzali: «A sedici anni, un anno dura una vita. Poi a trenta, sei già lì». Me la tatuo in faccia questa frase. La cosa positiva è che più mi avvicino ad agosto più sono felice perché K torna dallo pseudotour, una gioia anche per me. Alla fine Marika è tornata al negozio e ha preso un cd, Stefano non mi ha rivelato il titolo, anzi ha espressamente detto: «Non posso perché è un regalo che ti vuole fare, quindi ciao e grazie», e mi ha spinta fuori, adorabile, vero? Comunque, sono distesa sul mio letto e il cellulare è lontano chilometri da me. Vorrei fare qualcosa di interessante, ma oltre a contare i poster appesi al soffitto, non trovo niente di figo per impiegare il tempo. Domande: perché ho appeso dei poster al soffitto? Da quando sono là? Si tratta dei Sonohra, dei Tokio Hotel, di foto di animali, degli 883, di alcuni cartoni animati e ci sono pure alcune figurine delle Mew Mew sparpagliate di qua e di là. Ma che droga usavo? Vorrei sostituire tutto con un disegno che mi rappresenti di più, magari ridipingendo io stessa. Bene, domani mi metto all'opera, giuro, oggi no perché è sabato e sono troppo stanca, quindi amen. Però forse dovrei farmi aiutare da qualcuno, potrei chiamare Marika, oltre a mamma e Sonia intendo, più siamo meno devo fare tutto da sola. Ma quanto sono geniale? Dopo le avverto tutte e tre. Mi rigiro sul letto, fa un caldo assurdo e non piove da troppo tempo. E se mi esibissi nella danza della pioggia? Be', impegnarmi per il richiamo dell'acqua, che divertimento! Mi siedo a gambe incrociate con le braccia a peso morto, le dita toccano le lenzuola ma dopo alcuni secondi mi ributto sul materasso, non mi alzerò per un po' oggi. Dopo un'oretta senza trovare una posizione comoda, decido di alzarmi e di iniziare a mandare i messaggi per farmi aiutare, digitando una lettera per ogni sms, così non possono di certo ignorarmi! Mamma è qua, quindi glielo dirò di presenza, ma per Sonia e Marika ci sarà una bellissima sorpresa. Mi odieranno, ma che importa? Tanto so che dopo due secondi sbolliscono e io vinco, come sempre d'altronde. Dopo minuti e minuti di silenzio, mia sorella mi delucida sul fatto che il cellulare non è fatto per essere impallato, bensì per comunicare una informazione attraverso un testo conciso. Poi, aggiunge che verrà volentieri ad aiutarmi, io ovviamente le rispondo con un altro papiro. Marika, invece, non mi ha ancora risposto e non so se chiamarla direttamente. Non potrà sfuggire a me e alle mie perfide grinfie! Così faccio. Ancora nessuna risposta, mi tocca proprio passare alle maniere forti insomma. Ma non ora, più tardi, appena dopo essere andata da Diego e aver espressamente *fangirlato*, insieme alla "me *fangirl*" che sbuca sempre fuori quando si tratta degli amici, per l'abbraccio che ho visto quel giorno con il fratello del caro Fabrizio. Voglio proprio vedere come si comporterà davanti a tale *psicopaticità* e se non esiste questo termine lo invento, senza alcun problema.

26

Alla fine, in un intero pomeriggio, abbiamo solo deciso il disegno. Non è normale, vero? Marika mi ha risposto dopo averla chiamata anche con il cellulare di Diego e poi ancora con quello di Paolo che, guarda caso, era dal mio migliore amico. Mi viene da ridere, perché non sanno mantenere la loro relazione segreta, è più forte di loro. Voglio dire, secondo me potrebbero benissimo fare *coming out*, io sarei la persona più felice del mondo e li sosterrei sempre e comunque. Certo che però fa proprio strano vedere il mio amicone, nonché grande rubacuori, che sta insieme a un altro ragazzo, tra l'altro molto bello. È decisamente un peccato per le ragazze! Come la scorsa settimana, anche questa sta viaggiando a gran velocità e quasi mi dispiace non riuscire a vivere tutta questa bellezza. Lavoro talmente tanto che non mi accorgo neppure del meteo della giornata, assurdo, no? Infatti molto spesso mi ritrovo fradicia per il semplice motivo che non ho assolutamente notato il maltempo in arrivo, che gioia. Ora sono di nuovo a casa dopo un venerdì pieno in negozio. Sono già le 19 e dovrei preparare la cena anche per i miei genitori. Anche loro sono molto impegnati, infatti i nostri orari non coincidono mai, e purtroppo finiamo a mangiare in momenti separati della giornata. Da questo punto di vista era molto meglio quando non lavoravo. Ma nessun dramma è grande quanto il non sentire Chiara da giorni e giorni, è decisamente ingiusto. Siamo entrambe troppo assorbite dalle nostre vite. Mi alzo dal divano e mi concentro per cucinare, se Yari fosse qua avrebbe già preparato il mondo. Ha sempre mille idee anche per il cibo, assurdo. Ho un mal di testa tremendo e non ho nessuna medicina per contrastarlo, che fortuna eh?! Più tardi mi farò un bel tè o una camomilla e tutto mi passerà. Nel frattempo, posso dire che questa frenesia ha dei lati positivi: sto mettendo da parte molti soldi, probabilmente fra due o tre anni avrò un appartamento in affitto tutto per me, questa sì che è una bella notizia! La macchina ce l'ho, il fidanzato no ma si vive bene lo stesso, la migliore amica ce l'ho, ora basta solo avere un posto dove poter vivere in piena solitudine e pace. Sono sicura che, se mi impegno, potrò raggiungere questo traguardo anche prima. Intanto continuo a sognarlo.

Ormai abbiamo iniziato i lavori, se così si possono definire: camera mia, questo weekend, non sarà molto agibile e non so dove andare. In realtà c'è un divano ma è scomodo e, come se non bastasse, hanno scoperto due gran bei nidi di vespe sotto il davanzale della mia finestra. Insomma, sono senza casa! Non posso dormire con mamma e papà... Potrei chiedere al nano se ha una seconda chiave per entrare a casa sua, così comincio a sperimentare la vita da sola. Non voglio disturbare i genitori di Chiara e tantomeno le scappatelle dei miei due innamorati preferiti. Credo proprio che questa sia l'unica soluzione. Non mi farà sicuramente male vivere nello stesso posto in cui vive un cantante scapestrato, magari gli sistemo perfino la casa, visto tutto il disordine che ha lasciato prima di andare via! Prendo il cellulare e mando un messaggio a Y, spero che risponda in fretta, così inizio a prendere uno zaino per recuperare alcune cose da portare con me.

Da L'irrequieto:
Ma ti sei chiesta se a me va bene? No, vero?
Ebbene, ti rispondo subito: sì, mi va bene.
Ma mi devi assolutamente sistemare la casa, dato che ora ci vivrai per un po'.
Dunque... la chiave è dentro al secondo vaso a destra, quello davanti all'entrata.
Stai attenta, mi raccomando.

Be' dai, è andata proprio bene, non ha creato alcun problema. Vuol dire che non mi odia poi così tanto e non è un montato come credevo, oppure si comporta così solo per farmi cambiare idea. Che poi, sono io che non sopporto lui, mica lui me, anzi! Se fosse per lui, io starei con lui ogni secondo! Ma perché mi dà fastidio? Boh. Scovo il mio vecchio zaino delle superiori e lo riempio con alcuni capi, non troppi perché non dovrò mica stare via tantissimo. Sembra surreale come situazione, ma non posso davvero stare in camera mia, sia per la disinfestazione sia per il fatto che contemporaneamente dovremo ridipingere le pareti con i disegni che abbiamo scelto. Mi sento la protagonista di qualche film o serie tv. Che gran da fare per dei semplici insetti! Dentro questo zaino c'è tutta la mia vita, fantastico. C'è ancora la sabbia delle giornate in spiaggia, l'odore delle patatine fritte del McDonald's, il profumo dei deodoranti spray, addirittura i bigliettini che usavo a scuola per copiare. Questo zaino ha vissuto le mie giornate migliori e non lo butterò mai via, è ancora in buono stato. Prendo alcuni vestiti, li appallottolo e li infilo all'interno, prendo il caricatore e i trucchi e li metto nella taschina più piccola, infine decido di indossare una felpa per poi scendere di sotto, pronta a scomparire per un po' di giorni. Mi sa che, alla fine, vorrò rimanere in quella casa e diventerò la coinquilina di Yari, ne sono certa. Mamma e papà sono al lavoro. Vi starete chiedendo: "Ma lavorano sempre?". Ebbene sì, lavorano sempre e molto. Amano ciò che fanno, per loro è un hobby, che gioia. Più o meno quello che sta accadendo a me. Esco e mi dirigo verso casa dello sfigato. Forse è meglio se gli trovo un secondo soprannome, non posso sempre insultarlo, giusto? Insomma, è quasi carino con me, perché dovrei? Certo, ciò che penso io è simile a ciò che pensano i suoi *haters*, ma io non lo odio davvero.

E pensare che al matrimonio volevo assolutamente conoscerlo, ora che lo conosco non voglio neanche respirare il suo stesso ossigeno e il punto è che non ne so il motivo reale. Sarà la solita avversione che si prova per le persone che non possiamo avere, può essere? Arrivo davanti all'appartamento del nano. Ma perché non sono venuta in macchina se poi devo andare a lavorare dopodomani? Sono un carciofo, ok. Recupero la chiave dove mi ha indicato, la infilo nella serratura e la giro. Sono pronta a entrare nel mondo di Yari aka Ahote L'irrequieto? Assolutamente sì. Magari, così facendo, potrò addirittura apprezzarlo di più, anzi sono sicura che accadrà e non vedo proprio l'ora. Sono un po' incoerente, ho un mix di pensieri e sentimenti nei suoi confronti, tutti shakerati come in un cocktail. Faccio un respiro profondo ed entro, chiudendo la porta alle mie spalle. C'è un buon profumo, anche se si avverte l'odore del fumo delle sigarette, ma non dà tanto fastidio. Gli interni sono normali, non da psicopatico né da perfettino pieno di soldi, sono mobili qualunque e le pareti sono tutte bianche. Ma nessuno colora mai i muri? No? Ok che il bianco sta con tutto, ma stiamo parlando di una casa che dovrebbe essere super originale, con tanti elementi che possano esprimere la personalità di chi la abita, giusto? Meglio se vado a farmi un giro per le stanze. Sarà una bella avventura, bella ma a breve termine per mia fortuna o sfortuna, dipende dai punti di vista.

27

Mi sto abituando all'idea di vivere in questa casa. Ormai è domenica sera e mi annoio a morte, ho sistemato tutte le stanze e ho scoperto l'esistenza di una piccola saletta studio dove Yari registra cover e scrive pezzi. Ho curiosato un po' e ho notato un portatile grigiastro, ma non l'ho neanche sfiorato, se no avrei sicuramente combinato casini, anche solo accendendolo. Inoltre il suo letto è maledettamente comodo e voglio viverci per il resto dei miei giorni, con o senza il suo benestare. Ho deciso di usare un po' dei suoi abiti dato che il tempo ha deciso di odiarmi, fa un freddo assurdo e io non ho una felpa abbastanza lunga da coprirmi gran parte del corpo, quindi eccomi qua con una felpa che è il quadruplo di me. Visto che lui le sceglie grandi e io sono uno scricciolo, è normale che tutto nel suo armadio mi stia enorme. Domani lavoro e per la prima volta non ne ho voglia, strano ma vero. Solo che mi sto davvero godendo la vita da sola, senza parenti e senza coinquilini che rompono le scatole. Certo che però, senza un impiego (e senza soldi!) non potrei sopravvivere dato che ci sono le tasse da pagare, oltre l'affitto. È ingiusto ma non possiamo farci nulla. Mi aspetta una settimana leggera, i nuovi libri arrivano solo fra un mese e così anche i cd, che cosa carina. Yari mi ha detto che torna fra un bel po' di tempo e quasi quasi rimango qua finché lui non torna a casa. Ai miei mancherò un sacco, lo so, ma prima o poi anche io intraprenderò la mia vita e loro si dovranno abituare alla mia assenza. A proposito! Mamma mi ha detto che il prossimo weekend posso iniziare a dipingere la camera perché gli addetti alla disinfestazione faranno il loro lavoro domani e hanno già stabilito i tempi di azione. Ma la domanda è: come fanno a sapere già quando finiranno se non hanno ancora conosciuto il loro nemico? Chissà se cambieranno i loro piani appena vedranno cosa si cela sotto quel dannato davanzale. Il cellulare mi vibra sul sofà, chi osa disturbare? Lo raccolgo e leggo il messaggio.

Da L'irrequieto:
Dunque… come stai?
Bella la mia casuccia, vero?
Spero per il tuo bene che tu non faccia danni, o dovrai per forza rimanere con me finché non pagherai tutto per bene… Sai a cosa mi riferisco, vero? Eheh.

Dovrei arrabbiarmi per il palese doppio senso ma sorrido perché è quasi adorabile quando si preoccupa delle sue cose. Inizio a digitare la risposta.

A L'irrequieto:
Bene grazie, tu?
Vero, la amo già molto.
Non farò nessuno tipo di danno, ma questo non implica che io non voglia stare al tuo gioco... eheh.

Ovviamente sto scherzando, ma lui non lo sa. Voglio proprio vedere cosa risponde! Sto già mentalmente ridendo immaginandomi la sua faccia ora e quando scoprirà che non dico sul serio. Il telefono vibra di nuovo: che velocità!

Da L'irrequieto:
Ho quasi voglia di mollare il tour e venire lì, proprio per constatare la veridicità di queste tue parole, cara Alice.
Rimane il fatto che per me puoi rimanere tutto il tempo che vuoi!
Anche perché così mi tieni anche la casa pulita! Ahahah.

È proprio un usurpatore, ma questa gliela faccio passare liscia solo perché mi piace mettere in ordine. Ho già sistemato tutto al mio arrivo, ma sono sicura che fra meno di tre giorni sarà già un caos.

A L'irrequieto:
Ti aspetto, eheh.
Sei fortunato che io ami rassettare!
Era davvero un casino la tua casuccia, sei proprio disordinato.

Invio, mi alzo dal divano e lascio il cellulare lì, ho voglia di un panino con la Nutella e spero vivamente che ci sia. Arrivo in cucina, alla ricerca della Nutella perduta! Controllo dentro alla dispensa ed eccola, che gioia! Ora bisogna trovare il pane, dubbio esistenziale: pane da toast, pane da tramezzini o pane fresco?

Decido di prendere il pane del panificio, anche perché non trovo altro, devo adattarmi. Spalmo la crema di nocciole e il mio spuntino serale è pronto. Quanto amore ci metto a fare questa cosa solo la Nutella lo sa! È come fare le carezze a qualcuno, bisogna avere cura e pazienza da dedicare a queste dolci invenzioni che mi aiutano a superare i momenti di solitudine. Finito di gustarmi le fette, mi dirigo di nuovo in salotto, riprendo in mano il cellulare e controllo il messaggio ricevuto.

Da L'irrequieto:
Gli artisti sono disordinati, perché hanno in ordine le idee.
Mamma mia, questa frase è da dieci punti e non puoi dire di no.
Comunque... Sono felice che tu sia così ben propensa, non vedo l'ora di tornare per giocare un po'.

Ci crede davvero! Mi viene da ridere, non si accorge proprio di nulla, fa una tenerezza, chissà come la prenderà quando scoprirà di essere *trollato*.

A L'irrequieto:
Non vedo l'ora neppure io, giuro ;-*
Sì, è una frase abbastanza carina ma ora lasciami guardare Sherlock Holmes.

E adesso mi dedico alla mia cara serie tv. Amo Sherlock, è troppo geniale! E pensare che è esistito davvero, solo che non aveva quel nome. Mi piacciono i suoi ragionamenti arguti e mi piace la logica. In questo modo l'allenamento del cervello è costante e fa molto bene, anche perché non è che i giovani lo usino molto... Il telefono vibra per l'ennesima volta. Basta uomo, basta.

Da L'irrequieto:
Non ti facevo tipa da quel tipo di serie, bene bene.
Ora ti lascio, non temere!
Buonanotte per dopo e fai tanti bei sogni, mi raccomando sognami! :D

Sorrido per l'ultima frase e scuoto la testa. Ok, mi è simpatico ma lui non lo saprà mai, finché non accadrà qualcosa di eclatante che dovrà, per forza, farmi esternare ciò che penso di lui. È stato anche molto carino ad augurarmi dei sogni d'oro, quasi lo sposerei per quella frase. Poso il cellulare, di nuovo, sul sofà. Ha inizio, finalmente, la mia serata.

28

Sto aspettando che gli addetti che ha chiamato mamma si diano da fare e finiscano a breve, ma è già passata una settimana e di loro nemmeno l'ombra, se non per bloccare camera mia. Strano, vero? Nonno mi aveva avvertita effettivamente, mi ha anche detto che se voglio posso far fare a lui ma non me la sento, gli voglio un sacco di bene e non vorrei mai che lo pungessero. Ma perché sono così negativa? Non fa mica male pensare a cose belle, mannaggia a me. A proposito, Yari mi ha detto che vuole trascorrere con me una settimana di vacanza e mi ha espressamente chiesto di andare con lui, Loris e Chiara, di conseguenza mi sa proprio che l'unica settimana di ferie avrò accanto colui che non sopporto. Che bello, vero? Certo, in questo modo sapremo se siamo davvero compatibili e ci conosceremo bene, in realtà sono davvero felice, spero solo di non dovermi pentire di aver accettato. Inoltre sarebbe una scusa per lasciar spesso soli i nostri amici, da bravi cupidi! Come sta andando al lavoro? Divinamente! A me piace ciò che faccio, ma non guasterebbe affatto una settimana di ferie, giusto? Peccato che io debba aspettare metà agosto per rilassarmi! Anche perché siamo solo a inizio luglio, mai una gioia. Inoltre Lorenzo, il nuovo dipendente di Stefano, ci prova spudoratamente, secondo me ha firmato il contratto solo per stare ancora con me. Mi sta sempre appiccicato e mi ha già chiesto cinque volte di uscire, praticamente non riesco più a concentrarmi perché lui mi continua a parlare e a chiedere di fare un giro. In questo momento lo prenderei a pugni, davvero. Siamo qui per lavorare, non per sprecare tempo.

«Ma almeno una volta potresti dirmi di sì!» sbuffa.

«Hai rotto le ovaie, basta» sputo acida mentre finisco di sistemare della merce.

«Ma perché no? Non ti piaccio?» continua a domandare.

«No, non mi piaci.» Alzo gli occhi al cielo. In realtà è un gran bel ragazzo ma se ha un carattere così petulante... anche no. Molte ragazze avrebbero già ceduto al suo sguardo penetrante, incorniciato dai voluminosi ciuffi castani.

«Ma sono un figo, come faccio a non piacerti?» chiede retorico. In più è troppo vanitoso. Già sopporto appena Yari, se poi ci si mette pure questo cretino la mia vita è finita.

«Se sai di essere così ambito perché non ci provi con qualcun'altra?» Lo guardo negli occhi, seria.

«Perché io voglio conoscere te, non altre persone.» Incrocia le braccia al petto.

«Ma io non voglio conoscerti, siamo qui per lavorare non per flirtare.» Roteo gli occhi.

«Non è detto che non si possa, sai? E dai, almeno una serata» replica continuando a guardarmi.

«Se accetto, poi non mi stressi più?» Alzo un sopracciglio e lui annuisce. «Allora ok, ma scelgo io quando e dove» rispondo stremata.

«Urrà!» fa un gesto con le braccia. «Certo, decidi tu qualsiasi cosa.» Mette una mano sul cuore e solleva l'altra in un cenno solenne.

«Perfetto!» Sorrido e torno al mio da fare.

Così finalmente non mi darà più fastidio, almeno spero. Non vedo l'ora di fargli vedere la mia parte peggiore. Quanto velocemente cambierà idea! Sceglierò un giorno in cui sarò certa di non rimanere da sola neanche un secondo, non mi fido delle persone che insistono così tanto.

Come ho già detto, il letto matrimoniale di Y è a dir poco comodo. Sono distesa da un'oretta e desidero restarci per sempre, mi piace davvero vivere in questa casa, e poi le stanze sì, sanno di fumo ma, soprattutto, emanano il suo profumo e dato che è lontano mi fa stare bene essere immersa nel suo odore. Certo, non è il mio fidanzato ma sta diventando parte della mia vita e non voglio sprecare neanche un minuto, anche perché poi dovrò tornare a casa mia. Quasi quasi gli propongo sul serio di dividere con me questa casa, comprese le spese di tasse e affitto. Sono sicura che lui ne sarà entusiasta. Chissà come la prenderanno i miei, se mi lasceranno fare questa nuova esperienza, ho proprio voglia di provarci. Ora scrivo al nano, che Dio me la mandi buona.

A L'irrequieto:
Hey nano, come stai?
Sono distesa sul tuo letto e no, non sto facendo nulla di sconcio come potresti pensare, ahahah.
Comunque volevo farti una domanda, rispondi appena hai un secondo.

Invio e attendo. Poso il cellulare sul cuscino vicino a me e chiudo gli occhi, queste lenzuola sono impregnate di lui nonostante io le abbia cambiate. Tutto profuma di lui. Stare qui sarà davvero bello, ne sono sicura. Anche perché Ahote scriverà dall'alba al tramonto, io lavorerò ogni giorno e ci vedremo solo durante i pasti e la sera, non lo farò di certo dedicare alla musica appena finito di mangiare, si deve assolutamente rilassare. Sto iniziando a farmi mille film mentali, da una parte sono felice e dall'altra devo placarmi perché magari mi dirà di no. Riapro gli occhi, mi rigiro nel letto e guardo fuori dalla finestra, il sole sta calando molto lentamente, tutto merito dell'estate. Il cellulare si illumina e lo afferro subito, mi siedo composta e faccio un grosso respiro.

Da L'irrequieto:
Rispondo alla domanda solo se si tratta della seguente: "Vuoi venire a letto con me?" Ahahah.

No dai, dimmi pure!
Sto bene, grazie e tu?

Sorrido e scuoto la testa, può essere così stupido ma adorabile anche attraverso i messaggi? Inizio a scrivere.

A L'irrequieto:
Ti hanno mai detto che sei proprio uno stupido? Ahahah.
Io sto molto bene, ma ora il mio umore cambierà a causa della tua prossima risposta.
Mi chiedevo: posso dividere con te questa casa? Voglio dire: posso abitare con te?
Mi basta anche un mesetto, solo per provare.

Che ansia mandare certi messaggi, lo penso solo io? Spero che mi dica di sì, ci tengo un sacco. Anche se dico sempre di non apprezzarlo, secondo me è una bella persona che io non riesco ancora a capire. Quindici minuti, nessuna risposta. Mannaggia a me e alle mie idee! Mezz'ora e ancora nessuna traccia di lui. Ok, mi arrendo. Mi alzo dal letto e vado in cucina. Mi concedo almeno la cena.

29

Da quasi due settimane Yari non risponde a nessuno dei miei messaggi, non dico di averne scritti molti, forse una decina. Da quando gli ho chiesto di diventare coinquilini è scomparso e non avrei mai voluto dirlo ma sono davvero triste. Al lavoro tutto nella norma, Lorenzo continua a chiedermi giorno e luogo per uscire, però ora come ora vorrei solo rimanere a casa da sola. Credo che la prossima settimana dirò di essere malata. I miei titolari si fidano di me e mi hanno anche detto che ultimamente sembro stanca, quindi capiranno se vorrò assentarmi per alcuni giorni. No, non sono depressa, semplicemente mi dispiace aver in parte distrutto la nostra relazione, certo eravamo ancora poco più che conoscenti ma mi piaceva come ci scambiavamo battutine, uffa. Meno male che esistono le serie tv, se non ci fossero non saprei proprio come andare avanti. Devo ancora cenare, credo che metterò sotto i denti qualcosa di commestibile, se no non sopravvivo fino al ritorno della mia migliore amica. Mi dirigo in cucina e inizio a pensare a cosa potrei mangiare. Decido di cucinare il riso, serve un po' di tempo ma non ho fretta. Il cellulare è vicino ai fornelli, sono una pasticciona quindi è meglio se lo sposto da lì. Lo prendo e, prima che io possa fare qualsiasi cosa, il campanello suona. Ma chi sarà mai? Tengo il telefono in mano, ho una brutta sensazione. Mi tengo pronta a chiamare chiunque se dovesse presentarsi una situazione pericolosa. Ora bussano sulla porta, ho il cuore che tamburella come un matto. Devo stare calma, saranno amici di Yari, no? Oppure i suoi genitori o sua sorella. Ma non avrebbe dovuto avvertirli del mio trasferimento? E poi sapranno che è ancora in tour! Continuano a bussare e a suonare, sono terrorizzata. Non posso neanche far finta che non ci sia nessuno, le luci sono accese ovunque. Si vede tutto da fuori. Mannaggia a me e alla mia mania di non spegnere mai gli interruttori quando giro per casa. Ho paura, cavoli!

«Chi è?» chiedo facendo un grosso respiro, cercando di essere il più naturale possibile.

«Sono io» dice la voce. Ma io chi? Non somiglia per nulla a quella di Yari.

«Io chi?» continuo, digitando il numero dei carabinieri, non si sa mai.

«Yari!» ribatte.

«Non sei lui, chi sei?» grido cercando di mantenere un tono deciso, in realtà sto morendo di ansia.

«Lor!» replica. Bugiardo, non conosco affatto questa voce, cazzo.

«Falso. Non sei nessuno dei miei amici» rispondo io facendo partire la chiamata.

«Se apri puoi vedere che mi conosci, sai?» domanda retorico mentre i carabinieri mi rispondono, riferisco velocemente l'indirizzo e ciò che sta accadendo.

«Be', come mi chiamo?» domando ancora mandando due messaggi, uno a Y e uno a K.

«Io ti conosco, non serve mica che ti dica il tuo nome» dice e allora capisco, non sa niente di me. Però non forza la porta, forse credeva che io fossi una sprovveduta. Mi accovaccio e inizio a gattonare verso la cucina, sotto al tavolo. Non voglio che mi spiino dalle finestre. Sto bruciando il riso ma non me ne frega nulla. Il cellulare mi vibra in mano.

Da L'irrequieto:
Non fare entrare nessuno, nessuno.
Ti avevo detto di stare attenta, ti ricordi il messaggio?
Comunque ora sono in macchina, stiamo tornando da te ma tu devi nasconderti e non far entrare nessuno. È ancora lunga la strada, per questo ti chiedo di non impanicarti e di trovare un posto sicuro.
Sto arrivando, piccola...

Faccio un respiro profondo, mi trascino fino ai fornelli e spengo il gas con una mano, spero di non far saltare nulla. Mi rimetto in marcia verso il piano superiore, non devo farmi vedere mentre cerco un nascondiglio, ma dove? Nel suo studio, subito.

Sono passate due ore. Da due ore sono chiusa in questa stanza e da due ore sento rumori assurdi che provengono dal piano inferiore. Cosa sta succedendo? Mi avvicino, silenziosamente, alla finestra e osservo giù. Ci sono altre due macchine parcheggiate davanti a casa. Una la riconosco, è di Ahote e infatti esce lui, è arrivato grazie a Dio. L'altra è un suv nero, di chi cazzo è quella macchina? Faccio un altro respiro profondo e mi siedo, con la schiena lungo il termosifone. Non posso fare rumori e non posso piangere, mi sento così confusa e incazzata! I carabinieri non mi hanno ascoltata, lo sapevo. Avrei dovuto fare una seconda telefonata ma sarebbe durata troppo tempo, perché poi ti fanno mille domande? Sei in pericolo e loro ti fanno mille domande, ma si può? Osservo il cellulare, è praticamente mezzanotte e io non ho mangiato nulla, ho fame e sono stanca. Solo Yari è sceso dalla macchina, forse non vuole mettere in pericolo nessun altro. Starà bene?

Ho davvero paura per lui, vorrei controllare ma lui mi ha detto di stare nascosta, quindi nascosta rimarrò. Il telefono vibra, spero sia lui.

Da Kiki:
Vieni fuori.

Perché mi ha scritto lei e non lui? Oddio, gli è successo qualcosa? E se fosse una trappola? Vorrebbe dire che hanno fatto del male anche a lei, non è possibile.

Da Loris:
Entro io allora.

Prima un messaggio da K e poi uno da Lor? No, qualcosa non funziona. Cosa sta accadendo? Alzo gli occhi e vedo da sotto la porta un'ombra che percorre il corridoio. Hanno acceso le luci? Gattono dietro la libreria, qua non mi vedrà nessuno. Resto impietrita. Rumore di passi. Qualcuno si ferma. Spero che non entri. Come non detto, qualcuno forza la serratura ed entra, non riesco a capire chi è ma trattengo il fiato, sento il mio cuore che rimbomba nella testa, mi raggomitolo e chiudo gli occhi. Non voglio vedere, non voglio.

30

Sento una mano sulla spalla, spalanco lo sguardo, davanti a me trovo Yari accovacciato che mi fissa. Mi viene da piangere. Lo osservo, ha una palpebra malridotta e dei tagli sul labbro, ma sta bene, è tutto intero. I miei occhi iniziano a lacrimare, mi alzo, anche lui si solleva ma continua a non dirmi nulla. Lo guardo, ancora.

«Mi dispiace» sussurra.

«Abbracciami» bisbiglio con un filo di voce.

«Scusa» si avvicina e mi cinge con le braccia. «Mi dispiace davvero» sussurra di nuovo al mio orecchio.

«Non importa, sto bene» replico debolmente.

«Alice...» sospira e mi stringe con più forza.

«Yari...» rispondo e tiro su con il naso, le lacrime non smettono di rigarmi il volto.

Rimaniamo così per interminabili minuti, mentre sento Kiki urlare contro Loris al piano inferiore. Non so cosa si stiano dicendo e non voglio saperlo, desidero solo vivere questo lungo abbraccio in santa pace e desidero anche dimenticare questa notte. Non so esattamente cosa sia successo, ma appena mi riprenderò sarà la prima cosa che cercherò di capire.

Y mi ha offerto una camomilla, sto ancora tremando. Siamo tutti seduti a tavola ma nessuno osa parlare, nessuno tranne me che sono ancora sotto shock e che non riesco a pronunciare una frase intera senza piangere. L'appartamento è un po' sottosopra. Ma chi erano? Cosa cercavano? E perché Yari mi ha scritto due messaggi dai cellulari dei ragazzi e non dal suo?

«Chiara, Loris...» Li guarda, loro capiscono ed escono dalla porta di casa, ormai manomessa. Lui si volta verso di me e fa un grosso respiro. «Ascolta tutta la storia, poi insultami o fammi domande... ma solo dopo aver sentito tutto» continua e si siede vicino a me, io abbasso lo sguardo. «Ebbene... ero in debito con loro, perché per sbaglio ho fatto dei danni in un locale in cui il titolare è un pezzo grosso.» Sposta la mia tazza e mi prende le mani, baciandone il dorso. «Certo, sono stati stronzi a prendersela con te ma non devi assolutamente preoccuparti.» Alza le spalle. «Li ho ripagati proprio stamane, non gli dev'essere arrivato il denaro. In qualsiasi caso mi sono fatto picchiare un po', giusto per dar loro questa soddisfazione, poi ho mostrato la fotocopia del bonifico bancario, hanno subito smesso e se ne sono andati» aggiunge. «Non prima di avermi completamente distrutto lo smartphone.» Sorride appena. «Quindi questa è tutta la storia, più o meno.» Alza le spalle e mi lascia le mani.

«E non sapevano che c'ero io qua?» domando alzandomi dalla sedia.

«Certo che lo sapevano» sospira. «Avevo detto loro che non sarei stato a casa per tot mesi» aggiunge. «Lo avranno fatto per divertimento, per farmi capire chi comanda. Era un avvertimento» sospira.

Sono un po' confusa, credo non mi abbia detto tutto ma non importa perché vederlo stare bene mi trasmette serenità, è stato un piccolo trauma che riuscirò a superare, diventando più forte di prima.

Dopo la situazione che abbiamo vissuto, Yari mi ha dato una risposta per quanto riguarda il vivere insieme, con mio grande piacere ha detto di sì e ha aggiunto che dobbiamo, però, dormire nello stesso letto, se no non se ne fa nulla. Ovviamente scherzava! Tutto sommato non sarebbe una cosa così negativa, visto che in questo modo non potrebbe portare a casa nessuna ragazza. Mi tocca proprio sacrificarmi, che peccato.

«Devo avvertire i miei genitori, ma prima, visto che sei qua, che ne pensi di aiutarmi a dipingere la stanza?» domando osservando il nano.

«Certo, ma solo dipingere perché io non so disegnare» ridacchia e insieme usciamo da casa.

«Mmm... ok, se non ti va non lo facciamo, anche perché devo ancora sistemare tutte le cose per il mini trasloco.» Faccio spallucce.

«Secondo te come la prenderanno i tuoi?» chiede alla sprovvista.

«Non lo so, ma oggi fatti conoscere e non nascondere

il tuo lato da bravo ragazzo.» Gli sorrido mentre suono al campanello di casa mia. Mamma ci apre, è confusa ma altrettanto divertita.

«Entrate pure, Alice devi sistemare la stanza, oppure preferisci dipingere e poi sistemare?» Mi sorride e ci fa accomodare in cucina.

«Ho portato Yari per questo, lo sfrutto un po'» ridacchio e lei mi segue.

«Per me è un piacere aiutarti, Ali.» Mi fa l'occhiolino.

«Bene bene, allora mettiamoci all'opera... che dite?» ci porge due bicchieri di acqua.

«Mi serviva proprio un po' d'acqua, grazie!» commenta lui iniziando a sorseggiare. Se la cava bene, sono fiera di lui!

«Grazie mamma, ma siediti, così stiamo un po' insieme prima di stancarci.» Le faccio una linguaccia e lei mi sorride scuotendo la testa, riaccomodandosi a tavola.

Stiamo in silenzio per alcuni minuti, dovrei iniziare io la conversazione ma non so come. Certo, sapevano da tempo che desideravo essere indipendente e che appena avrei trovato una buona sistemazione non avrei perso neanche un secondo, però mi dispiace abbandonarli così, anche se abiteremo vicini.

«Mamma, ti devo dire assolutamente una cosa.» Sorrido e lei mi fa un cenno con la testa per farmi continuare. «Ho trovato un appartamento non molto lontano da qua, voglio trasferirmi lì.» Affermo sicura guardando Y, ci scambiamo uno sguardo di intesa e sorrido subito dopo.

«Ma quanto costa? Dov'è?» inizia a domandarmi, ridacchio e le prendo una mano fra le mie.

«Sarò la coinquilina di Yari, costa il giusto e dista neanche un chilometro da qui.» Le faccio l'occhiolino e indico il ragazzo al mio fianco.

«Bene bene, sono davvero felice! Soprattutto perché non sei troppo lontana da me.» Si alza in piedi e spalanca le braccia. «Abbracciami, Ali!» mi ordina e io mi alzo di scatto e mi fiondo da lei. Il mio nano preferito ci sta guardando divertito.

«Vieni qua, sfigato.» Sorrido e apro un varco per lui, che mi guarda confuso. «Unisciti al nostro abbraccio!» gli ordino. Ahote si mette sull'attenti e viene da noi. Che cosa carina! Anche perché io guardo lui, lui guarda me e mamma ci stringe forte. Siamo belli insieme, a quanto pare.

«Bene, mettiamoci al lavoro allora!» Ritorno al mio posto e finisco di bere l'acqua.

«Sì, allora che stai facendo? Forza!» ridacchia il giovane, scuoto la testa sorridendo e, infine, tutti e tre andiamo al piano superiore, pronti a dipingere e sistemare la camera da letto.

31

Abbiamo finito di dipingere la camera e di fare il disegno, Marika è decisamente un'artista! Poi ho portato da Y la mia roba per il primo mese, per vedere come va, è una cosa provvisoria, non voglio vivere con lui per sempre! Domani è il primo giorno di ferie e, come avevamo già deciso, andremo al mare tutti e quattro per una settimana! Chiara è super felice e lo sono anch'io, era da un po' che non facevamo una vacanza insieme. L'ultima volta siamo andate a Lisbona e ci siamo divertite un mondo. Proprio oggi ho finito di preparare la mini valigia, non ho preso quella grande perché non mi sembra il caso però sono convinta che la mia migliore amica ne abbia con sé una gigante, a meno che non pensi di portare direttamente l'armadio! Yari ha riempito un borsone da calcio più grande di lui!

«Hai tutto per domani?» domanda il mio coinquilino.

«Certo, tu?» Do una veloce occhiata al suo bagaglio.

«Che domande sono? Guarda che io sono un asso nel fare le valigie!» Tira fuori la lingua.

«Detto così sembra più che altro che sei bravo a fuggire dalle ragazze con cui ti sei concesso una scappatella!» Imito un conato di vomito.

«Ma per chi mi hai preso? Sono un ragazzo modello io!» Porta una mano sul cuore e si siede sul divano, al mio fianco.

«Immagino... Non me lo hai ancora dimostrato però!» sbuffo facendo la finta offesa, incrociando le braccia al petto.

«Guarda che se non ti vado bene quella è la porta!» La indica con un gesto.

«Ma quanto sei antipatico» sospiro e scuoto la testa, accendendo la tv.

«Che poi... con te mi sto comportando davvero bene, non capisco questo tuo astio verso di me.» Fa un grosso respiro e posa una mano sul mio ginocchio.

«Semplicemente non mi garbi come persona e neppure come artista.» Alzo le spalle.

«E allora perché sei venuta ad abitare qua?»

«Perché mi fai comodo, non volevo stare con i miei genitori e volevo provare a vivere con qualcuno di estraneo.» Poso la mia mano sulla sua, ancora sulla mia gamba.

«Prima o poi mi spiegherai perché dici cose che non pensi.» Sorride appena e intreccia le nostre dita in una stretta delicata.

«Ma che ne sai tu!» Faccio di nuovo la finta offesa e mi avvicino a lui, quasi mi accoccolo.

«Sei proprio unica.» Scuote la testa e sposta il suo braccio sulle mie spalle, avvolgendomi.

«Guardiamo la tv, dai!» Sorrido senza farmi vedere e mi metto comoda.

«Cosa ti va?» domanda lui.

«*Arrow*, ti prego!» ridacchio.

«*Arrow* sia allora!» Inizia a smanettare con il telecomando, credo che abbia degli abbonamenti che vanno tanto di moda ora.

Siamo in un piccolo villaggio, davvero un posto incantato! Le case sono tutte di legno ed è una cosa che mi fa impazzire! Sono fatte proprio bene, anche se sembrano abitazioni di montagna. Il dettaglio che trovo meraviglioso è il bellissimo soppalco dove si trovano le camere da letto.

«Spaziale» sussurro portando dentro la piccola valigia.

«Strepitoso, cazzo!» esclama K, sempre molto raffinata.

«Come ci sistemiamo?» Il fotografo del cantante fa un sorriso malizioso.

«Credo che sia palese il come...» Alza gli occhi al cielo la mia migliore amica, strattonandomi su un letto matrimoniale a destra della finestra centrale.

«Quindi nessuna di voi due vuole dormire con me?» sbuffa il nano.

«Io no di sicuro, ti sopporto già abbastanza!» ridacchio.

«Guarda che mi sentirai parlare anche ora dato che le camere sono comunicanti!» Rotea gli occhi, incrocia le braccia al petto e usa l'indice per indicare le tende blu che fanno da séparé.

«Giusto...» sussurro, «be'... troverò un modo per ignorarti!» Mi alzo dal letto e scendo di sotto. Al piano terra si trovano il salotto, totalmente bianco, e, più in là, una parete che lo divide dalla cucina. Adoro questa casetta, giuro! Mi distendo sul sofà e faccio un grosso respiro, questa sì che è vita! Credo che l'immobile appartenga ai genitori di Loris o a quelli di Yari. Che fortuna! Mi piacerebbe vivere per sempre in un luogo del genere...

«È ora di pranzo, chi ha voglia di cucinare?» urla la mia migliore amica dalla zona notte.

«Il nano malefico è bravo, fa tutto lui!» ridacchio mentre mi alzo dal divano. Vado in cucina e mi accomodo a tavola in attesa che Ahote mi raggiunga. Lo sento discutere con Kiki per alcuni minuti, poi mi raggiunge un po' scazzato.

«Pensa positivo: ci sono anche io!» ridacchio e mi alzo, mettendomi all'opera.

«È questo che mi preoccupa!» sospira affiancandomi.

«Guarda che sto migliorando, eh!» sbuffo e lo spingo dolcemente.

«Solo perché sono io il tuo insegnante.» Mi fa l'occhiolino e si avvicina al frigo, tirando fuori alcune verdure.

«Non è assolutamente vero... semplicemente mi sto dando una svegliata e poi sto imparando da *MasterChef*» replico divertita e lo guardo.

«Allora faccio fare tutto a te, tesoro...» Fa un mezzo sorriso.

«No. Tu devi stare qua e fare da mangiare con me» mi impunto.

«Quindi hai bisogno di me?» Sorride ancora.

«In un certo senso...» mi mordo il labbro. «Ma ho una domanda!» Inizio a pelare le carote che lui poco prima mi ha passato.

«Dimmi pure, Ali» dice mentre lava l'insalata.

«Da quanto tempo è in frigo questa roba? Questa casa di chi è?» chiedo a raffica continuando il mio lavoro.

«Non era una sola la domanda?» Scoppia a ridere.

«Fai finta di nulla e rispondi» gli ordino.

«Uhm... Dalla scorsa settimana, sono venuto qua a sistemare. Loris l'ha presa in eredità dal suo bisnonno, così sia io sia lui abbiamo le chiavi per entrarci» spiega.

«Wow! Anche a me piacerebbe avere qualcosa di grande in eredità: sarebbe una figata una seconda casa, un sogno direi.» Taglio le carote a rondelle.

«Sì, lo è e Lor lo sa bene.» Sorride, annuisco e insieme continuiamo a preparare.

32

Sono passate ormai tre ore dall'ora di pranzo. Tutti siamo andati a riposare, forse non avremmo dovuto! Ora sono sul divano, Yari dorme sulle mie gambe e gli altri due fanno un pisolino sul letto. Accarezzo la testa del mio sfigato, ha i capelli molto morbidi, non me lo sarei mai aspettato con tutti i prodotti che usa per farli stare su. La cosa positiva è che il cibo era squisito e io e lui non abbiamo neanche litigato come siamo soliti fare da una settimana a questa parte, anche se in realtà non ci scontriamo mai pesantemente. Noi ci punzecchiamo e riusciamo a tenerci testa a vicenda, questa cosa mi diverte, è quasi un allenamento per il cervello. Domani dovrebbe piovere, iniziamo proprio bene questa vacanza! Meno male che questa casa allontana tutti i miei pensieri negativi. Non ho neppure acceso la tv, ho cazzeggiato un po' con il cellulare e ho avvisato i miei dell'arrivo. Ho messaggiato con Marika e infine ho ordinato su Amazon un pigiama a unicorno, non vedo l'ora che arrivi l'inverno per indossarlo.

«Che ore sono?» Sento un sussurro e sorrido d'istinto.

«Sono quasi le 16, perché?» chiedo continuando ad accarezzare la testa di Y.

«Quanto ho dormito?» domanda, ha una voce molto sexy.

«Due ore abbondanti, ma puoi continuare, eh...» ridacchio tra me e me.

«Non vuoi andare in spiaggia?» sbadiglia e si sistema il viso. Ora i suoi occhi mi osservano.

«Certo che voglio, ma se siete stanchi fa nulla.» Gli accarezzo il volto e sorrido, non smetto più di sorridere, accidenti!

«Chiamiamo gli altri due, dai» sbadiglia ancora e richiude gli occhi, facendo un grosso respiro. Non è pronto per alzarsi, che tenerezza.

«Yari, non sei obbligato se non vuoi, eh.» Scuoto la testa e sposto la mia mano sul suo petto, lui la prende fra le sue e la stringe, dando un delicato bacio sul dorso. Ma da dove salta fuori questo amore? Non che mi dispiaccia e di certo non mi dà fastidio.

«Allora stiamo ancora un po' qua e magari usciamo più tardi, che dici?» bisbiglia senza aprire gli occhi.

«Certo, come desideri» commento. «Anche perché non credo che Chiara si svegli prima delle 18, è fatta così» ridacchio e porto la mano libera davanti alla bocca.

«Me ne sono accorto in tour, fantastica quella ragazza» esclama e io sorrido per l'ennesima volta.

«Buon riposo» sussurro e ricomincio ad accarezzargli i capelli, mentre lui continua a stringermi l'altra mano. Sono sicura di non addormentarmi e mi annoierò a morte, ma se loro sono stanchi credo li lascerò riposare almeno per oggi. Da domani, anche se piove, li farò rigare dritto e li farò stancare talmente tanto che mi odieranno! Anche io sono stanca, ma non riesco mai a dormire durante il giorno, non ne so il motivo però è meglio così, preferisco non perdere tempo prezioso in cui potrei dedicarmi ad altro. C'è molto caldo, ma non voglio spostare neanche di un millimetro il ragazzo dai capelli morbidi. Starò immobile.

«Alice!» Una voce mi chiama dal soppalco.

«Mmm...» rispondo piano, non voglio che lui si svegli.

«Andiamo a farci un giro?» Scende dalla scala Loris.

«Non dormi più?» Aggrotto le sopracciglia e faccio un segno per fargli abbassare la voce.

«No, sto cazzeggiando da un'oretta con il cellulare.» Si siede sul tappeto davanti a me e alza le spalle. «Posso fargli uno scherzo?» Sorride malefico e indica Yari.

«Assolutamente no, lascialo dormire, povero» lo rimprovero.

«Ma dorme sempre quando siamo in vacanza» sbuffa e si posa sul mio ginocchio libero con il mento. Sono forse un poggiatesta? Non mi sembra.

«Facciamo che oggi riposano tutti e da domani comando io, vi sfinirò!» Faccio un sorriso soddisfatto.

«Io ci sto, ma lui ti odierà!» ridacchia e inizia, anche lui, a toccare i capelli al bell'addormentato.

«Non fargli male!» lo avverto. «E comunque lui non mi odierà mai, è troppo tenero» dico con tono convinto.

«È vero.» Sorride. «Ti assicuro che si comporta così con pochissime persone, sei stata fortunata.» Mi fa l'occhiolino e, involontariamente, sorrido sognante, proprio come prima.

«Mica è cattivo.» Scuoto la testa divertita.

«Certo che non lo è, ma anche lui ha un caratteraccio. Credo vi siate trovati proprio per quello» spiega la sua teoria.

«Stai insinuando che io ho un carattere di merda?» Alzo un sopracciglio indispettita, ovviamente sto scherzando.

«Certo che no, sei pazza?» risponde con ironia. «Non potrei mai dirlo.» Mi guarda. «Non vorrei averti come nemica.» Mi fa l'occhiolino e si alza, raggiungendo la cucina. Questo vuol dire che ho un gran caratteraccio e ne vado assolutamente fiera. Che sensazione strana… di colpo mi sembra di trovarmi all'interno di una *fanfiction* assurda che ho letto di recente. Mi sento come la sua protagonista… credo si intitoli *Tutta d'un fiato*.

33

In poche parole: non abbiamo fatto nulla. Siamo usciti di casa alle 19:30 e siamo andati direttamente a cena. Nella casa regna la vitalità di un bradipo che ha sonno.

«La smetti?» mi domanda una voce. Che ho fatto ora?

«Di fare?» Alzo un sopracciglio e mi volto verso Ahote.

«Stai pensando, quando pensi non senti nulla e io ti sto chiedendo da ore se hai voglia di andare al pub!» sbuffa il nano.

«Perdonami, Yari» ridacchio. «Se vuoi andiamo, ma gli altri dove sono?» chiedo poi guardandomi intorno, siamo ancora al ristorante.

«Sono andati a fare una passeggiata per smaltire il cibo.» Alza le spalle.

«Sì, allora andiamo» replico prontamente.

«Paghiamo, dai» sospira e si alza, aspettandomi per alcuni istanti. Vedo di non dimenticare nulla e insieme ci dirigiamo verso la cassa. Ma perché Chiara mi ha lasciata con questo nano? Evidentemente non le manco come dice, mai una gioia.

«Guarda che se vuoi non andiamo» esordisce Y, mentre ci dirigiamo verso il locale. A quanto pare dalla mia faccia si capisce tutto.

«No no, va bene...» rispondo a disagio.

«Ma almeno cerca di stare il meno possibile fra le nuvole, se no è un peccato» sospira.

«Giuro che da ora in poi non tornerò più fra le nuvole!» Mi fermo e gli porgo la mano.

«Me lo stai promettendo?» Mi guarda. Ha davvero dei bellissimi occhi, chissà se li ha ereditati dalla madre o dal padre.

«Assolutamente sì!» Lui mi sorride sincero. «Andiamo in questo dannato pub, dai!» ridacchio poi, quindi ci rimettiamo a camminare verso il luogo da lui scelto. Dove mi porterà?

Siamo seduti a un tavolino vicino a una finestra. Davanti a me il ragazzo è intento a bere la sua birra, e sta anche facendo alcuni *Snap* assurdi. Meno male che non mi riprende, se no lo prenderei a bicchierate sulla testa. Sono adorabile vero?

«Allora, come stai, Alice?» Sposta lo sguardo su di me.

«Io molto bene, e tu?» Ricambio l'occhiata.

«Bene, grazie. Ti piace la casa?» Posa il telefono sul tavolo, vicino al boccale semivuoto.

«Molto, me ne sono innamorata.» Gli sorrido sincera.

«Mi fa davvero piacere e credo che anche Loris sarà contento di saperlo.» Ricomincia a sorseggiare la birra.

«Posso farti qualche domanda?» chiedo senza guardarlo, lui annuisce. «Perché bevi?»

«Perché mi piace.» Mi sorride.

«E perché fumi?» Lo guardo.

«Perché mi rilassa. Sono una persona nervosa e fumare mi aiuta.» Mi guarda negli occhi giocando con il manico del bicchiere.

«Ma la voce non si rovina a lungo andare?» domando ancora.

«Sì, ma io più che cantare parlo cantando» ride. «Non ho sicuramente problemi in merito, ma sto cercando di smettere!» Sorride di nuovo e mi fa l'occhiolino.

«Ecco bravo, quando non sarai più dipendente dalle sigarette ti strapazzerò di coccole, ti va?» Faccio un mezzo sorriso. So che non smetterà facilmente.

«Ci sto! E vedi di mantenere la promessa, eh!» Mi porge la mano, gliela stringo.

«Non temere caro.»

Mi piace la sua compagnia, non mi annoio e ho fatto più promesse in questo periodo che nell'arco della mia vita. Se penso al ragazzo di fronte a me penso al tipo alla James Dean, con esperienze negative che lo hanno segnato, ma vedo anche tanta voglia di spaccare il mondo e lo ammiro per questo. Le cose brutte che ci capitano non devono influenzare il nostro modo di vivere la vita, non dobbiamo farci distrarre dal passato. Che perle di saggezza!

«Sai perché mi stai antipatico?» improvviso, lasciandolo quasi spiazzato.

«Perché ti sto antipatico?» Aggrotta le sopracciglia.

«Perché ti butti via su quelle cose, quelle di cui ti ho parlato alcuni minuti fa» spiego. «Ma poi mi stai simpatico, sai perché?» domando ancora.

«No, perché ti sto simpatico?» ripete lui.

«Perché dentro di te vedo tanta rabbia, ma riesci a trasformarla in grinta da vendere!» concludo guardandolo.

«Non so se devo ringraziarti o insultarti» ride e io lo seguo a ruota.

«Non dire nulla se non sai cosa dire, eviti di fare figuracce» commento.

«E allora, andiamo a farci un giro.» Si alza di scatto.

«Ma sei pazzo? Non ho assolutamente nessuna voglia di spostarmi dalla mia adorata sedia, quindi resta fermo e zitto» mi impunto e lui, senza dire nulla, mi ascolta.

«Sinceramente neanche io avevo voglia di muovermi.»

«Sei proprio un idiota!» Rido ancora.

«Lo prendo come un complimento.» Finisce di bere.

«Infatti è un complimento.» Alzo le spalle e chiamo il cameriere, per ordinare qualcos'altro.

«Certo che tu sei molto più ubriacona di me!» commenta divertito.

«Guarda che ho preso solo acqua e ora chiederò un toast, vuoi anche tu qualcosa da mangiare?» chiedo. Mi piace davvero trascorrere il tempo così, con lui è piacevole anche dire cavolate.

«Scusami tanto» ridacchia, «comunque sì, ora ordino qualcosa da mangiare e anche io acqua.» Fa un mezzo sorriso. Il cameriere arriva e prende nota delle nostre ordinazioni, poi torna dietro al bancone.

«Sbaglio o è scesa la temperatura?» Guardo fuori dalla finestra.

«Neanche tanto, ma forse tu senti più freddo perché non hai un giacchino come il mio. Lo vuoi?» Se lo toglie e me lo porge.

«Gentile da parte tua, ma io non scrocco nulla dagli altri» mento mentre lo prendo sfiorandogli le mani. Lo indosso immediatamente e mi abbraccio da sola, sembro una bimba infreddolita oppure il cagnolino infreddolito della *Carica dei* 101, che ricordi! Il ragazzo torna con i due toast, si mangia di nuovo. Anche perché ormai è mezzanotte e ci sta troppo uno spuntino!

«Buon appetito!» inizio a mordere il mio panino.

«Buon appetito, Ali.»

«Grafie, anfe a fe!» rispondo a bocca piena. Ma chi me le ha insegnate le buone maniere? Lui mi sorride e scuote la testa divertito.

34

Il meteo annunciava pioggia, ma per nostra fortuna non si è neanche fatta vedere, infatti siamo in spiaggia a giocare a palla, ci stiamo divertendo molto e spero che anche le prossime giornate siano così, senza pensieri.

«Sapete giocare ad Asino?» chiedo divertita.

«Io sì» afferma con una certa sicurezza la mia migliore amica.

«Che cos'è?» chiede il nano, tenendo in mano la palla.

«Come te lo spiego...?» sospiro.

«Praticamente...» inizia K, «ci si lancia la palla con cattiveria, poi se uno la prende non succede nulla, se invece viene colpito oppure non la afferra proprio inizia a tenersi a mente le sillabe di Asino» spiega velocemente. «Esempio...» gli ruba la palla e mi prende per il polso. «Pronta, Ali?» Fa un sorriso quasi malefico.

«Prontissima!» Faccio un grosso respiro e mi metto in posizione di battaglia, come le carte di Yu-Gi-Oh!, avete presente? In orizzontale per la difesa e in verticale per l'attacco.

«Allora... Via!» esclama lanciandomi con forza la palla ma io, da brava ex pallavolista, riesco a recuperarla senza alcun problema.

«Vuoi forse la guerra?» ridacchio e tiro, a mia volta, la palla a tutta velocità. Come previsto, riesco a colpire Kiki. Non ha dei gran riflessi, perciò vincevo quasi sempre io quando giocavamo.

«Ah» sbuffa e ricambia con un lancio che riesco a intercettare al volo. Non può vincere contro di me, ormai sono una campionessa, accidenti.

«Non vedo l'ora che arrivi al "no"!» Faccio un mezzo sorriso e lancio la palla con meno forza, se no le faccio male, povera. La prende in mano e recupera fiato.

«Quindi, avete capito come si gioca?» Sorride e si avvicina ai ragazzi che ci stanno guardando divertiti.

«Assolutamente sì» risponde il mio coinquilino.

«Tanto non potete vincere contro di me.» Faccio loro una linguaccia e insieme ricominciamo. Da piccola, quando andavo a mangiare dai nonni o durante le feste, io, mia mamma, mia sorella, mia zia, anche lo zio e il papà, ci divertivamo un sacco con questo passatempo. Solo che vinceva spesso Sonia oppure gli uomini della famiglia, ora però nessuno può battermi!

Abbiamo mangiato velocemente un panino e ora stiamo facendo il bagno, avremmo dovuto aspettare almeno un'oretta ma stavamo morendo di caldo, di conseguenza abbiamo aspettato a stento un quarto d'ora.

«La cosa carina è che lei non si è mai accorta che ero io a rubarle le maglie» dice la mia amica, raccontando dell'accaduto di qualche anno fa.

«Guarda che lo sapevo.» Alzo gli occhi al cielo.

«Certo, come no!» ridacchia lei, portandosi una mano alla bocca.

«Semplicemente non avevo problemi a lasciarti i miei vestiti, sapevo che li avresti trattati con cura.» Le mando un bacio volante.

«Stai dicendo così solo per non fare la figura della sbadata.» Sorride divertita.

«Assolutamente no, K, sai bene che non lo sono.» Assottiglio gli occhi, pronta a sfidarla.

«Lo so, scema.» Ride e sferra una pallonata, da quanto nascondeva il pallone? Pensavo lo avesse Loris. Secondo me stanno iniziando a complottare qualcosa contro la sottoscritta.

«E allora cosa vai insinuando in giro?» rido sonoramente e le restituisco la pallonata, se l'è cercata.

«Continuiamo a giocare? Dai, che mi annoio se no» sbuffa il nano mentre fa due bracciate verso di me.

«Guarda che non ce l'ho io la palla, che vuoi, uomo?»

«Ma che noiosa, volevo abbracciarti ma ora te lo scordi!» sbuffa ritornando da dove è venuto.

«Dai K, lancia quella dannata palla!» sbotto, lei esegue subito il mio ordine e la tira a Lor, che la prende al volo e la passa al suo amico.

Chi ha intenzione di includermi nel gioco? Da alcuni minuti non esisto per quei babbani, quindi ho deciso di uscire dall'acqua sperando che qualcuno mi fermi. Inizio a camminare verso la riva, mi volto per osservare la loro reazione e poi esco. In questo momento vorrei picchiarli, però visto che sono una donna di classe li ignorerò come hanno fatto loro, chissà come la prenderanno! Che poi, non ho fatto nulla di sbagliato se non imprecare ogni volta che non acciuffavano la palla, forse sono stata troppo dura. Prendo l'asciugamano e mi dirigo alle docce, mi sciacquo e avvolgo il mio corpo bagnato nel telo mare, tornando al nostro ombrellone. Mi distendo sulla sdraio con l'asciugamano ancora addosso. Guardo il cellulare e controllo l'email, i messaggi e le chiamate. Nulla, meglio così. Ripongo il telefono al suo posto e chiudo gli occhi, lascio che il sole mi asciughi. Ho fame, il mare fa venire sempre così tanto appetito che mi sento Goku, Naruto, oppure Homer Simpson o addirittura Cappello di paglia. Il bello è che posso abbuffarmi, tanto non ingrasso, se lo sapesse qualcuno probabilmente mi ucciderebbe, rido immaginandomi una folla di persone munite di forconi sotto casa.

«Perché sei qua?» domanda il nano, facendosi spazio sul bordo del mio lettino.

«Semplicemente non mi tenevate in considerazione e quindi sono andata via.» Apro gli occhi e mi siedo composta.

«Ci dicevi...» alza gli occhi al cielo, ma io vedo bene il suo sorriso soddisfatto.

«Avreste dovuto accorgervene da soli, non roviniamo questa settimana, per favore» sbuffo e mi rimetto comoda.

«Dai, vieni?» Mi posa una mano sul fianco.

«No. Vai pure, ci vediamo dopo.» Faccio un pollice in su e chiudo gli occhi.

«Permalosa» mi fa il verso, alzandosi dalla sdraio.

«Mmm...» commento facendo spallucce. Non ricevo nessuna risposta. Deduco sia tornato in acqua, quasi quasi vado al bar a mangiare qualcosa. Mi alzo per l'ennesima volta dal lettino e allaccio il pareo, poi infilo le ciabatte, recupero il cellulare e il portafoglio, infine inizio a camminare sulla passerella che mi condurrà al cibo, le gioie della vita! Mi siedo a un tavolo e comincio a visionare il menu, me lo faranno un toast a quest'ora? Sono le 18, quindi probabilmente sì.

«Ha scelto?» chiede un cameriere sulla cinquantina.

«Sì.» Poso il listino al suo posto e guardo l'uomo dagli occhi scuri. «Un toast classico e un tè alla pesca, grazie mille.» Gli sorrido, lui ricambia e se ne va. Spero che arrivi in un lampo, ho molta fame e non sopporto aspettare.

35

Oggi non abbiamo fatto nulla di diverso da ieri e dall'altro ieri, ormai è sera e dobbiamo andare a cena. Ci stiamo preparando ed è divertente vedere le persone che in intimo sfilano da una stanza all'altra con noncuranza, come se fossero tutti dei modelli. Certo, Y ha un bel fisichetto però è eccessivo andare in giro con addosso solo i boxer, lasciando nulla all'immaginazione e così la mia migliore amica, poi ci siamo io e Lor che se non indossiamo almeno i pantaloncini non ci muoviamo neanche morti.

«Yari, dove cazzo hai lasciato lo shampoo che ti avevo dato?» urla K dal bagno.

«Guarda che l'ho infilato nel tuo astuccio, non fare la stronza» sbotta infastidito ma allo stesso tempo divertito.

«Non lo trovo da neffuna parte, tu non fare lo ftronfo!» Esce dal bagno con lo spazzolino in bocca.

«Allora non hai cercato bene!» sbuffa lui.

«Ma vaffanfulo un po'!» continua a spazzolarsi i denti, come fosse tutto normale.

«No, vacci tu!» Alza gli occhi al cielo. Sembra di stare in casa con due bambini dell'asilo, impressionante.

«Sei uno stronfo» sputa acida lei. «Merfa.» Corre in bagno, la sentiamo sputare e far scorrere l'acqua. «Per risponderti mi sono morsa la lingua.» Esce di nuovo con l'asciugamano in mano.

«Ma quanto sei diventata volgare? Ti fa male stare con noi maschi» commenta lui.

«Voi non state bene» ridacchio e salgo le scale, andando a scegliere cosa indossare.

Dopo quasi un'ora siamo tutti pronti e profumati, non sappiamo esattamente dove andare, ci affidiamo al caso.

«Hai sbagliato abbinamento» commenta Loris rivolgendosi a non so a chi.

«Ma vaffanculo pure tu» esplode la mia migliore amica, mi sa che è vicinissima al ciclo.

«Ma che hai?» domanda innocentemente il nano.

«Affari miei, scollati» sbuffa e mi trascina dietro con lei.

«Ma ti dai una calmata?» ridacchio.

«Voglio tornare a casa, i tacchi mi stanno uccidendo» si lagna ignorando la mia domanda.

«Ma hai detto tu di vestirci da discoteca» rido.

«Non ridere, stronza!» esclama. «Che ne sapevo di aver preso le scarpe nuove invece di quelle vecchie, il modello è lo stesso» aggiunge poi.

«Sai come si dice?» la guardo e faccio un mezzo sorriso.

«No, vaffanculo. Non osare neanche fiatare» sibila a denti stretti.

«Domani?» chiedo, sa a cosa mi riferisco.

«Vaffanculo, sì!» si lagna ancora.

«Ma la pillola non funziona anche per i tuoi sbalzi d'umore?» sussurro divertita.

«No, accipicchia» bisbiglia e poi sospira. Da scaricatore di porto a principessa in un battibaleno. Ma chi la sopporta una così? Poverino chi se la piglia! Ma in fondo io non sono tanto diversa. Siamo proprio migliori amiche!

«Scusa, Loris» dice a un tratto.

«Ti perdono.» Sorride e le va vicino, io quindi ritorno dal mio sfigato preferito. Mi piace molto come si veste, ha stile e, se non fosse lui, gli farei pure i complimenti.

«Ci provi?» Alza un sopracciglio.

«Cosa?» Aggrotto la fronte. «Ma che stai dicendo?» Lo guardo male. Mi legge nel pensiero o cosa? È inquietante!

«Amo quando sei sconvolta e amo sconvolgerti» ridacchia.

«E poi sono io la stronza, vero?» sbuffo e incrocio le braccia al petto.

«Io non lo sono, ma lo so fare.» Mi fa l'occhiolino indicando un ristorantino. «Entriamo?» Si ferma e attende l'arrivo degli altri due.

«A me va bene tutto, mi basta sedermi.» K si appoggia alla mia spalla, Lor alza le spalle ed entriamo. Il nano sceglie il tavolo, il suo amico va in bagno, la mia amica si siede e subito dopo si toglie le scarpe. «Oh Dio sì, mi sto eccitando.» Chiude gli occhi e fa un grosso respiro, io e

Y ridiamo. Diciamo che avere una compagna d'avventure così è una cosa troppo bella. Sono stata decisamente fortunata e lo ripeterò sempre.

Siamo in un locale decisamente caotico. La musica è assordante, non c'è spazio per muoversi e tantomeno per ballare. Nell'aria un odore sgradevole di alcol misto a sudore. Ho paura che mi rapiscano, la clientela ha un aspetto poco raccomandabile. Ma Chiara è contenta.

«Senti, ha deciso lei quindi prenditela con lei!» esclama Yari.

«Infatti ora mi sente.» Guardo K che è già euforica per aver dato qualche sorso a un drink.

«Ma che volete? Divertitevi!» ride e si allontana.

«Lor pensaci tu, ti prego» scongiuro il ragazzo che fa un cenno del capo e la segue.

«Non ce ne possiamo andare, vero?» Mi guarda il nano.

«No, quando sceglie un posto è quello e basta, se poi ci metti che è nella fase del pre ciclo… be', fai due calcoli» sospiro e osservo le persone intorno.

«Eh, ma che sfiga!» si lamenta.

«Già» sospiro di nuovo e mi avvicino al suo corpo, non voglio che qualcuno mi strattoni via. Io e Y ci stiamo annoiando, non riusciamo neanche a chiacchierare a causa delle casse vicino a noi, ma non possiamo andarcene senza i nostri amici. Sento un buonissimo profumo, credo sia Dash: la fragranza ricorda il detersivo in polvere che usa mamma per la lavatrice.

«Emani un buon odore.» Sorrido, parlando vicinissimo al suo orecchio.

«Cosa? Non sento nulla!» urla Y.

«Ho detto che fai buon odore!» dico. La punta del mio naso sfiora il suo orecchio.

«Usciamo di qui! Andiamo all'ingresso!» Mi prende per mano.

«Perché sniffi le persone? Mica sei un cane da tartufo!» ridacchia mentre la porta del bar si chiude alle nostre spalle.

«Io non annuso nessuno, è il tuo abbigliamento! Sprigiona un aroma che si è inserito nelle mie narici» rispondo divertita.

«Non mi ricordo come si chiami il prodotto, per me sono tutti uguali.» Alza le spalle.

«Secondo me è il Dash oppure il Sapone di Marsiglia.» Faccio una smorfia.

«Perché quella faccia?» chiede imbronciato. «Fino a un attimo fa mi hai elogiato.» Mi guarda serio.

«Era una smorfia carina» sussurro. «Non si capiva proprio?» domando.

«Assolutamente no, devi perfezionarla.» Ride e mi abbraccia, che tenero. Mi accoccolo, sorridendo tra me e me. In questi mesi ci siamo avvicinati, ma non troppo e voglio che nulla vada nel verso sbagliato, la nostra amicizia deve essere perfetta.

«Vado in bagno.» Sorrido.

«Non mi fido, posso venire con te?» Mi guarda serio, nessun tono di malizia.

«Perché?» Mi alzo.

«Alcuni tizi ti fissano, non ho una bella sensazione» sospira, guardando attraverso la porta a vetri. «Posso?» Sorride appena, annuisco e insieme andiamo in bagno.

«Fai veloce, non ho ancora i superpoteri per salvarti da un eventuale attacco» sospira e lo sento adagiarsi sulla porta del bagno.

«Non preoccuparti, mi muovo, sì.» Scuoto la testa e mi do una rinfrescata.

«Comunque, non so se te l'ho mai detto...» inizia.

«Cosa?» mi guardo allo specchio, sotto ai miei occhi nocciola ci sono delle grandi occhiaie, almeno i capelli ramati e quel po' di abbronzatura mi illuminano il viso.

«Hai un bel carattere» commenta.

«Anche il tuo mi piace.» Sorrido e mi asciugo con la carta, non con l'asciugatore se no spezzo la bellissima atmosfera ovattata, sembriamo lontani chilometri dalla musica che invece è proprio a un passo da noi.

«A tutti piace il mio carattere» ridacchia. «Ma non c'è qualcosa che ti piace particolarmente, di me?» continua e io esco dalla porta.

«Qualcosa in particolare?» Assottiglio gli occhi e lo guardo. «Mmm...» mi gratto il mento. «La determinazione e le battutine, quelle le adoro.» Sorrido e lo prendo sottobraccio. «Torniamo di là?» Poso la testa sulla sua spalla.

«Certo.» Mi accarezza la guancia e insieme raggiungiamo un tavolo libero.

«Hai visto che non è successo nulla?» Gli sorrido.

«E meno male!» Mi dà un bacio sulla guancia.

«Ehi, non provarci così spudoratamente.» Alzo un sopracciglio. «Anche se ti faccio i complimenti non vuol dire che puoi provarci.» Gli faccio una linguaccia.

«Ma che peccato» sbuffa divertito. Mi piace il legame che si sta creando, rimarrà sempre così? Solo il tempo me lo potrà dire.

36

Fra quattro giorni si ritorna alla solita vita. Sarò in grado di sopportare il mio coinquilino per un'altra settimana a casa? Credo di sì, è un bravo ragazzo che si atteggia da cazzone, o forse sono io che mi comporto da cazzona. In ogni caso sarà un'altra settimana memorabile e poi ricomincia anche il lavoro. Mentre io sarò impegnata lui starà a casa, chiuso in studio, a scrivere. Sono sicura che lo sentirò anche canticchiare le nuove canzoni! Non vedo l'ora di sentire come è cambiata la sua visione della vita. Nel primo cd ce ne sono tante che parlano di gioventù, sesso, feste. Magari in questi mesi è cresciuto e con lui si evolveranno anche i temi dei suoi testi. Ma ora devo pensare a come trascorrere questi ultimi quattro giorni, non piove e fa caldo quindi potremmo andare in spiaggia ma nessuno dei tre miei amici vuole. Il motivo? «Fuori si squaglia, rimaniamo qua a guardare serie tv mentre il condizionatore ci rinfresca tutti» e non ha affatto senso visto che siamo al mare per una ragione. Le giornate non possono volare così. Se no potevano benissimo restare in città, no?

«Avanti ragazzi, volete davvero passare gli ultimi giorni di vacanza così?» sbuffo mettendomi un vestito.

«Ma se esco mi sciolgo!» esclama Kiki. Ma per quale motivo parlo ancora con una così?

«Ma che cazzo! È normale che ci siano queste temperature, sei al mare!» Alzo un po' la voce. «Per questo ci sono la spiaggia e l'acqua» mi lamento, indispettita.

«Ma poi dovrei camminare e non ho voglia, poi pure nuotare e, oh Dio, no!» Si butta sul letto, facendo la finta stremata.

«Perché sei venuta con noi allora?» La guardo seriamente.

«Perché era da un po' che non prendevo una vacanza e non sfruttare questa opportunità sarebbe stato da stupidi, no?» Si siede a gambe incrociate sul materasso e sorride come se nulla fosse.

«Oh, che palle!» sospiro e scendo al piano inferiore. Ok, ha il ciclo ma questo non implica il fatto che lei debba per forza stare a non fare nulla se non mangiare patatine e guardare la tv.

«Allora, andiamo?» chiedo a Yari, che è seduto sul divano e cazzeggia con il cellulare. Loris fa la doccia perché si è svegliato presto ed è andato a correre, che bravo.

«Certo.» Si alza di scatto, recupera l'asciugamano e lo lancia su una spalla, infila le ciabatte e insieme ci dirigiamo fuori. Arriviamo in spiaggia, prendiamo posto sotto il solito ombrellone e ci spogliamo. Insomma, tra noi, Chiara è l'unica pigrona.

«Questa sera facciamo qualcosa?» domando innocentemente, mentre distribuisco le carte.

«Certo, dove andiamo?» Sorride.

«Non so» sospiro e osservo le sue mani.

«La discoteca non mi interessa oggi, andiamo in un bar?» Alza le spalle.

«Ci siamo andati ieri al bar» commento. «Andiamo da un'altra parte... non c'è qualche locale carino con musica dal vivo?» Lo guardo e gli faccio cenno di iniziare.

«Sì, mi pare il Coco Loco ed è a qualche chilometro da qui, potremmo andare in macchina o anche in bici» spiega buttando giù un tre di fiori.

«Si può fare, sai chi suona?» Scopro un cinque di quadri. Stiamo giocando a scala quaranta, sono bravissima in questo gioco e sono sicura che vincerò.

«Credo siano i No Exit o qualcosa del genere.» Aggrotta la fronte.

«Che genere fanno? Cover o loro creazioni?» domando ancora.

«Solo cover ma spaziano abbastanza, anche dall'inglese all'italiano, nulla di eclatante effettivamente... però sempre meglio di niente, no?» Asso di cuori. Uh, questo mi serve quindi lo raccolgo facendo quaranta, ma che belle carte ho? Scalo e rimango con solo sei carte, mamma mia, che boss!

«Cazzo, avevi delle bellissime carte, ammettilo... hai barato!» ridacchia e continua la partita.

«No, non ti ho semplicemente detto che sono il top in questo gioco.» Esco la lingua.

«Mmm... fortunata nel gioco, sfortunata in amore.» Fa un mezzo sorriso.

«Questo non è assolutamente vero, sono dicerie per ignoranti.» Scalo altre tre carte grazie a ciò che ho pescato.

«Che aggressiva!» mima una zampa che graffia.

«Sì, perché mi dà fastidio che la gente creda ancora a queste cose, è da stupidi» spiego attendendo la sua mossa.

«Vorresti cambiare il mondo, vero?» Sorride sincero e scala, finalmente, anche lui.

«Non il mondo, ma alcune mentalità» sbuffo e osservo le sue azioni.

«Non puoi farlo tu da sola, possono farlo i genitori e poi i loro figli diventando anche loro genitori.» Sorride di nuovo ed elimina una carta, tenendone tra le mani solo qualcuna.

«Ma non bisogna perdere la speranza, giusto?» Sorrido sincera.

«Logico.» Mi fa l'occhiolino e poi si alza. Nel frattempo ho vinto quindi ora credo che sistemerò le carte e insieme andremo a farci un bel bagno!

«Sbrigati! Non posso aspettare in eterno» ridacchia tenendo i piedi all'ombra. La sabbia scotta!

«Ho quasi finito, aspetta un secondo» sbuffo mentre lego le carte con un elastico, sistemandole in una bustina trasparente: così non si bagnano e non si riempiono di sabbia. «Ecco fatto!» Mi alzo e corriamo verso l'acqua. Quando godiamo della reciproca compagnia né io né lui usiamo molto il cellulare e questo significa che c'è interesse nel conoscersi e nel prestare attenzione ai diversi argomenti che tiriamo fuori. Trovo sia molto bello.

«È freddina, accidenti!» Rido, giunta a riva.

«Ma è caldissima! Stai scherzando, vero?» Alza un sopracciglio e mi prende per mano, così andiamo pian piano più in là.

«Certo che sto scherzando, è peggio di un brodo!» rido ancora.

«Be', ora non esagerare, Ali.» Scuote la testa. «Ci buttiamo insieme?» propone e mi guarda, annuisco.

«Conto io però!» lo avviso, mi fa un cenno quindi inizio a fare il countdown con le dita, appena arrivo allo zero ci immergiamo completamente e sorridiamo in simbiosi, che bello sorridere!

37

Alla fine siamo tutti e quattro al Coco Loco e stiamo mangiando un club sandwich a coppia, che cosa carina. Io e Yari ci insultiamo perché ciò che piace a me piace anche a lui e ciò che non piace a me non piace neanche a lui, di conseguenza o dividiamo ogni sandwich o facciamo a gara: chi lo prende per primo lo mangia. Sudiamo freddo per la tensione. Tutto questo per cosa? Per dei panini. Ovviamente tutti penseranno che siamo malati ma no, il cibo è importante per noi e guai a chi ce lo tocca! Il gruppo musicale è seduto al tavolo accanto, li sentiamo fare battute e scherzare. Ci sono molte persone che mangiano e io non posso che chiedermi: sono qua per la musica, per il cibo o per entrambe le cose?

Il palco è proprio davanti a me, alla spalle di Ahote. C'è un piccolo spazio per ballare, ma finché non sento almeno una canzone che mi esalta davvero io non mi alzo neanche morta, che vogliano o meno i miei compagni. Magari alla fine sarò l'unica a scatenarmi, imbarazzante oppure divertente? Secondo me non dovremmo mai avere paura di essere noi stessi, anche se gli altri sono sempre pronti a giudicare.

«Alice» qualcuno mi sventola una mano davanti al naso, «ci sei? Sei tra noi o...?» aggiunge il ragazzo di fronte a me, scuoto la testa e lo guardo.

«Ci sono, ci sono!» confermo la mia presenza, anche se in realtà non è del tutto vero.

«A che pensavi?» Mi sorride e poggia i gomiti sul tavolo.

«Nulla di importante.» Faccio spallucce. «Non hai mangiato il mio sandwich, vero?» Il piatto è ormai vuoto. Troppo tardi. «Ma che stronzo!» sbuffo.

«Ehi, non l'ho mica mangiato io!» Alza le mani in segno di resa.

«Ah no? E chi lo avrebbe fatto se non tu?» Incrocio le braccia al petto.

«Lei» indica la mia migliore amica che ha terminato ora di masticare.

«Non credo sia così stronza» rido di gusto.

«Allora non la conosci.» Fa un mezzo sorriso e così mi giro verso Chiara.

«Che vuoi?» domanda in modo molto acido, la picchio ora o subito?

«Allora è vero che lo hai mangiato tu» la accuso, lei scoppia a ridere e annuisce. «Ma sei una...» mi mordo il labbro per non insultarla. «Ti odio!» aggiungo tirandole una leggerissima spinta.

«Ma se mi ami!» ride ancora.

«In questo momento vorrei prenderti a colpi di vassoio in faccia» commento pacata e sorrido.

«Esagerata, neanche ti avessi rubato il ragazzo» sbuffa lei sorseggiando la sua acqua.

«Ma vaffanculo il fidanzato, il cibo non me lo devi toccare.» Assottiglio gli occhi. «Dovresti saperlo dato che sei come me, stronza» esclamo infine. «Vado in bagno prima che ci scappi il morto» aggiungo poi e mi alzo, dirigendomi verso la toilette.

Sono bravi ma gli manca qualcosa che potrebbe far fare loro scintille. Il cantante ha una bella voce, quando canta Ligabue è il top, il chitarrista ha anche lui una bella voce e quando suonano *Timber* è il migliore. Ma per essere apprezzati non basta fare cover in un bel modo, anche avere un proprio stile e, soprattutto, dei pezzi propri è importante. Magari ogni tanto proporne uno e verificare la reazione degli ascoltatori, questo però solo quando si ha abbastanza visibilità, e non intendo diventare famosi, bensì avere una family di fan che segue e promuove con ogni mezzo i propri beniamini. È importante il calore del pubblico, senza quello nessuno può fare nulla. Io e il nano siamo stati i primi ad avvicinarci al palco, a ballare e a cantare insieme a loro; si è subito avvertita la gioia dei componenti del gruppo, i loro occhi si sono illuminati. Dopo di noi sono arrivati sotto il palco tanti altri ragazzi, pian piano siamo riusciti a coinvolgere una folla più o meno entusiasta e attiva nel ballare. Sono giovani e hanno bisogno di noi, così come tante altre cover e tribute band. Bisogna prendere esempio da loro e andare avanti senza mai buttarsi giù. Bisogna credere nel proprio sogno e inseguirlo a qualsiasi prezzo. Grazie alla fiducia si può davvero realizzare tutto.

38

Oggi, a differenza dell'altro giorno, siamo tutti e quattro al mare e siamo pronti per goderci una bella giornata, nonostante il cielo sia nuvoloso e ci sia molto vento. Ma non sarà un semplice dettaglio a rovinare questa vacanza. Mi riferisco a me, Yari e Loris. Per quanto riguarda Chiara sono un po' meno convinta, dato il suo bellissimo ciclo che ha portato alla luce la sua parte peggiore. Non so come Lor faccia a mantenere la calma dopo tutta l'acidità ricevuta in questi giorni dalla mia migliore amica.

«Datemi una felpa» ordina lei.

«Subito!» si precipita Loris porgendole la sua.

«Ma, Stecco, smettila di essere così disponibile con lei!» Alzo gli occhi al cielo. Ebbene sì, Loris è diventato lo stecco della compagnia. Rido mentalmente.

«Se non lo sono mi prende a pugni» commenta a bassa voce, mettendosi vicino a me.

«Non farti usare in questa maniera.» Aggrotto le sopracciglia. «Non è che se ha il ciclo si tramuta in Hulk e se non l'ascolti ti prende per i capelli e ti lancia lontano chilometri, stai tranquillo» sospiro.

«Sì ma è pericolosa, lo sai anche tu.» Rotea gli occhi.

«Non quanto fa vedere» ridacchio mentre osservo la mia amica sbuffare senza fine.

«Non voglio rischiare.» Si stringe in un abbraccio. «Torno vicino a lei o chissà cosa pensa e cosa fa» mi sussurra e va da lei. Ok che bisogna un pochetto sfruttarli, i ragazzi, ma lei esagera. Mi ricordo che Diego, un giorno, ci ha detto: «Dovete avere voi il comando sui maschi, non il contrario». Sinceramente, non mi aspettavo questa affermazione ma in un certo senso è meglio essere noi a esercitare il potere su di loro! A parte gli scherzi, credo che nessuno debba tenere sotto il proprio controllo qualcuno, lo trovo sbagliato e vedere le persone in gabbia non è mai bello, anzi.

«Ma perché Alice si estrania sempre così facilmente?» chiede il nano parlando con gli altri due.

«No, guarda che ci sono e non serve fare domande a terzi… chiedi direttamente a me, no?» Alzo gli occhi al cielo.

«Allora rispondi, la domanda la sai» ridacchia.

«Penso troppo» sbuffo.

«Ma che vuol dire?» aggrotta le sopracciglia.

«Che penso ai miei problemi e ai problemi degli altri, penso anche a cose stupide o a cose belle. Te l'ho detto, penso troppo!» Alzo le spalle.

«Ma perché non ti concentri solo su di te, come fanno tutti?» domanda senza alcuna malizia.

«Perché io non voglio essere insensibile. Mi fanno ribrezzo gli egoisti» rispondo seccata.

«Ok, ma non ti arrabbiare. Era una domanda normale!» Si arrende, io lo ignoro e mi alzo, iniziando così una bella passeggiatina in spiaggia. Adoro coltivare i miei spazi, camminare da sola e guardarmi intorno. Oggi per esempio ho visto una famiglia che trascorreva le vacanze insieme. Con i tempi che corrono è raro! Tutto ciò mi ricorda la mia infanzia. Un sorriso spontaneo compare sul mio viso.

Siamo tornati a casa e, dopo aver fatto una bella doccia, andremo a mangiare una pizza. La prima a farsi la doccia è K, poi ci andrà Loris, io e infine Y. Spero solo che non sia lento.

«Fate presto!» ordino recuperando ciò che mi serve per vestirmi dopo la doccia, posando il tutto sul letto.

«Rilassati, saremo super veloci.» Mi fa l'occhiolino Chiara, fiondandosi in bagno.

«Spero che tutti lo siano!» urlo per farmi sentire, scendo e guardo con un sopracciglio alzato il nano malefico.

«Guarda che posso fare in due secondi, non pensare sempre così male di me» sbuffa lui giocando col telecomando.

«Quindi mi dai la tua parola che farai presto?» Mi siedo vicino a lui, lo fisso e lui annuisce. «Allora posso prenotare per le 21?» Lo guardo ancora, pronta a replicare a qualsiasi sua parola.

«Assolutamente sì, tranquilla» mi rassicura, ma non mi fido e lo sa bene.

«Bene» sospiro e mi alzo, andando in cucina. Ora devo chiamare, ma prenoterò per le 21:30 perché sono sicurissima che lui ci metterà un secolo, ormai lo conosco. Mi siedo sulla sedia e sfoglio le Pagine Bianche. Trovo la pizzeria e digito il numero sul mio cellulare, dopo pochi squilli qualcuno mi risponde e io inizio a parlare. Dico l'orario, il numero di persone e il mio nome. Dopo un'oretta è il mio turno. Ma è possibile che ognuno occupi il bagno per mezz'ora? Voglio battere il loro record, io impiegherò quindici minuti esatti.

39

Oggi è l'ultimo giorno di ferie condivise e sono sicura che mi mancherà tutto questo. Certo, io e il mio sfigato preferito abbiamo ancora un'altra settimana da vivere insieme in città, ma senza i nostri amici sarà molto strano. Chiara deve tornare in ufficio, se così si può chiamare, sta dando vita a un nuovo progetto che non include il nano. Inoltre hanno chiamato Loris per fare il fotografo di una rivista, ovviamente resterà il cameraman dei video di Ahote. Alla fine Y non mi ha fatto fare figuracce in pizzeria e forse ha ragione quando dice che io dovrei dargli più fiducia. Magari tra qualche tempo. Ci siamo divisi in due coppie: io e K, Y e L. Io e la mia migliore amica stiamo rifacendo le valigie di tutti, invece i ragazzi stanno sistemando la casa. Porterò con me i bei momenti trascorsi, momenti che nessuno oltre me ha vissuto. Sono sicura che a dicembre torneremo qua per festeggiare Capodanno. I due amici hanno già progettato tutto. Questa sera saremo di nuovo a casa, strano ma vero. Non ho scritto molto ai miei genitori, ho preferito usare il meno possibile il telefono per godere della semplicità di questi giorni magnifici, che ormai ho impressi nel cuore. Yari mi ha detto che sarò sempre la prima a sentire ogni canzone che scriverà. Sono felice che abbia scelto me, vuole il mio parere e sa che io non ho alcun problema a esternare il mio vero parere. Sono sicura che mi odierà il più delle volte, ma non importa perché solo così potrà capire. Anche perché ho gusti difficili e, se convince me, potrà convincere chiunque. Mentre sistemiamo stiamo tenendo in sottofondo il suo album, non so come faccia ad ascoltarsi senza stancarsi mai, io mi sarei già stufata e probabilmente avrei bruciato il disco.

«Prima di tornare a casa ce lo mangiamo un gelato?» domanda il nano dalla cucina, ad alta voce per farsi sentire da tutti.

«Per me va bene!» replica urlando la mia amica. Quando avremo finito andremo a fare questo spuntino, come premio dopo la fatica. Io ci sto, ma non ho voglia di sgolarmi, quindi, per rispondere, aspetterò che termini l'ultima traccia del cd di Ahote.

Siamo in coda davanti a una gelateria. Alla fine è normale che ci sia così tanta gente, è estate e fa caldo. Cosa c'è di più rinfrescante di un gelato? Voglio il gusto "pinguino" ma sono sicura che non ci sia, non lo trovo mai da nessuna parte ed è ingiusto, accidenti! Cavolo, che fila! Ovviamente, il posto in cui venire, è stato scelto dal mio coinquilino… si tratta proprio bene, a giudicare dalla folla devono proprio fare il gelato più buono dei dintorni! Spero che quando io e Y vivremo davvero insieme non mi scassi per quanto riguarda cosa guardare in tv, sono fissata con le serie e, non accetto un suo no come risposta, guarderemo solo serie! No, non credo succederà, ma sognare non fa male a nessuno.

«Ditemi pure!» ci accoglie cortesemente il gelataio e noi, uno dopo l'altro, ordiniamo. Sono stata fortunata, avevano il "pinguino": Nutella e Smarties, tutti dovrebbero assaggiarlo almeno una volta nella vita. Al massimo avrei scelto cioccolato e fragola, è il top come accostamento. Da piccola cambiavo spesso abbinamento ma il cioccolato era una costante, come si fa a non amarlo?

«Mi fai assaggiare?» Sorride lo sfigato.

«Pagami e forse te ne concedo un pochino» replico divertita.

«Se ti do un centesimo me lo fai assaggiare?» commenta, tirando fuori dalla tasca una monetina.

«Ma no!» esclamo. «Ho speso un euro e venti, non osare abbassare il prezzo» aggiungo.

«Sì, ma quello è il costo a pallina. Io ti sto chiedendo una sola cucchiaiata» sbuffa e rimette i soldi al loro posto.

«Col cavolo, per chi mi ha preso?» Alzo gli occhi al cielo.

«Per un'amica carina che mi vuole bene e che mi offre il suo dessert» gesticola con una mano.

«No, anche perché dovresti usare il mio cucchiaino» spiego. «Non voglio che rovini il mio dolce con i tuoi batteri» continuo a mangiare assaporando lentamente.

«Quanto mi stai antipatica quando fai così» sbuffa e si allontana un po'. Vedo che ha capito, nessuno deve toccare il mio gelato e, se alla fine ottenesse il mio permesso, mi dovrebbe pagare almeno mezza pallina, sono troppo cattiva? Adesso stiamo passeggiando in spiaggia, ovviamente ne ho lasciato un po' nella coppetta e sto facendo finta di finirlo, solo perché voglio farglielo assaggiare. Dai, non sono poi così cattiva come mi definisco e come anche lui mi definisce, io sono buona in fondo, ma sono un po' lunatica, come chiunque d'altronde.

«Nano, vieni qua.» Mi fermo sulla riva.

«Che vuoi? Farmela pagare?» Alza gli occhi al cielo e mi affianca.

«Tieni sfigato e dimmi se non è buono!» gli porgo la coppetta, lui mi guarda sorpreso e poi prende l'ultimo cucchiaino della mia adorata pallina.

«Accidenti se è buono, ora si spiega il motivo per cui non volevi darmelo gratis!» ride e pulisce bene il fondo, sembra un cane.

«Diventa una droga, vero? È stata la bruna che ti fa da pseudo manager a farmelo provare» continuo, «quindi è grazie a lei se ora sono fissata» ridacchio e gli rubo la coppetta ormai vuota, per gettarla subito nel cestino. Non sono un'inquinatrice di spiagge! E vorrei che tutti agissero come me. Credo si chiami… civiltà!

«Andiamo?» dico a un certo punto, tutti e tre mi guardano e in simbiosi annuiscono, così ci avviamo verso casa, pronti a tuffarci di nuovo nel mare della quotidianità cittadina.

40

Non è andato malissimo il ritorno alla normalità, anzi! Ormai anche io sono rientrata al lavoro e tutto sta procedendo per il verso giusto. Io e Yari stiamo trascorrendo momenti bellissimi insieme, anche se può sembrare strano detto da me devo ammettere che non ci insultiamo quasi mai e quando lo facciamo è solo per scherzare. Abbiamo personalità affini, quindi riusciamo a capirci senza alcun problema. Abbiamo sistemato del tutto casa di Ahote, e anche la mia camera da letto dai miei genitori. Lui è rimasto addirittura a cenare da loro, con me ovviamente, e mia sorella ha fatto partire la *ship* anche a mia mamma e mio papà, è possibile? E non litighiamo neppure per guardare la tv! Oggi è domenica e come ogni domenica ci dedichiamo alle serie, ora stiamo guardando *Supergirl*. È fortunato ad avere con sé una ragazza con i suoi stessi gusti, alcuni ragazzi ucciderebbero per questo. Dovrebbe amarmi, accidenti!

«Ma oh Dio, pure Superman sotto effetto di quel coso?» commento una scena della serie.

«Eh sì, perché è ormai più umano di lei» risponde.

«Tanto tutti sanno che vince sempre il bene in queste storie.»

«Senza alcun dubbio, ma è bello come si sviluppa la trama, no?» Sorride.

«Logico, ma io, da femmina, vedo solo le possibili coppie» ridacchio.

«Sempre all'amore pensate, ma come fate?» Scuote la testa.

«Semplicemente ci crediamo.» Gli faccio l'occhiolino e insieme continuiamo a seguire la puntata. Non credo che abbia mai usato così tanto internet in tutta la sua vita, ormai lo streaming è il nostro pane quotidiano. Siamo ansiosi per le stagioni che non sono ancora uscite e non vediamo l'ora di vedere cosa accadrà. L'altra sera abbiamo terminato l'ultima stagione di *Flash* e siamo rimasti entrambi sconvolti. Ho scoperto, però, che agli inizi dell'anno prossimo ci sarà un seguito.

«La cosa più figa è stato l'arrivo di *Flash*» commento. «Mi è partita subito la *ship*, a te no?» ridacchio.

«Diciamo che mi piacciono insieme.» Fa un mezzo sorriso e continua a guardare la tv. Abbiamo collegato il computer al televisore, che gioia!

«Ma quindi anche a te scappano le *ship*!» esclamo spalancando gli occhi, sorpresa e felice.

«Forse.» Si morde il labbro e sorride, ancora. Sorride

sempre, è bello vedere che si trova bene al mio fianco e che anche io sto bene con lui, ma a che sto pensando?! Mannaggia a me.

«Ti sei appena guadagnato la mia stima più profonda.» Poso la mano destra sul mio cuore, orgogliosa.

«Oh, che onore!» scoppia a ridere. «Fai pausa che ho fame» aggiunge poi.

«Anche se hai fame possiamo continuare a guardare, eh» obietto, con lo sguardo incollato allo schermo.

«Sì, ma vorrei preparare qualcosa da mangiare con il tuo permesso, ovviamente.» Si alza sorridente. «Metti in pausa, donna mia.» Mi ruba il telecomando e ci pensa lui.

«Fatto, hai visto?» ridacchio io.

«Stupida, dammi una mano almeno.» Mi porge la mano, l'afferro e mi alzo, insieme andiamo a cucinare qualcosa di commestibile.

Mi trovo fin troppo bene con lui, non so che pensare. Ormai sono le 23, stiamo ancora guardando *Supergirl* e io non faccio altro che osservare con la coda dell'occhio il ragazzo al mio fianco, non dico che mi piace... Chi prendo in giro? Mi piace e non poco. Ci conosciamo ormai da mesi e mi sembra di non essere poi così acida come all'inizio, lo ero per divertirmi e per metterlo alla prova. Adoro mettere alla prova le persone, ma quando Fabrizio agiva allo stesso modo con me mi infastidiva tantissimo. Nonostante la pressione, Yari non mi ha mai insultata o ferita. Vorrei capire perché a volte si barrica nel suo studio e ci rimane fino a notte fonda senza toccare cibo. È un atteggiamento strano. So che sta continuando a scrivere canzoni ma non credo che faccia solo quello per così tanto tempo. Forse dovrei indagare ma non ho ancora così tanta confidenza, o forse sì…

«Posso chiederti una cosa?» Fermo l'episodio e mi siedo a gambe incrociate davanti a lui, sul divano.

«Mi fai paura.» Corruga la fronte. «Ma dimmi pure.»

«Quando stai chiuso in quella stanza per così tanto, cosa fai oltre che scrivere?» domando senza pensarci troppo, ormai è fatta.

«A volte penso, a volte ricordo, a volte mi arrabbio e a volte semplicemente mi distendo a terra e mi rilasso» risponde senza alcuna paura.

«Non ti rilassi anche così? Intendo come ora» indico la nostra situazione.

«Certo che sì!» esclama. «Ma a volte anche io sbaglio, anche io mento e anche io non riesco a sopportare alcuni miei comportamenti, così facendo prendo coscienza e cerco di migliorare ogni giorno» spiega gesticolando.

«A me hai mai mentito?» Lo guardo. «Non sei tenuto a rispondermi, conviviamo solo da un paio di mesi, non sono la tua ragazza. Voglio semplicemente capire che tipo di persona sei.»

«Non sai quante volte» sussurra.

«Tipo?» sorrido titubante, non credo di essere pronta a sapere ma alla fine sono una sua amica, no?

«Per esempio quando dicevo che uscivo con Loris,

molto spesso frequentavo una ragazza... Ok, più di una ragazza.» Fa spallucce. «Esco con tante ragazze.» Si morde il labbro.

«Quindi tu...» lascio in sospeso la frase. «Tu prendi in giro le persone. Loro sanno di non avere con te una relazione esclusiva?» sospiro amareggiata.

«Io non le prendo affatto in giro! Offro loro da bere, le porto in locali alla moda... A loro conviene. E poi con una di loro ho una relazione aperta. E lei lo sa. Non vogliamo limitarci a vicenda. Si chiama Samantha.» Mi guarda senza alcun imbarazzo.

«Ma perché lo fai?» Lo guardo ancora, non sto male ma neanche bene.

«Perché non farlo? Sta bene a tutti, mi pare» ride, ma non c'è da ridere perché so che non è sincero.

«Capito» commento secca e clicco play continuando, come nulla fosse, a guardare la puntata che, tra l'altro, è l'ultima di questa serie.

«Stai bene?» domanda senza smettere di guardare *Supergirl*.

«Mai stata meglio» mormoro, tenendo a mia volta lo sguardo fisso sulla biondina con i superpoteri.

«Va bene» commenta infine e rimaniamo in silenzio fino alla fine dell'episodio, fino alla fine della giornata.

41

«Samantha? Davvero?» Alza un sopracciglio Monica.

«Purtroppo sì» sospiro.

Sono passati alcuni giorni da quella confessione, ho provato a documentarmi, a verificare ma non riesco a trovare nulla. Non voglio pedinarlo, tantomeno controllare il suo cellulare o il suo portatile. Ma perché me la sto prendendo così tanto? Io e lui siamo solo amici. È sempre stato così e sempre sarà. Mannaggia non ho mai una gioia nella mia vita!

«Secondo me ti ha preso per il culo» commenta lei.

«Perché avrebbe dovuto?» Sistemo alcuni libri.

«Per vedere la tua reazione.» Alza le spalle. «I maschi sono complicati.»

«Non ha senso, Mon» sbuffo e la guardo.

«Secondo me ce lo ha eccome un senso, devi solo saperlo decifrare.» Mi fa l'occhiolino e sale al piano superiore. Ma pensa che sia tutto facile? No, perché per me è tutto difficile. Non dico di provare qualcosa per lui... Ok, provo qualcosa per lui e non so come placare questi sentimenti contrastanti, che poi non sono proprio così contrastanti anzi. È diventato difficile addirittura sedermi vicino a lui la sera e il punto è che lui non se ne accorge, o forse sì ma non vuole farmi sentire ancora peggio. Però potrebbe parlarmi! Ora si chiude ancora più a lungo in studio da solo. Prima o poi giuro che sfondo la porta ed entro, al diavolo tutto e tutti!

«È tutto ok?» domanda una voce conosciuta. Paolo o Diego. Alzo lo sguardo e vedo i due piccioncini che si tengono per mano, lo scorso mese hanno anche ufficializzato sui social.

«Sì, è tutto a posto, grazie.» Mi porto una ciocca di capelli dietro l'orecchio, con la coda scappano dall'elastico i ciuffi più corti.

«Sicura? Non sembra proprio» commenta il mio migliore amico, che ormai non ha più tempo né per me né per Chiara.

«Ho detto che è tutto ok, smettila di fare domande» replico acida, tanto che Monica è scesa di corsa per tenere sotto controllo la situazione.

«Ehi ragazzi, come state?» Si fionda ad abbracciarli. Mi lancia uno sguardo assassino dalla spalla di uno di loro.

«Tutto sommato bene, ma sono preoccupato per lei.» Paolo mi indica, sbuffo e scendo dalla scaletta.

«La smettete di preoccuparvi? Sto bene e poi è da molto che non ci sentiamo o vediamo, perché dovrebbe interessarti ora il mio benessere?» chiedo andando spedita dietro la cassa.

«Perché hai le occhiaie e sei vestita come una barbona? Non è da te» commenta Diego.

«Ma che ne sai?» Assottiglio gli occhi. «Tu non ci sei, né per me né per nessun altro» sibilo a denti stretti, consapevole di poterlo ferire.

«Vado a farmi un giro» fa un grosso respiro ed esce dalla libreria.

«Ma perché fai così?» domanda indispettito il suo ragazzo. «Voleva solo aiutarti, Alice» sussurra. «Lo rimproveri perché non c'è, ma quando c'è lo tratti così... che ti aspetti?» chiude il suo discorso, seguendo il mio amico. Monica scuote la testa, faccio un grande sospiro e mi siedo, fissando il vuoto. Anche Marika ha trovato un fidanzato, sono rimasta sola come nessuno. Alla fine l'album che ha preso la biondina era di Raige e c'era anche una dedica. Che carina, le voglio molto bene e sono sicura di poter sempre contare su di lei, ma ora desidero che viva il suo amore, finalmente lo ha trovato. Oggi qui in libreria ho fatto il turno pomeridiano e fra meno di un'ora potrò andare a casa, ma come devo comportarmi? Non so cosa fare, ma per prima cosa controllerò se Y è ancora chiuso là dentro e se lo è, be', sfonderò la porta e lo andrò ad abbracciare.

Sono a casa, mi sono cambiata facendo il minor rumore possibile. Ora devo solo andare da lui, entrare nel suo ufficio e abbracciarlo perché io so che adesso ha solo bisogno di questo. Salgo le scale silenziosamente, percorro il corridoio e arrivo davanti alla porta, busso.

«Che vuoi?» sputa acido.

«Posso entrare?» Continuo a picchiettare sul legno.

«No, lo sai» replica.

«E tu sai che non è possibile rimanere così tanto chiusi nel proprio studio, che stai facendo ora?» chiedo cercando di forzare, in qualche modo, la serratura.

«Affari miei, non entrerai mai» ride amaramente.

«Tu dici?» domando retorica e mi tolgo la felpa, avvolgendola sul pugno, non ho mai sfondato con questo metodo una porta, in realtà non ho mai sfondato una porta in generale. Ma c'è sempre una prima volta, no?

«Dico, e non fare cazzate.»

Prima che lui possa aggiungere altro, sferro con tutte le forze un pugno al doppio vetro e, non lo avessi mai fatto, mi sono procurata un dolore lancinante senza alcun risultato. Fanculo, sono troppo debole.

«Ma sei impazzita?!» Sento girare la chiave e spalancare la porta. Mentre con gli occhi serrati stringo forte il braccio, spunta il nano a pochi centimetri da me. «Che cosa volevi fare?» domanda strattonandomi in bagno, sto morendo ma fa nulla perché lui mi sta parlando e questo mi basta, sorrido. «Hai il coraggio di sorridere, dimmi che mi stai prendendo per il culo, Alice.» Mi fa sedere sul water chiuso e mi guarda fisso, io scuoto la testa. «Alice, ma ti sei drogata? E perché non mi parli?» prosegue e io sorrido ancora, continuando a osservarlo, e solo ora noto la sua pelle stanca, anche lui ha le occhiaie e gli occhi gonfi. Con la mano libera gli accarezzo il volto, come se fosse normale tra amici. «Alice...» sospira e si inginocchia davanti a me, «che hai? Che ti prende?» sussurra e inizia a slegare la felpa dal mio pugno, sono sicura di avere qualcosa di rotto, ma forse è solo un'impressione. «Almeno dimmi se senti dolore.» Aggrotta la fronte, io continuo a sorridere toccandogli il viso e i capelli. Inizia a medicarmi rassegnandosi al mio silenzio, ai miei sorrisi e a i miei gesti affettuosi che ho la possibilità di esprimere solo con una mano. Dopo mezz'ora o forse più, mi prende in braccio e mi porta in camera sua, adagiandomi sul letto. So che in questa azione non c'è malizia, vuole solo constatare che sia tutto ok.

«Scema, puoi parlarmi un secondo?» Mi accarezza una guancia.

«Abbracciami» sussurro appena, lui spalanca gli occhi e obbedisce.

«Sei pazza, davvero eh!» ridacchia stringendomi forte e io chiudo gli occhi, sto bene così.

42

Non mi sono fatta nulla, ho tenuto un po' una fasciatura però è stata una scena carina.

«Come stai oggi?» Sorride il ragazzo che mi ha portato la colazione a letto. Addirittura?

«Sto bene, non serve che mi porti le cose a letto» rido sincera.

«Ma voglio farlo!» Mi fa l'occhiolino. «Mangia, dai.» Si siede sul bordo del materasso.

«Ma non vai a lavorare oggi?» ridacchio e lui scuote la testa.

«Scrivere non è chissà cosa, puoi farlo ovunque e a ogni ora, no?»

Gli rispondo strizzando l'occhio. «Che giorno è?» chiedo poi.

«Domenica, non sei felice?» Sorride.

«Mmm, non molto.» Sorseggio il caffè, divertita dalla mia stessa risposta.

«Come no? Che vuoi fare se non guardare serie tv?» Si sposta vicino a me.

«Non so.» Gli offro un biscotto che lui accetta senza indugiare.

«Vediamo più tardi, insieme.» Mi dà un bacio sulla guancia, tutto questo amore mi sta facendo venire il diabete, accidenti a lui. Dopo quel brutto episodio abbiamo deciso di dirci tutto subito, ma ancora non gli ho detto che mi piace e non glielo dirò a cuor leggero. Magari farò finta di essere ubriaca e mi lascerò andare, ci sta un sacco!

«A che pensi?» mi sussurra all'orecchio, quando abbassa la voce mi fa morire perché diventa estremamente sexy.

«A nulla» rispondo pacata, continuando a inzuppare una gocciola nel caffè.

«Non mentire, Ali, ormai ti conosco, so quando dici la verità e quando no» commenta rubandomi un altro biscotto.

«Giuro che non è niente di importante.» Scuoto la testa.

«Farò finta di crederti.» Si morde il labbro e si alza, cavolo, poteva rimanere ancora un po'.

«Yari, dove vai?» chiedo quasi disperata, ma da dove esce questa lagna?

«Volevo prendere una felpa, ma se vuoi che io muoia di freddo...» Mi guarda e fa un mezzo sorriso.

«No be', fai pure...» Abbasso lo sguardo e lo sento uscire dalla camera.

«Eccomi.» Ritorna con una grande felpa verde e si siede allo stesso posto di prima, al mio fianco.

«Vuoi stare sotto le coperte anche tu?» domando. «Non farti strane idee, eh!» ridacchio e poso il vassoio sul comodino alla mia sinistra, lui annuisce e si infila sotto al piumone, che tenero. «Posso farti una domanda?» chiedo, guardandolo negli occhi.

«L'ultima volta che me ne hai fatta una non ci siamo parlati per giorni.»

Ridacchio, ricordandomi di Samantha e di quel momento triste, smetto di sorridere e inizio a pensare a tutto ciò che è successo negli ultimi tempi. Samantha esiste o no?

«No, piccola, non volevo rattristarti...» si mette a sedere e mi guarda.

«Sto bene, sto bene.» Sorrido appena. «Non ricordo neanche più cosa dovevo chiederti, tranquillo.» Mi volto dal lato opposto, mettendomi di fianco, e lo sento sospirare molte volte, poi però le sue braccia mi cingono il fianco e il suo respiro mi scalda il collo, ricomincio a sorridere e mi accoccolo serena.

«Ti voglio tanto bene, Ali» bisbiglia al mio orecchio. Provo l'impulso di scoppiare a piangere, ma in realtà sto solo sentendo che il cuore sta esplodendo di gioia. A volte basta poco per stare bene.

«Anche io Yari, davvero tanto» replico e poso la mia mano sulla sua, mi stringo ancora di più a lui e il nano mi dà un bacio sul collo. Quanto amore, aiuto!

Dal letto ci siamo spostati sul divano, gli ho rubato una maglia perché volevo sentire ancora il suo odore su di me.

Be', siamo a metà ottobre ed è normale soffrire i primi grandi cali di temperatura. Quindi non sospetta nulla e questa è una fortuna, ma anche se sospettasse qualcosa *chissenefrega*!

«Quindi che facciamo?» chiede avvicinandosi a me.

«Anche oggi giù di serie tv?» Propongo entusiasta.

«Che guardiamo?» domanda ancora.

«Mmm... *Once Upon A Time*? Dicono che sia molto bella.» Lo informo, tirando fino alle dita le maniche della felpa, così da scaldare bene le mani.

«Si può fare.» Mi fa l'occhiolino e si alza, sistemandosi sul tappeto a smanettare con il computer. Ha delle belle spalle, ha una bella schiena e mi piacciono i suoi capelli, con quella particolare sfumatura cenere. Questa cosa mi fa impazzire. Continuo a osservarlo e sorrido, senza un motivo preciso o forse semplicemente perché sono qua, nel posto in cui vorrei stare, nella vita che vorrei vivere, nell'attimo che vorrei ricordare.

«Ecco fatto.» Si alza di scatto e si ferma in piedi, davanti a me. «Che stavi guardando?» Corruga la fronte.

«Assolutamente nulla, dai, siediti che inizia!» Sorrido spensierata.

«Prima si deve caricare, quindi dovrai aspettare alcuni minuti.» Scuote la testa e si siede vicino a me.

«Mi annoierò mi sa...» Incrocio le braccia al petto.

«Per un paio di minuti, davvero?» ride e scuote la testa. «In un paio di minuti possono succedere tante cose, sai?» Posa una mano sul mio ginocchio, mi guarda e si morde il labbro.

«Sei inquietante, fai quasi schifo.» Alzo un sopracciglio.

«Addirittura? E io che pensavo di essere maledettamente sexy a fare questa faccia.» Sorride di nuovo e assume la mia stessa posizione.

«Sì, ma tu vuoi fare cose sconce quindi no, scordatelo proprio» rido.

«Ma non è vero» sbuffa divertito.

«Non hai segreti per me, ormai riesco a capirti e sai...» Lo guardo e lui ricambia, serio. «Sono felice di riuscire a farlo, sono felice di conoscerti.» Inclino la testa e sorrido, lui continua a fissarmi.

«In questo momento vorrei baciarti, ma non lo farò» commenta poi e spalanca le braccia «Accontentati di un abbraccio, Ali.» Non me lo faccio ripetere e mi ci fiondo. Chissà perché si trattiene, non mi dispiacerebbe che facesse il primo passo. Secondo me è un bravo baciatore. Perché penso a queste cose? Rido tra me e me.

«Stai bene?» Mi stringe forte.

«Non sai quanto» mormoro lasciandomi trasportare.

«Sicura? Mi stai soffocando» ridacchia e mi prende per i glutei, facendomi sedere su di lui.

«Non voglio soffocarti... è che non voglio perderti.» Sorrido.

«Neppure io voglio perderti, Alice.» Che abbraccio infinito, vorrei durasse per sempre.

43

Dopo quelle parole non abbiamo più condiviso momenti così intimi, siamo tornati i soliti odiosi ma entrambi sappiamo di poter contare l'una sull'altro. Sono al negozio di dischi, sto cercando di lavorare e ovviamente Lorenzo continua a chiedermi di definire i dettagli del nostro appuntamento. Non riesce a stare zitto un minuto? È davvero insopportabile, peggio di Yari, e ce ne vuole!

«Facciamo così...» Mi fermo, faccio un grosso respiro.

«Tutto quello che vuoi.» Gli si illuminano gli occhi.

«Sabato sera andiamo al Pashà, va bene?» Faccio una smorfia, e se lui crede che sia un sorriso è proprio un demente.

«A che ora?» chiede trattenendo a stento l'euforia.

«21.» Non lo degno di uno sguardo e vado verso la scrivania.

«Urrà!» esulta. «Finalmente!» esclama poi tornando a mettere in ordine i cd.

Ma chi me lo ha fatto fare? Almeno adesso posso concentrarmi sul mio lavoro. La porta si spalanca e una Marika tutta agitata corre da me, che è successo?

«Dimmi che vuoi venire al concerto di Nek.» Mi guarda seria, posando le mani sul tavolo.

«No, non voglio.» Corrugo la fronte.

«E invece vuoi!» esclama e mi porge il biglietto. Ma questa ragazzina ha così tanti soldi da spendere?

«Grazie, ma ti consiglio di darlo alla tua migliore amica o al tuo ragazzo» ridacchio e mi siedo al banco, ignorando la sua mano.

«Uno: non ho una migliore amica. Due: al mio ragazzo non piace Nek, quindi non vuole venire.» Incrocia le braccia al petto.

«Perciò sono una ruota di scorta.» Alzo un sopracciglio.

«No, ti reputo una sorella più grande quindi accetta questo regalo e sabato vieni con me» quasi urla, facendo voltare il mio collega che fa una faccia strana, accidenti, gli avevo appena detto di sabato e lei viene qua e fa casino. Be', visto che preferisco mille volte Marika, posso dire ciao ciao al ragazzo.

«Va bene, che palle!» sbuffo e accetto il biglietto, guardo Lorenzo e gli faccio un cenno con la testa, lui capisce e si rattrista, ritornando al suo da fare.

Praticamente Marika mi sta sfruttando e a me in fondo sta bene, anche perché io pago solo la benzina.

«Ho preso quello con i pass quindi probabilmente entreremo prima di tutti gli altri, non sei felice? Saremo sotto il palco e non dovrai rimanere schiacciata, dovresti amarmi invece che tenermi il muso!» sbuffa la ragazzina e io scoppio a ridere. «Perché ridi?» abbassa il volume della radio.

«Perché sei buffa e adorabile.» Sorrido continuando a guardare la strada.

«Io non sono buffa! Adorabile sì!» ride anche lei.

«Quindi entriamo prima e siamo nel parterre dedicato a…?» tamburello, seguendo il ritmo, sul volante.

«Ai membri del fan club, un po' come succede con Tiziano Ferro… ci sei mai stata? Hai mai avuto una tessera di un qualsiasi fan club?» domanda a raffica.

«Sono stata ai concerti, ma non ho mai avuto alcuna tessera. Infatti stavo ore e ore sotto al sole cocente o alla pioggia.» Sorrido. Mi ricordo che una volta ho fatto patire l'inferno a mia mamma, poverina. Era un concerto importante in uno stadio, in piena estate, e nessuna delle due aveva un cappello o degli occhiali da sole. È stato uno strazio anche perché l'acqua delle bottigliette era bollente.

«Ti devo proprio insegnare tutto!» esclama divertita.

«Scusa mia cara bimba, ormai sono vecchia!» ridacchio, entrando subito dopo in autostrada. Abbiamo un'ora prima di arrivare al luogo dell'evento, è mattina e per nostra fortuna non c'è traffico.

«Ti perdono, dai. Ti è appena arrivato un messaggio!» dice poi.

«Ah, sì?» commento. «E da chi?»

«Da Ahote!» esclama. «Ti prego, posso fargli una registrazione?» domanda allegra, annuisco e continuo a prestare attenzione alla guida. Sento il suono di inizio registrazione e, per alcuni secondi, osservo la biondina rimanere imbambolata davanti al display.

«Ehi nanetto!» dico, aiutando la mia amica a rompere il ghiaccio.

«Oh Dio, davvero lo chiami così?» mi chiede e continua a registrare, ridacchio. «Allora Yari... devi sapere che ad Alice piaci e che io vi *shippo* da qui all'Australia, ovvero tantissimo!» ride e stoppa. Cosa ho appena sentito? Meno male che lo conosco e so che non le crederà!

«Tanto non ti crederà» commento sollevata.

«Quindi è vero che ti piace!» esclama quasi urlando, ora le sta partendo lo schizzo da *fangirl*.

«Ma certo che sì, Marika!» Scuoto la testa rassegnata e sorridente. Dirlo ad alta voce fa un certo effetto. Dopo interminabili minuti il mio sfigato preferito risponde con un audio.

«Fai bene a *shipparci*, siamo la coppia più bella del mondo» dice, poi scoppia a ridere. Mi piace sentirlo così vicino, perché non ci ho pensato prima? Ora comunicheremo solo con le registrazioni!

«Ma quindi anche a te piace lei!» lo provoca la ragazzina, divertita da questa situazione.

«Mi avvalgo della facoltà di non rispondere» ride ancora Yari.

«Guarda che puoi dirlo, eh» insiste la biondina.

«Oh be', se te lo dico poi le riferisci il messaggio che le ho mandato prima di tutte queste registrazioni?» risponde Y.

«Assolutamente sì, dai dillo!» esclama tutta gasata.

«Sì, mi piace Alice» ammette e io scuoto la testa, vedo Marika sistemare il cellulare nella mia borsa.

«Quindi qual era il messaggio?» le chiedo.

«Ma ti rendi conto che ho parlato con Yari Longo alias Ahote?» commenta felice.

«Sì, ma ora dimmi il messaggio.» Sorrido.

«Ha solo detto che ha scritto una canzone per te, vuole che tu la senta!» dice con nonchalance e io mi sto sciogliendo, giuro.

«Wow! Non vedo l'ora!»

«Se è come le due canzoni mielose del disco, fidati che vi sposo io!» esclama la ragazzina, facendomi scoppiare in una grossa risata seguita dalla sua.

«Questa era una battuta da mille punti» dico continuando a ridere, ma rimanendo sempre concentrata sulla strada.

«Lo so, merito miliardi di punti, altroché!» commenta divertita. Mancano ancora molti chilometri al concerto, chissà come sarà stare in prima fila senza essere spinta da fan impazziti.

44

«È o non è stato una figata?» Fa un mezzo sorriso Marika mentre si allaccia la cintura.

«Assolutamente sì, ha una bella voce anche live e questo è fondamentale» commento, poi metto in moto.

«Cavolo è l'una, non sei stanca?» sorride lei facendo subito partire il cd.

«Per niente, tu sì?» domando. Quando devo guidare la sera faccio in modo di riposarmi un po' prima di uscire, devo restare vigile e stare attenta alla strada.

«Neanche tanto...» Alza le spalle, so che sta morendo di sonno ma farò finta di crederle.

«Pronta per tornare a casa? Hai avvertito tua mamma?» chiedo ancora uscendo lentamente dal mio parcheggio.

«Ora le scrivo un messaggio» sbadiglia e prende il suo cellulare, iniziando a digitare.

«Grazie per essere venuta» dice la ragazzina prima di entrare in letargo.

«Grazie a te» sussurro sorridente.

Io e Yari non ci siamo più sentiti, visto che ho tenuto lo smartphone in borsa durante tutto il concerto. Non so neanche se ciò che mi ha riferito Marika è vero o se l'è inventato, ma non fa nulla.

Ho sognato che Y mi svegliava facendo rumore con delle pentole, come fanno ai campi scuola, ed è stato un trauma. Oggi devo andare a lavorare prima da Stefano e poi da Fabrizio, non sono psicologicamente pronta per sentire Lorenzo chiedermi quando usciremo insieme, vorrei cambiare turno ma non posso. Questo lunedì sarà più stressante del solito. Ieri io e Ahote abbiamo passato il tempo a parlare del concerto dell'altro ieri, lui mi ha detto che gli sarebbe piaciuto esserci dato che apprezza Nek come artista e come persona. Questo suo pensiero è la prova tangibile del fatto che non è proprio un montato come credo, anzi! In ogni caso, ora devo concentrarmi solo sul lavoro, voglio diventare davvero indipendente il prima possibile. Mi do un'ultima occhiata allo specchio dell'ingresso, lascio un post-it a Yari e corro in auto, pronta per iniziare questa nuova giornata. In macchina ascolto ad alto volume il cd di Nek. Inizia con *Unici* e mi gasa a manetta, mi sveglia e mi riempie di adrenalina, incredibile l'effetto della musica. Dopo un po' arrivo al negozio, parcheggio, esco dall'auto ed entro, che bello avere le chiavi! Posso godermi preziosi attimi di serenità prima della lotta contro Lorenzo. In realtà non so bene perché voglia uscire con me, non sono il top della bellezza e non ho sicuramente un buon carattere, chissà dove vuole arrivare.

«Aaliicee!» Parli del diavolo e spuntano le corna.

«Dimmi.» Appendo la felpa al portaabiti e sistemo la borsa sotto la cassa.

«Come è andata l'altra sera?» domanda gentilmente, appendendo il suo gilè.

«Molto bene, Nek è molto bravo a cantare dal vivo» commento iniziando a lavorare.

«Immaginavo, da piccolo sono andato a un suo concerto» spiega. «Allora... quando ci vediamo?» chiede poi sorridendomi.

«Questa sera, così almeno mi tolgo quest'ansia di dosso» sospiro e torno a guardare i dischi.

«Perché ansia?» Mi affianca, aiutandomi con i nuovi cd.

«Non lo so, ho una brutta sensazione oggi ma magari è solo un'impressione» ridacchio amaramente.

«Vuoi che ci vediamo insieme ai tuoi amici? Se hai questa paura possiamo farlo, non voglio turbarti in alcun modo.» Gesticola, quasi quasi accetto la proposta di portare qualcuno con me!

«Sicuro?»

«Assolutamente!» Mi posa una mano sulla spalla.

«Allora bene» commento. «Alle 21 al Pashà, ti va bene?» Lui annuisce, senza aggiungere altro, mettendosi subito al lavoro. Non so il motivo di questo mio presentimento. Ora mi sento molto più tranquilla ma non so chi chiamare. Porto Yari? O porto Chiara? Sono sicura al cento per cento che K mi darà buca quindi dovrò uscire con il nano sfigato. Lorenzo mi guarderà male e penserà chissà cosa e non mi godrò per niente l'uscita. Stiamo sistemando cd da un bel po', il mio collega non ha voluto mettere nulla in sottofondo e ora sono triste, come si può essere produttivi senza musica?

«Yari, mi prendi quel disco?» esclama una voce stridula, alzo lo sguardo dalla scrivania e vedo Ahote che tiene per mano una ragazza dai capelli mossi e neri, sarà Samantha.

«Certo» sorride lui, non si è ancora reso conto che ci sia io qua, anche perché non ha ancora scoperto dove lavoro. Credo che ora scapperò in Messico oppure... mi nascondo sotto la cassa, decisamente più fattibile! Faccio un cenno veloce a Lorenzo che mi guarda incredulo e poi scivolo a terra, sotto il bancone.

«Solo questo?» commenta lui, che sta cercando in tutti i modi di non calpestarmi.

«Sì, vuoi altro tu?» chiede alla ragazza.

«Sai bene che prenderei tutto il negozio!» risponde divertita, odio da morire la sua voce.

«Sì, ma non si può» ribatte quasi scazzato.

«Sono sedici euro.»

«Ehi, ma quella felpa la conosco!» esclama a un certo punto Y. Cazzo, dovevo proprio metterla oggi quella sua dannata felpa rosa?

«Non è la tua?» domanda la tizia.

«Sì! E so a chi l'ho prestata ultimamente» quasi sussurra. Devo uscire allo scoperto o...? «Dov'è lei?» continua.

«Lei chi, scusa?» risponde Lorenzo mostrando notevoli doti attoriali.

«Alice, ovunque tu sia, ci vediamo questa sera ché devo dirti una cosa» afferma e lo sento allontanarsi, senza neanche salutare. Dopo alcuni istanti esco allo scoperto. Ho il cuore che batte all'impazzata.

«Perché scappavi da lui? Ti ha fatto qualcosa?» chiede preoccupato il mio spasimante, io sorrido e scuoto la testa in segno di negazione.

«Certo che no! È la persona più innocua del mondo» ridacchio e mi rimetto al lavoro.

«E allora a cosa devo questo tuo atteggiamento da psicopatica?» Mi affianca preoccupato ma divertito.

«È il mio coinquilino e non sa che lavoro qua, perché il nostro incontro è stato molto particolare.» Sorrido ripensando a quella notte in discoteca, e poi al matrimonio di Sonia. Ne sono successe di cose da allora.

«Porti lui, vero?»

«Probabile...» Alzo le spalle, indifferente.

«Ma la tipa chi era?» chiede.

«Non lo so» rispondo, ostentando indifferenza. Spero di essere credibile.

«Capito! Continuiamo a lavorare, dai!» Già, il dovere ci chiama.

45

L'unica cosa che il nano mi ha detto è stata: «Lei è Samantha e stiamo insieme da un bel po', ovviamente sa che siamo una coppia aperta, motivo per cui è inutile ufficializzare». Che poi detto così è davvero brutto da sentire. La cosa bella però è che ora lui è qua con me, lei invece è per i fatti suoi, in più il mio collega ci sta raggiungendo in perfetto orario.

«Ma ti piace quello? Ma lavori lì? E il secondo impiego?» spara a raffica e io sbuffo infastidita. Non ho voglia di rispondere a nessuna delle sue domande e credo che, appena Lorenzo arriverà, lo inviterò a uscire noi due da soli. Lo so, sono bipolare ma è l'unica soluzione che ho per evitare qualsiasi sua domanda inopportuna. Non è una scelta saggia allontanarmi con Lorenzo, non lo conosco neanche. Però Yari oggi è petulante e odioso.

«Hai rotto le ovaie, smettila di farmi domande» affermo infastidita, lui spalanca la bocca sorpreso e un po' incredulo. Perché è così stupito?

«Vado via allora» proclama.

«Vai pure dove vuoi.» Sorrido sincera, mi alzo dalla panca e lo lascio passare.

«Perfetto!» commenta recuperando il suo giacchino. «Ciao!» aggiunge, io faccio un semplice segno con la mano. Ecco, si sta togliendo di torno di sua iniziativa, meglio! Però accidenti, lui mi infondeva sicurezza, ora ho paura di tutto e tutti. Per avere come obiettivo l'indipendenza non inizio proprio bene, non posso sembrare una bimba alle prime uscite e tremare a ogni sguardo, devo credere in me.

«Ehi!» mi saluta ciuffo ribelle. «Come mai non sei venuta con qualcuno? Non avevi paura?» sorride sedendosi di fronte a me.

«Sì, ma mi fido... spero di fare bene!» Lo guardo negli occhi. Non mi sono mai fermata a osservarlo per più di un secondo, ora ho la possibilità di farlo: ha grandi occhi verdi, la pelle è abbronzata e i capelli color caramello. È magro, non molto alto.

«Non te ne pentirai!» Mi fa l'occhiolino. «Allora, ordiniamo qualcosa?» chiama la cameriera, io annuisco.

Sono a casa di Lorenzo, vive da solo in un attico gigante con terrazza. O i suoi genitori sono dei ricchi imprenditori o lui fa parte di qualche società segreta. Possiede sculture e quadri autentici, ogni parete è ornata da numerose chitarre, ma che lavoro faceva prima? Per non parlare della tinta che ha scelto per i muri, un classico panna con qualche striatura colorata, arte pura. La cucina è in stile americano ed è comunicante con il salotto, poi c'è anche una sala da pranzo panoramica, la cui vetrata domina la città.

«Che bella casa!» dico accomodandomi sul divano.

«Vero? Piace molto anche a me.» Sorride e mi porge un calice colmo di un liquido rossastro: vino rosso, davvero?

«Come hai fatto a comprarla? O sei in affitto? Il negozio non porta tanto guadagno» ridacchio della mia stessa constatazione e inizio a sorseggiare.

«Non te lo posso dire, se no poi mi tocca ucciderti.» Mi fa l'occhiolino e si siede al mio fianco, non ha ancora assaggiato nulla dal suo bicchiere. Che voglia avvelenarmi?

«Ovvio, che sbadata!» Mi do una leggera pacca sulla fronte e sorrido.

«Allora... hai voglia di raccontarmi qualcosa di te?» chiede iniziando anche lui a bere.

«Non saprei che raccontare.» Alzo le spalle, continuando a buttar giù piccoli sorsi.

«Dimmi qualcosa sul tuo coinquilino, allora!» ridacchia.

«Oh, di lui ho molto da raccontare. Sicuro tu voglia ascoltarmi?» Sorrido e lo guardo.

«Sono a tua completa disposizione!» Così comincio a raccontare del nostro incontro, delle nostre giornate, di ogni cosa mi passi per la testa.

Dopo un'oretta ho finito, sto sorridendo da quando ho iniziato e sono un po' brilla, tanto brilla, a dire il vero.

«Quindi lui è il famoso Ahote» commenta il mio collega, portando il braccio destro dietro le mie spalle.

«Eh sì, è un bravo ragazzo e mi piace vivere con lui»

replico sorridente. L'effetto dell'alcol in corpo mi rende allegra.

«Ma lui sa che sei nel mio appartamento, da sola con me?» Sorride maliziosamente.

«Non lo so, può essere.» Alzo le spalle e rido, ma non c'è nulla da ridere.

«Che vogliamo fare ora?» ammicca.

«Non posso tornare a casa in queste condizioni, non riuscirei a guidare e probabilmente farei un incidente» spiego. «Posso rimanere qua? Domani mattina presto me ne vado.» Sono consapevole di dargli una grande possibilità, in queste condizioni può fare di me quello che vuole, tanto non ricorderò nulla dopo aver dormito.

«Certo! Ti accompagno nella tua stanza allora.» Mi fa l'occhiolino e si alza, prendendomi in braccio e portandomi al piano superiore, mi adagia su un letto comodo e se ne va. Dai, è un bravo ragazzo e io che avevo paura, chissà come mai avevo tutto questo timore. Mi copro con il piumone, mi svesto restando in intimo e chiudo gli occhi, iniziando a pensare a ciò che potrebbe accadere. Non devo pensare sempre in negativo, ma è più forte di me, anche perché l'imprevisto è dietro l'angolo. Chissà cosa mi riserva il futuro.

Mi sveglio di soprassalto, vicino a me non c'è Yari, non c'è nessuno. Sono sola. Mi alzo dal letto, mi rivesto, ed esco dalla camera lasciando il letto in disordine. Scendo le scale e noto la mia borsetta sul divano, dove l'avevo lasciata la sera prima. La recupero e mi guardo intorno, è davvero immenso questo attico e sono felice che ci abiti Lorenzo, però non voglio sapere come ciò sia possibile perché non credo l'abbia ottenuto per vie del tutto legali, non c'è altra spiegazione. Prendo il cellulare e do un'occhiata alle notifiche, ci sono alcune chiamate e dei messaggi, meglio leggerli ora.

Da L'irrequieto:
Dove sei?
Giuro che se ti ha fatto qualcosa io lo spenno quello stronzo.

E un altro.

Da L'irrequieto:
Io spero che non abbiate fatto nulla.

E ancora.

Da L'irrequieto:
Ti prego Alice, rispondimi, cazzo!

Poi è il turno delle chiamate, tutte da parte sua, ma perché si preoccupa così tanto? Lui ha Samantha, io non posso avere Lorenzo? E anche se avessi fatto qualcosa, che gli frega, accidenti? Scuoto di nuovo la testa, sbuffo e mi metto la giacca, lascio un bigliettino al padrone di casa ed esco, sorridendo beata. Però in fondo mi piace che il nano si preoccupi così tanto, ci tiene a me, quindi non mi spiego perché non mi abbia ancora baciata, ce l'ho ancora impresso in mente il momento in cui ha esternato questo suo desiderio. Prima di andare in negozio è meglio che io torni a casa a cambiarmi e magari a comunicare a Yari che sono ancora viva.

Dopo una decina di minuti sono davanti alla porta, sorrido e apro. C'è un silenzio tombale. Entro e corro in camera a prendere degli abiti puliti, recupero di nuovo la borsa e torno giù. Il mio sfigato preferito sta dormendo sul divano e mi si stringe il cuore a vederlo così, quindi torno su e prendo una copertina in pile, lo copro delicatamente e gli stampo un bacio sulla fronte, gli accarezzo i capelli e torno in macchina. Ora si va davvero a lavorare e meno male che non ho avuto bisogno della sveglia, se no chi arrivava in orario?!

46

Le giornate volano, mi sembra ieri che eravamo in vacanza al mare e ora siamo già oltre Halloween, pazzesco! Che poi, noi, il 31 ottobre non abbiamo fatto niente se non guardare film horror tutti insieme appassionatamente, be', Loris e K hanno trascorso l'intera serata a baciarsi, mentre io e Yari ridevamo a crepapelle per ogni scena inquietante. Al lavoro sta andando tutto bene, ogni tanto esco con Lorenzo ma siamo solo amici, nulla di più. Ho scoperto che il nano ha lasciato Samantha e ne sono felicissima, non avevo grande stima delle sue conquiste. Ora io e lui passiamo ancora più tempo insieme, mi viene a trovare anche al negozio di dischi e ogni tanto dà una mano, ma senza chiedere niente in cambio. È davvero dolce, a volte lo prenderei a pugni ma credo sia normale, questi rapporti sono belli perché sono duraturi e sinceri. A lui potrei confidare ogni segreto.

«Alice, cagami!» si lamenta Y, scuoto la testa per tornare tra i comuni mortali e gli sorrido.

«Cosa stavi dicendo?»

«Ma come fai a estraniarti sempre così tanto? Non ti sopporto proprio» sbuffa e mette il muso, incrociando le braccia al petto. Io scoppio a ridere e mi siedo a cavalcioni su di lui.

«Sai che sono una gran pensatrice» sorrido divertita, prendendo le sue braccia e avvolgendomele alla vita, poi sistemo le mie braccia dietro al suo collo e lo abbraccio. «Stringimi, sfigato» gli sussurro e lui, senza esitare, mi stringe forte. Con questi *hugs* riusciamo a capire quanto ci vogliamo bene, mi rende felice poter dire di aver trovato la persona giusta per me, peccato lui non lo sappia ancora.

«Lo so...» bisbiglia. «Ma volevo che tu mi ascoltassi.»

«Scusami.» Chiudo gli occhi accoccolandomi ancora di più a lui. «Be', ora puoi dirmi tutto perché ci sono, sono qui con te» gli sussurro senza aprire gli occhi.

«Stavo dicendo, domani è un gran giorno per te, è il tuo compleanno e voglio che sia speciale.»

«Grazie per quello che fai ogni giorno, ti devo molto» commento guardandolo, slacciando l'abbraccio e dandogli un bacio sulla guancia.

«Sai bene che non sto facendo nulla di eclatante, per me è davvero un piacere averti in casa» afferma e io mi siedo al suo fianco.

«Grazie davvero!» esclamo sincera. «Ma non voglio organizzare chissà cosa, è un giorno come gli altri.» Alzo le spalle.

«Lo so, ma tanto farò comunque ciò che mi pare!» Mi fa una linguaccia e io inizio a ridere.

«Non cambierai mai, vero?» Scuoto la testa divertita e torno a osservare le notifiche dei social. «Da quando hai pubblicato quella foto molte tue fan mi stanno seguendo ovunque, sono simpatiche perché non insultano come le altre» spiego sorridente. In quella foto ci siamo io e lui che ci abbracciamo, è molto bella e la maggior parte delle persone che l'ha vista ha fatto partire la *ship* tra me e il nano. Certo, ci sono alcune ragazze un po' meno amichevoli ma *chissenefrega*, tanto sono io quella che può spassarsela con Ahote, mica loro!

«Mi piaceva troppo, non potevo non postarla!» Fa un mezzo sorriso, guardando il suo sfondo. Ebbene sì, l'ha impostata come salvaschermo e ciò significa che anche quando sarò lontana lui mi penserà.

«Effettivamente è proprio figa» commento sincera, «e poi siamo venuti troppo bene!» aggiungo, lui annuisce e torna al lavoro. Siamo seduti sul divano, lui con il pc sulle gambe che scrive, io con un buon libro in mano e un sorriso a trentadue denti che ormai ha preso possesso del mio viso da mesi. Queste situazioni sono da film! Ora, quando penso a noi due, penso solo ai bei momenti che abbiamo trascorso e che continueremo a vivere insieme. Sappiamo di non essere solo amici, ma non ci sentiamo pronti per essere una coppia. Conviviamo ormai da un bel po', ma ogni giorno riusciamo a scoprirci. Siamo molto simili e molto veri, siamo due belle anime e due cuori sinceri. Siamo semplicemente Yari e Alice, ma i nostri nomi messi nella stessa frase creano una sola semplice parola: siamo *tutto*.

Quindi oggi è il mio compleanno? Ma perché è necessario festeggiare il proprio invecchiamento? Chiara non mi ha ancora fatto gli auguri, il nano mi ha portato la colazione a letto e poi si è volatilizzato, lasciandomi un semplice bigliettino con scritto orario, luogo e una frase, "Tanti auguri, piccola!", che mi ha fatto sorridere non poco. Ora sto lavorando in libreria, Fabrizio e Monica mi hanno abbracciata, mi hanno offerto un muffin e infine mi hanno detto che ci saremmo rivisti più tardi, ciò vuol dire che ci sarà una festa, adesso non più tanto "a sorpresa". Rido tra me mentre una cliente mi guarda un po' perplessa.

«Ha bisogno?» mi avvicino poi, a passo sicuro.

«Vorrei quel libro là, ma non ci arrivo» esclama indicando uno degli scaffali più alti, effettivamente lei è proprio bassa.

«Ora lo recupero!» Prendo la piccola scala, ci salgo sopra e afferro il libro che mi ha chiesto.

«Grazie infinite, come si chiama?» chiede socchiudendo un po' gli occhi, mi sa che non ci vede molto bene.

«Mi dia del tu, la prego!» ridacchio. «Mi chiamo Alice e lei?» le domando poi.

«Gisella, piacere di conoscerti!» Mi porge la mano, la stringo delicatamente e sorrido, lasciandola andare al piano superiore, agli altri reparti.

«Conquisti addirittura le vecchiette!» commenta Monica.

«Non si dice "vecchiette", ma "persone anziane".» Alzo gli occhi al cielo. «E sì che sei più grande di me, eh!» aggiungo poi divertita, andando verso la cassa.

«Suvvia!» Fa un gesto con la mano.

«Cambiamo argomento. Allora, sai qualcosa della festa di questa sera?» La guardo per alcuni secondi, poi torno a smanettare con il computer.

«Nulla di nulla.» Fa spallucce. «L'ha organizzata Yari?» Posa i gomiti sul bancone e le mani sotto al mento.

«Sì, ho una certa ansia» ammetto.

«Non devi, è un bravo ragazzo e lo sai anche tu.» Mi fa l'occhiolino, mentre Fabrizio si mette dietro al suo fondoschiena.

«Non fate cose sconce qua, per favore» dico preoccupata.

«Non potrei mai» sbuffa Fabri, invitando la sua fidanzata ad assumere una posizione composta. «Mony, non farlo più.» Si mette un dito davanti alla bocca, fa l'occhiolino e poi va verso l'ufficio.

«Ma come posso non saltargli addosso anche qua?» sospira sognante la mia tutor, io scoppio a ridere.

«Torniamo al lavoro, che è meglio.»

Sono davvero fiera di ogni rapporto che sto creando in questi mesi, spero che possano rivelarsi delle amicizie sincere e durature.

47

«Auguroni, Alice!» Lorenzo mi viene incontro urlando. Perché il mio collega grida sempre quando mi vede? Sembra una *fangirl* scatenata, che fastidio!

«Ehi, grazie» rispondo con indifferenza e lui mi abbraccia, ma chi ti ha dato il permesso?

«Dai, su con la vita» commenta.

«Guarda che io sono felice per questa giornata.» Alzo un sopracciglio e lo allontano, lui mi guarda confuso. «Io non sopporto te e il tuo entusiasmo, sembri un *fanboy* che neanche Niall...» lascio la frase in sospeso, mi scappa una risatina.

«Sei proprio antipatica, ma perché io ti sono amico?» sbuffa facendo il finto offeso.

«Perché ti piaccio così come sono.» Gli faccio la linguaccia, appendo il giubbino al suo posto e comincio il mio pomeriggio di lavoro.

«Tu dici?» Mi affianca.

«No, io ripeto ciò che tu mi hai detto.» Sorrido e faccio spallucce.

«Questa cosa che tu ricordi tutto deve finire!» esclama serio e quasi ci casco, ma poi scoppia a ridere. Io rido a mia volta.

«Ti ha detto qualcosa Yari?» chiedo con nonchalance, sto indagando con tutti ma nessuno sa rispondermi.

«Per quanto riguarda cosa?» Corruga le sopracciglia.

«La festa di questa sera, sai qualcosa che io non so?» Cambio scaffale.

«Sì, che non sono stato invitato.» Assume un'espressione amareggiata che mi fa rabbrividire.

«Davvero?» Sono sinceramente stupita. Lui annuisce. «Be', ti invito io!» dico poi. «Quel nano malefico mi sentirà più tardi!» aggiungo infine.

«Grazie.» Sorride e io faccio un semplice gesto del capo. Chissà per quale motivo Y non ha invitato il mio collega. È forse geloso? Se lo fosse sarebbe proprio una bella cosa, però non credo sia per quello, credo ci sia qualcos'altro sotto, ma magari sono le mie solite supposizioni strane.

Ora voglio che Marika entri da quella porta e mi salti in braccio come è solita fare. Perché giuro che se si dimentica del mio compleanno io non la porterò più da nessuna parte e non le parlerò mai più. Quella biondina, ormai, è parte della mia cerchia. Sembra assurdo, ma la vedo davvero come una sorellina piccola e desidero sempre che stia bene, spero solo che il suo ragazzo la meriti. Quasi quasi, se non mi raggiunge lei in negozio, le scrivo io un bel messaggio in cui invito anche il suo fidanzato, così lo conosco e dico la mia, da amica e da sorella maggiore. I miei genitori sono stati i primi a farmi gli auguri, mi hanno scritto a mezzanotte spaccata e lo stesso Sonia, lei però mi ha anche chiamata. Meno male che eravamo ancora svegli. Dopo un quarto d'ora arriva la mia biondina preferita, Marika con la K, che mi viene incontro entusiasta stringendomi in un abbraccio.

«Marika devo andare a servire i clienti» ridacchio notando della gente all'ingresso.

«Uff... ti aspetto qua, eh!» indica lo sgabello vicino alla cassa, io annuisco.

Qualche attimo e vedo arrivare Stefano. Passo il lavoro a lui e mi dedico alla mia amica.

«Stefano, hanno bisogno di te!» affermo bloccando il fiume di richieste di una giovane coppia, lui sorride e si avvicina. Entrambi facciamo un cenno del capo e ci dirigiamo alle rispettive postazioni, lui con loro, io con M in cassa.

«Stavo dicendo...» Compare la biondina.

«Basta che non parli troppo se no me ne vado» ridacchio.

«Quanto sei antipatica, un anno in più ti ha forse peggiorata?» sbuffa e sorride, sta scherzando.

«Tu e il tuo ragazzo venite alla festa?» domando mettendomi a contare i soldi.

«Sì, certo» risponde. «Però devo tornare a casa presto, ti scoccia?» domanda.

«Ti devo accompagnare io?» Alzo un sopracciglio.

«Certo che no» ride. «Volevo solo sapere se ti desse fastidio.» Sorride sincera e io scuoto la testa.

«Hai ordini ben precisi dall'alto, non posso di certo andare contro i tuoi genitori!» Le faccio l'occhiolino, lei annuisce. «Ora vai che devo finire di lavorare» continuo. «Ci vediamo questa sera, Marika.» Le sorrido di nuovo, lei mi saluta ed esce dal negozio.

Terminata anche questa giornata, devo semplicemente agghindarmi per la festa. Non so dove Y l'abbia organizzata e poi a me bastava una cena con quattro gatti ma lui non si fa dare ordini da nessuno, tantomeno da me. Sono molto stanca, però questo non mi impedirà di divertirmi. Lancio la borsa sul divano, vado in camera a recuperare il cambio e poi entro in bagno, devo assolutamente farmi una doccia perché puzzo! Di Yari ancora nessuna traccia e un po' mi manca, mi fa strano non averlo in giro per casa a canticchiare o a mangiare cibo spazzatura, per questo non faccio che leggere e rileggere il bigliettino che mi ha lasciato stamattina. Basta poco per rendere felice una persona. Sono indecisa su una cosa: l'abito lo indosso con i leggings o con i collant? Fa molto freddo e non so dove abbia organizzato l'evento, non ho idea di come vestirmi. Forse è meglio se gli mando un messaggio, giusto per avere qualche informazione in più. Recupero il cellulare.

A L'irrequieto:
Fuori o dentro?
Leggings o collant?

Invio e attendo, sono sicura che mi risponderà velocemente, infatti lo smartphone mi vibra in mano.

Da L'irrequieto:
Dentro, collant.

Perfetto, il mio dubbio esistenziale è svanito. Alzo il vestito rosso, infilo delle calze appena un po' più scure del mio incarnato, metto i tacchi ed esco. Prima mi fermo per l'ultima controllata, al solito specchio sopra il mobile d'entrata, osservo il trucco, i capelli e provo a mettermi in posa per eventuali *selfie*, che problemi ho? Sorrido da sola uscendo di casa, chiudo poi la porta a chiave. Chissà cosa mi aspetta, non vedo l'ora di essere fra le braccia di Ahote. So che è strano tutto questo amore verso di lui, ma mi sento più leggera da quando il nostro rapporto si è tramutato in qualcosa di più affettuoso, mi sembra un sogno visto che avevamo iniziato davvero male la nostra conoscenza.

48

Sono arrivata al luogo della festa, non è nulla di speciale, è una stanza molto ampia con musica gradevole in sottofondo e un lampadario stroboscopico. Mi sento parecchio sollevata che Y non abbia fatto le cose in grande, non glielo avrei perdonato. Non ci sono troppe persone: quelli che mi conoscono sono tutti presenti, credo abbia invitato dei suoi amici e magari qualche mio compagno delle superiori. Saremo sì e no una ventina. Ancora nessuno si è accorto di me, anche perché sono entrata dal retro e non c'era anima viva a fare la guardia, quindi mi è andata proprio di lusso! Non intendo farmi vedere fino a quando non intravedo il nano, sicuramente è davanti a fumare con Loris. Sarà meglio che io resti defilata ancora per un po'.

«Ma quando arriva?» sento Marika chiedere a qualcuno.

«Non lo so proprio, sei tu la sua amica» risponde il ragazzo e così, quatta quatta, mi avvicino per sentire meglio.

«Sì, ma non risponde a casa quindi è per strada, no?» insiste, guardandosi intorno.

«E allora rilassati, piuttosto cerca Yari perché deve essere lui a darle il regalo se non sbaglio» commenta lui e fa un cenno del capo verso la porta.

«Giusto! Chissà come sarà felice la mia sorellona!» esclama allontanandosi, mi spunta un sorriso e ritorno all'angolo di prima, uscendo fuori e dirigendomi verso l'entrata principale. Prima di svoltare l'angolo faccio un respiro profondo e mi stampo un immenso sorriso sul volto, sarà una bella serata. Faccio il giro largo. Yari mi ha vista subito, ora è l'unico fuori quindi farò un ingresso degno di un red carpet, accompagnata dal mio cavaliere nano.

«Finalmente sei arrivata!» Non trattiene l'entusiasmo e getta la sigaretta a terra, spegnendola con la punta della scarpa. «Ma quanto sei bella...» Sorride e mi viene incontro, mi prende per mano e mi fa fare una piccola giravolta. «Divina come sempre!» Mi fa l'occhiolino e mi stringe in un dolce abbraccio, finalmente. Ricambio con più calore possibile, voglio che percepisca tutto il mio amore ed è tanto, Dio se è tanto! «Entriamo piccola.» Insieme facciamo il nostro ingresso, lui accende le luci, attirando l'attenzione. Le persone hanno occhi solo per noi e, come sospettavo, ci sono i suoi amici e le mie ex compagne di superiori, come faceva a sapere chi chiamare? Chiara, ovvio! Tutti iniziano a urlare un caloroso «Auguri Alice!» che mi riempie il cuore di gioia. Come ho detto: basta poco per rendere felice una persona.

Uno a uno si avvicinano a stringermi la mano per augurarmi il meglio, mi abbracciano e mi porgono un regalino. Il mio coinquilino mi sta facendo da aiutante per raccogliere i pacchetti, lo sto sfruttando e mi viene da ridere perché non è abituato a essere usato in questa maniera, però è per una buona causa e quindi patisce sorridente.

«Bene, ora che hai dato il benvenuto agli invitati voglio che tu ti sieda, mentre io sistemo i tuoi regali sul tavolo e vado a recuperare il mio» spiega indicando una sedia vicino a una tavola. «Puoi farlo?» Sorride e io annuisco. Hanno addirittura abbassato la musica, che ansia! Ahote scompare tra la folla e così Chiara si avvicina.

«Ehi, vecchiaccia!» mi chiama divertita, accovacciandosi davanti a me.

«Ma che modi! Mi devi fare ancora gli auguri, sai?» Incrocio le braccia al petto e accavallo le gambe, urtandola leggermente.

«Infatti mi sono avvicinata per questo.» Mi fa una linguaccia e si alza, io la guardo e lei mi porge un diario. Un diario? Che me ne faccio di un diario? «So cosa stai pensando!» ridacchia. «Ma è quasi tutto scritto.» Fa una smorfia. Perché dovrebbe regalarmi un oggetto già usato? Corrugo le sopracciglia e lei scoppia a ridere. «Prova a leggere qualche pagina, vedrai che non è così scontato come credi.» Mi fa l'occhiolino e si mette di fianco a me, in piedi, in attesa anche lei dell'arrivo di Y. Allora non mi resta altro che aprirlo, così inizio a sfogliare. Non ci posso credere! Ha fatto il resoconto di alcune delle giornate trascorse insieme, ha aggiunto foto e ha descritto ogni suo pensiero. Ogni nostro momento lei lo ha annotato, inserendo un disegno, una poesia, uno *smile*.

«È... è davvero meraviglioso!» esclamo e mi alzo di scatto, abbracciandola forte.

«Sono felice che ti piaccia. Volevo fare qualcosa di particolare e di semplice, perché noi siamo così: particolari e semplici.»

«Hai ragione! Ti voglio davvero molto bene, K.» Sorrido e lei mi guarda negli occhi donandomi un dolcissimo sorriso.

«Anche io te ne voglio, ma ora siediti o quel nano mi picchia» sghignazza e io obbedisco. Dopo interminabili minuti di chiacchiericcio generale, Yari fa il suo secondo ingresso con una scatola alla quale sono stati praticati dei fori. Perché una scatola dovrebbe avere i buchi? Si avvicina entusiasta e tutti lo guardano, pronti a vivere questo grande momento con me. Chissà cosa mi ha regalato, non vedo l'ora di aprirla!

«Spero che sia di tuo gradimento.» Me lo porge, lo prendo in mano posandolo poi sulle mie gambe. Si muove, quindi è un animale... Oh Dio, non sto più nella pelle!

«Allora lo apro...» Ed ecco spuntare un adorabile musetto. Prendo in braccio il cagnolino, lasciando scivolare a terra lo scatolone. Mi commuovo mentre accarezzo il piccolo batuffolo di pelo, che ricambia l'affetto leccandomi per bene. Scodinzola felice, non sta fermo neanche un secondo rischiando di precipitare a terra. Mi alzo e continuo a reggerlo delicatamente, non voglio di certo fargli del male!

«Ti piace?» sorride Ahote.

«Mi piace? No. Io lo amo, incondizionatamente!» commento, scatenando un «Aw» generale e un caloroso applauso.

«Mi fa un immenso piacere!» Sorride, faccio un cenno alla mia migliore amica e lei si avvicina, fa qualche coccola al nuovo arrivato e poi mi guarda.

«Chiudi tutte le porte, fai ripartire la musica a basso volume» le raccomando. «Questo cagnolino oggi farà conoscenza con un bel po' di persone.» Asciugo con il dorso delle mani le ultime lacrime di gioia.

«Certo, allora teniamo la luce grande e diciamo loro di stare attenti, ma tu cosa fai ora?» Fa una smorfia.

«Devo ringraziare come si deve Yari.» Continuo a sorridere.

«In che modo vorresti ringraziarmi?» si intromette lui, accarezzando il cucciolo.

«Non essere allusivo, scemo» ridacchio. «Dai K, vai.» Lei annuisce e fa come le ho suggerito. Dopo alcuni minuti sono tutti seduti a terra, il cagnolino va un po' da tutti ma preferisce restare vicino a Y e questa cosa mi fa una grande tenerezza: vedere il mio coinquilino giocare con il nuovo arrivato è bellissimo. Gli scatto foto a ripetizione, è un momento che deve essere immortalato! Il cagnolino bianco continua a fare su e giù tra gambe e braccia, sono tutti allegri ed è fantastico che sia proprio quell'esserino a portare così tanta luce.

«Allora, come volevi ringraziarmi?» ridacchia poi osservando ogni suo movimento.

«Posso sedermi su di te, solo per alcuni secondi.» Abbasso lo sguardo, imbarazzata.

«Lo fai sempre, perché me lo chiedi?» Corruga la fronte.

«Perché ora siamo in pubblico.» Gioco con le calze.

«E con questo? Puoi fare tutto ciò che vuoi quando ti sono vicino.» Sorride e si sistema composto, pronto ad accogliermi tra le sue braccia.

«Non si sa mai… magari ti dà fastidio e io non lo vorrei in alcun modo.» Mi avvinghio a lui. «So che non sono molto femminile, ma capiscimi!» commento, riferendomi al fatto che le mie gambe lo cingono in vita. «E poi tu mi proteggi, quindi nessuno vedrà che ho le mutande di pizzo.» Mi mordo il labbro maliziosa e divertita.

«Sì ma se mi dici così non posso di certo fermarmi a parlare.» Mi prende sotto ai glutei e mi posiziona su di lui, io avvolgo le mie braccia al suo collo e lui le sue alla mia vita, stiamo abbracciati per dei minuti. «Su forza, come vuoi ringraziarmi?» sussurra e io sorrido, mi allontano di alcuni centimetri dal suo corpo e prendo il suo viso fra le mani, sorrido ancora e gli accarezzo il volto, spostando il mio sguardo dagli occhi alle labbra. «Ho come l'impressione che sia una cosa che vogliamo entrambi.» Fa un mezzo sorriso, annuisco e pian piano mi avvicino fino a sentire il calore del suo respiro.

«Mi piaci tanto» bisbiglio.

«Anche tu mi piaci tanto, ma ora mi baci o devo farlo io?» Mi stringe ancora più forte a lui, è il momento giusto. Dopo un secondo le nostre bocche si incontrano, finalmente, dopo mesi di attesa. Tutti e due sorridiamo, continuando a baciarci.

Che momento!

«Guardate!» esclama una voce ovattata. «Oh mio Dio, si sta svegliando!» continua la stessa voce, è di una donna.

«Alice! Alice!» è un'altra voce, stavolta maschile. Sento che qualcuno mi sta stringendo il polso.

Forse è ora che io apra gli occhi…

Epilogo

Mi sono svegliata dal coma ormai da due settimane, ma sono tornata a casa da poco. In questi giorni ho chiesto a Yari cosa mi sia accaduto. Non mi ha detto molto. Ha chiarito però alcuni miei dubbi. Diego e Paolo stanno davvero insieme, sono felici e convivono a casa del mio migliore amico da qualche mese. Anche Monica e Fabrizio sono una coppia, mi sono venuti a trovare spesso ringraziandomi anche quando non ce n'era bisogno. Chiara continua a portare avanti il suo progetto ma senza parlarne troppo e con me non parla più così tanto come all'inizio della nostra amicizia. Loris abita a pochi chilometri da me e Yari, purtroppo lui e K non stanno insieme come volevamo accadesse. Sono troppo diversi, e non fanno che scontrarsi. Sonia aspetta un bambino e Umberto è il miglior marito del mondo. Marika è stata spesso al mio fianco in ospedale, ma solo dopo essersi ripresa. Non so perché, ma anche lei ha rischiato grosso. Lorenzo è stato licenziato, ma non ne conosco il motivo. Io e Y siamo coinquilini ma non ci siamo mai baciati, non è mai stata organizzata nessuna festa e non ho neppure un cane. Probabilmente sarebbe successo se fossi andata avanti, se non fossi finita dove sono finita. Guardo l'armadio davanti a me e sospiro. Vorrei che qualcuno mi parlasse visto che si tratta della mia vita, di un mio trauma, ho il diritto di conoscere come sono andate le cose e sono determinata a scoprire ogni dettaglio. Mi alzo dal letto barcollando, devo ancora recuperare del tutto le forze dato che sono rimasta per molto tempo su un lettino d'ospedale, mi dirigo in corridoio scendendo poi le scale. Yari mi sta aspettando sul divano, sta seguendo ogni mia mossa ed è pronto a venirmi in aiuto se ne ho bisogno, continua a dimostrarsi una bella persona, degna di fiducia e amore. Gli sorrido e finalmente riesco a sedermi, a gambe incrociate, sul sofà. Mi volto verso di lui, ha grandi occhiaie, il suo sguardo è spento e racchiude tanta preoccupazione. Gli accarezzo il volto, lui posa la sua mano sulla mia e serra le palpebre, facendo scendere sulle guance chiare alcune lacrime. Io, con l'altra mano, asciugo le gocce salate. Questo significa che gli sono mancata? Che ha temuto il peggio?

«Yari» lo chiamo avvicinandomi sempre di più a lui, apre lentamente gli occhi e mi guarda, lasciando sgorgare dagli occhi un'emozione forte e impetuosa. «Sono qui, non serve piangere...» bisbiglio continuando a guardarlo, cercando di fermare il suo pianto silenzioso. «Mi stai facendo sentire in colpa» commento per farlo reagire, ma senza successo. «Yari, sono viva, non devi preoccuparti più di nulla, ok?» aggiungo sorridendogli, lui però continua a guardarmi perso nei suoi pensieri. «Se la smetti ti do un premio.» Insisto, sposto le mie mani dal suo volto ma lui con un gesto veloce me le riacciuffa.

«Non allontanarti da me» mormora sfiorando il viso con la manica della mia felpa. Non sembra neppure il cantante saccente e scorbutico che ho conosciuto mesi fa, è cambiato qualcosa tra di noi, ma quando è successo esattamente?

«Non lo farò» replico spostandomi sopra di lui, senza divincolarmi dalla sua presa sui miei polsi.

«Stai qua con me per sempre» mi sussurra stringendomi forte, porto la mano destra dietro la sua nuca iniziando ad accarezzargli i capelli.

«Va bene.» Lo guardo. «Ora che hai smesso di piangere ti darò il premio» affermo. «Sei tu il mio premio, non mi serve nient'altro» commenta guardandomi negli occhi sorridendomi subito dopo. Questo sorriso mi sta riempiendo il cuore di gioia. Lo bacio sulle labbra morbide e chiudo gli occhi, lui ricambia il bacio con passione. Questo momento è anche migliore di quello che ho sognato in coma. Sorrido contro le sue labbra. «Grazie» sussurra dopo alcuni secondi. Siamo una cosa sola in questo momento e ne sono la prova i nostri occhi, che parlano più di quanto le bocche possano fare.

«Grazie a te» mi accoccolo tra le sue braccia.

Abbiamo finito di pranzare da un po', ci siamo separati, lui è rimasto in soggiorno e io sono tornata a riposare, in camera da letto. Più penso al coma, più ho voglia di risposte sensate. In preda a questo bisogno irrefrenabile scendo al piano di sotto, lo vedo mentre scrive qualcosa al pc ma appena si accorge di me interrompe subito. Io mi siedo al suo fianco, appoggio la testa sulla sua spalla.

«Dimmi tutto!» bisbiglia senza che io abbia ancora fiatato, ormai ci leggiamo nel pensiero.

«Voglio una sola risposta, è possibile?» domando accoccolandomi.

«Va bene, sono pronto» sospira, intrecciando le dita con le mie.

«Come e quando è successo?» chiedo osservando il suo profilo.

«La prima volta che sei uscita con Lorenzo...» sussurra impaurito. Ricordo quella sera. «Sei andata a casa sua, avete bevuto qualcosa di troppo e mentre stavi tornando qui hai fatto un incidente in macchina. Un grave incidente.» spiega. Quindi è da quel momento che ho immaginato tutto? Che ho vissuto in un mondo parallelo nei meandri della mia testa? «Io non ce l'ho con te. Sono stato io ad abbandonarti, sperando che tu mi fermassi» continua. «Io ce l'ho con lui per non averti lasciata dormire lì, avresti potuto benissimo farlo e ora io non avrei così tanta paura a lasciarti uscire da sola» ammette e mi stringe forte la mano. «In più ho raccontato tutto a Stefano. So che hanno avuto uno scontro acceso e lui lo ha licenziato in tronco» conclude. Sapevo che il mio datore di lavoro mi vuole bene, ma non pensavo fino al punto di liquidare una persona che lavorava egregiamente nel suo negozio.

«Grazie per avermelo detto» mormoro chiudendo gli occhi, il ragazzo al mio fianco mi bacia la tempia.

Sono felice di aver avuto le risposte che cercavo, il mio incidente è stato una questione di secondi. Avrei potuto evitarlo. Nonostante tutto sono felice di aver baciato Yari, di averlo nella mia vita, di dimostrargli finalmente senza paura i miei sentimenti per lui. Non ho idea di cosa possa riservarmi il futuro ma spero che al mio fianco ci sarà ancora Ahote, questo nano strampalato e antipatico che ha arricchito di nuova luce le mie giornate. Ormai lo so, noi ci meritiamo a vicenda.

Ringraziamenti

Ringrazio la mia famiglia per il continuo supporto.

Ringrazio la Rizzoli che continua a credere in me senza dubbi e senza paure.

Ringrazio le mie lettrici che rendono ogni mia storia unica e inimitabile. Le ringrazio per continuare a supportarmi dal 2015, le ringrazio perché senza di loro tutto questo non avrebbe mai avuto un inizio, ne sono davvero felice.

Spero di continuare a far sognare le persone, spero di non deludere mai nessuno.

Questo volume è stato stampato presso ELCOGRAF S.p.A.
nel mese di gennaio 2018
Stabilimento – Cles (TN)
Stampato in Italia